Anne Stuart

En nombre de la venganza

Editado por Harlequin Ibérica.
Una división de HarperCollins Ibérica, S.A.
Núñez de Balboa, 56
28001 Madrid

© 2010 Anne Kristine Stuart Ohlrogge. Todos los derechos reservados.
EN NOMBRE DE LA VENGANZA, N° 116 - 1.5.11
Título original: Breathless
Publicada originalmente por Mira Books, Ontario, Canadá.
Traducido por María Perea Peña

Todos los derechos están reservados incluidos los de reproducción, total o parcial. Esta edición ha sido publicada con permiso de Harlequin Enterprises II BV.
Todos los personajes de este libro son ficticios. Cualquier parecido con alguna persona, viva o muerta, es pura coincidencia.
™ TOP NOVEL es marca registrada por Harlequin Enterprises Ltd.

® y ™ son marcas registradas por Harlequin Enterprises Limited y sus filiales, utilizadas con licencia. Las marcas que lleven ® están registradas en la Oficina Española de Patentes y Marcas y en otros países.

I.S.B.N.: 978-84-9000-091-5
Depósito legal: B-13269-2011

Para mi madre, Virginia Stuart, escritora, editora, lectora extraordinaria, que Dios la bendiga. Y además, una estupenda madre.
Te quiero, mamá.

CAPÍTULO 1

−Creo que no es buena idea −dijo Jane Pagett, retorciéndose las manos−. El señor St. John no está muy bien visto en sociedad. No me fío de él.

Lady Miranda Rohan miró a su querida amiga con una sonrisa de picardía. Estaban sentadas en la habitación de Miranda, en la casa de los Rohan de Clarges Street, mientras la joven se preparaba para una salida nocturna clandestina.

−Yo tampoco me fío de él −dijo Miranda alegremente−. Y eso es lo más divertido. No me eches sermones, querida. Ya llevo tres temporadas siendo una buena chica, y ésta es la primera vez que hago algo remotamente atrevido. Quieren que encuentre a alguien con quien casarme, y yo sólo estoy... experimentando.

−No creo que tus padres te dejen casarte con Christopher St. John −dijo Jane.

−No, yo tampoco −respondió Miranda con un suspiro−. Pero me parece que no es justo. Seguramente lo rechazarán porque no tiene dinero, pero yo tengo más que suficiente para los dos. Podríamos vivir muy bien con mi renta.

Jane la miró con extrañeza.

–¿De verdad te gustaría casarte con el señor St. John?

Miranda se encogió de hombros.

–Supongo que es tan bueno como cualquier otro. Además, yo no soy una gran belleza que tenga mucho donde elegir. Hay algunos hombres que me aceptarían, y supongo que terminaré con uno de ellos, pero mientras, quiero coquetear un poco.

–¡Tú eres muy guapa, Miranda! –protestó Jane.

–Bueno, no soy un adefesio –dijo Miranda–. Soy común y corriente. Ni alta ni baja, ni regordeta ni delgada... Tengo el pelo y los ojos castaños y mi rostro es inofensivo. Nada que pueda disgustar a nadie, pero tampoco que pueda despertar una gran pasión en nadie, aunque Christopher St. John está bastante entusiasmado. Aunque... seguramente lo que más le entusiasma es mi dinero, y no mi persona –añadió en tono práctico.

–Entonces, ¿por qué vas a arriesgar tu reputación yéndote a Vauxhall sola con él? ¡Sola! –insistió Jane–. Yo te acompañaré gustosamente, o por lo menos, llévate a la doncella...

–No, no –dijo Miranda, mientras se envolvía en la capa que iba a llevar al baile de máscaras–. Quiero bailar y beber vino, y jugar a las cartas, y reírme. Quiero besar, y que me besen, quiero que sea el hombre más guapo que he conocido. Tendrás que admitir que Christopher es muy guapo.

–Tiene una barbilla muy débil –refunfuñó Jane.

–Para mí no –dijo Miranda–. Siento que esto vaya a suceder mientras tú estás aquí, porque mi cuñada se toma muy en serio sus deberes de guardiana mientras mis padres están en Escocia, y siempre me está preguntando qué hago. Lo cierto es que no quiero que tengas que mentir si alguien se da cuenta de que no estoy aquí.

—Es que no voy a mentir. Les diré adónde has ido, y con quien.

—Bueno, da igual. Ya será demasiado tarde como para que me encuentren, y mi familia sabe que no soy tonta. Volveré a casa antes de la medianoche, sana y salva, y nadie tiene por qué enterarse de nada. Sólo quiero probar la libertad antes de casarme con uno de esos jóvenes aburridos que mis hermanos me están presentando todos los días. Sólo unos cuantos besos robados mientras miramos los fuegos artificiales, y después estaré en casa sin que nadie se dé cuenta de nada. No te preocupes por mí, Jane.

Su amiga la miró con preocupación.

—Ojalá no te marcharas. Creo que ese St. John no es digno de confianza.

—Ya hemos hablado de eso. Yo me casaré con alguien digno de confianza. Sólo voy a ser un poco traviesa con alguien guapo antes de hacerlo —dijo Miranda, y le dio un beso en la mejilla a Jane—. No te preocupes —repitió—. Estaré perfectamente.

Un momento después, se había ido.

Algunas veces, cuando recordaba aquella noche, lady Miranda Rohan no podía creer que hubiera sido tan estúpida. Qué ingenua, qué segura de su invulnerabilidad. No había sopesado el peligro.

Christopher St. John era guapo, libertino, incluso disoluto, y pasar unas cuantas horas sin carabina con él no debería haber sido peligroso. Él era tan guapo... No tenía un penique, pero eso no era inconveniente para Miranda. Ella iba a heredar más que suficiente para los dos. Y después de tres temporadas sociales, no había nadie a quien pudiera considerar un buen marido, hasta que Christopher había aparecido en su vida con su cara perfecta y su cuerpo alto y recto, sus dientes blancos y su sonrisa encantadora.

Miranda se echó a reír cuando él le sugirió que se fugaran juntos. Ella tardó demasiado tiempo en darse cuenta de que el carruaje cerrado en el que él la estaba llevando a casa tardaba demasiado, que mientras Christopher dormitaba en el asiento de enfrente, la carretera se volvía más y más difícil. Cuando Miranda apartó la cortinilla, vio oscuridad, y no las luces de Londres.

No se había puesto histérica, aunque había tenido la tentación. Había sido firme, furiosa, decidida. Y al final, no había servido de nada. Él había seguido siendo encantador a pesar de las protestas de Miranda. La quería, la adoraba, no podía vivir sin ella. Y no, tampoco podía vivir sin su fortuna.

—No me voy a casar contigo —le dijo ella—. Puedes llevarme de los pelos a Gretna Green y ponerme frente a un reverendo, pero no me voy a casar contigo.

—Lo primero de todo, Miranda querida, los reverendos no tienen nada que ver en los matrimonios de Escocia. Cualquiera vale para celebrarlos. Y lo segundo, sí te vas a casar conmigo, cuando te des cuenta de que no te queda más remedio.

—Siempre habrá otro remedio.

—No cuando hayas perdido la honra. Y ahora deja de protestar. Has sido caprichosa y obstinada, y ahora lo vas a pagar. Nos llevaremos bien, ya lo verás. Yo no seré un marido exigente.

—Tú no serás mi marido.

—Te equivocas.

Ella creía que él iba a llevarla a una posada en la que podría pedir auxilio, pero St. John la llevó a una casa de campo aislada, a kilómetros de distancia de cualquier lugar habitado, donde sólo había un sirviente malhumorado que la ignoró.

Todo era culpa suya, y Miranda lo sabía. No lloró. Y St. John tenía razón en una cosa: iba a pagar el precio. Pero no el precio que ella creía.

Porque no bastaba con comprometerla. La segunda noche, él le arrebató la virginidad para asegurarse un buen futuro financiero.

No había sido una violación. Miranda se acurrucó después, agarrándose el vientre. No había gritado ni luchado, porque cuando estuvo claro que iba a suceder, hizo lo posible por aprender cómo eran las cosas.

Todo estaba muy sobrevalorado. Él la besó y le manoseó los pechos, acciones que la dejaron impertérrita. Miranda nunca había visto un pene que no fuera de un bebé, y la versión adulta le pareció muy poco impresionante. Era corto y cuadrado, y tenía un nido de pelos alrededor que no lo hacían nada atractivo.

Por supuesto, le dolió. Ya le habían dicho que podría ser doloroso la primera vez, pero, aparentemente, a St. John debió de excitarle su respuesta poco entusiasta, porque repitió el proceso durante las dos noches siguientes, y cada una de las veces Miranda sufrió dolor y sangró, y cuando él le dijo que se preparara, la cuarta noche, Miranda tomó la jarra de agua del lavabo, se la rompió en la cabeza y observó cómo caía inconsciente a sus pies.

Saltó por encima de su cuerpo, bajó rápidamente las escaleras y se dirigió hacia el establo. El carruaje de alquiler ya no estaba allí, pero sí el caballo de Christopher, y sólo tardó unos minutos en ensillarlo. Montó a horcajadas y salió a galope de aquel lugar. Sólo llevaba una hora de camino cuando se encontró con un pequeño ejército que acudía a salvarla, constituido por sus tres hermanos y su cuñada Annis.

—No lo matéis —dijo con calma, mientras la metían en el carruaje que habían llevado.

—¿Por qué no? —preguntó su hermano Benedick malhumoradamente—. Papá lo preferiría. No irás a decirme que estás enamorada de ese idiota, ¿no?

—Sólo quiero olvidarlo todo.

—Miranda tiene razón —dijo Annis—. Cuanto más lío se forme, más grande será el escándalo. Os sugiero que le deis unos latigazos y lo dejéis así.

—No te ha tocado, ¿verdad? ¿Te ha forzado? —preguntó Benedick.

Miranda no quería mentir, pero su hermano mayor habría destripado a St. John si decía la verdad, y ni siquiera los nobles podían salirse de rositas de un asesinato.

—Claro que no. Quiere casarse conmigo, no que lo odie.

Benedick se había calmado con su respuesta tranquila, y Annis y ella habían comenzado el camino de vuelta a Londres, mientras sus hermanos seguían hacia la casa para vengarse.

—No sé si vamos a poder mantener esto en secreto, Miranda —dijo Annis con su pragmatismo de costumbre—. Ya sabes cómo son los rumores, y seguramente St. John habrá hecho unas cuantas insinuaciones, deliberadamente, antes de secuestrarte. Me temo que tal vez pierdas la buena reputación.

Miranda tenía un nudo en el estómago, pero lo ignoró.

—Hay cosas peores en esta vida —dijo.

Sin embargo, no parecía que las hubiera. Sus padres habían vuelto apresuradamente a Inglaterra, su madre la había abrazado y consolado, y no le había hecho un solo reproche, y su padre había ideado planes intrincados para cortarle partes del cuerpo a St. John y dárselas a comer a los peces. Miranda había tenido su periodo puntualmente, y había suspirado de alivio, mientras el resto de la familia permanecía ignorante de su pérdida de la virginidad.

Sin embargo, al final no había servido de nada. Miranda ya no era aceptada entre los miembros de la buena sociedad. Le retiraron la invitación a Almack's, y las madres y las hijas comenzaron a cruzarse de acera cuando la veían para no tener que saludarla. Era una paria, tal y como le había dicho St. John.

Él tuvo las agallas de presentarse en su casa y pedir su mano. Y había sido el padre de Miranda, Adrian Rohan, el marqués de Haverstoke, el que lo había echado a patadas por la puerta de su enorme casa de Clarges Street.

Miranda se retiró al campo durante unos meses, hasta que un nuevo escándalo acaparó la atención de la buena sociedad. Sin embargo, ella sabía que no le perdonarían sus pecados. Había caído en desgracia para siempre, y eso no podría cambiarlo nunca. Sin embargo, cuando volvió, la vida continuaba, y para ella también.

Para su inmensa alegría, había descubierto que su nueva situación tenía ventajas, y que era mucho más divertida que la de antes. No tenía que buscar marido, ni flirtear con jovenzuelos tontos, ni ir siempre acompañada por un lacayo y una carabina. Compró una casa para ella sola, paseó por los parques, fue al teatro y a la biblioteca y a las heladerías y cafés, y aunque disfrutaba de la compañía de su prima Louise, la señora estaba casi sorda, y era la criatura más indolente del mundo.

Por primera vez en su vida, Miranda era libre, y disfrutó de aquella libertad. Tenía a su familia, a su amiga Jane y al resto de los Pagett. En realidad, había perdido poco y había ganado mucho. Aparte de los problemas que hubiera podido causarle a su familia, no lo lamentaba. A la primavera siguiente, estaba felizmente adaptada a su nueva vida, y no la habría cambiado por nada.

Christopher St. John no lo tuvo tan fácil.
La casa de Cadogan Place siempre le había provocado escalofríos. Era una casa enorme, oscura y lúgubre, al límite de la mejor zona de la ciudad, demasiado cerca de la clase criminal que acechaba en los callejones. Sin embargo, no era la casa lo que le producía temor; era su dueño, un hombre que lo estaba esperando, y que estaba esperando sus excusas por haber fracasado en la tarea que le había encomendado y por la que le había pagado. Era el Scorpion, conocido formalmente como Lucien de Malheur, el conde de Rochdale, que estaría sentado en su estudio y lo miraría con aquellos ojos pálidos, sin color, con los labios fruncidos de desprecio y con su mano elegante sobre la empuñadura del bastón, como si lo fuera a golpear hasta matarlo.

Christopher St. John se echó a temblar. Había empezado a llover; febrero siempre era un mes deprimente en Londres. Él hubiera preferido quedarse en el campo con lady Miranda Rohan calentándole la cama, si la muy desgraciada no le hubiera roto una jarra en la cabeza.

Su familia y ella eran muy poco razonables, pensó mientras se acariciaba suavemente el hombro lleno de hematomas. Tenía una costilla rota, una muñeca rota, varios músculos con distensiones y arañazos y moretones por todo el cuerpo. No, no parecía que los Rohan fueran a mostrar sentido común en un futuro próximo.

Llamó a la puerta de la casa y Leopold, el mayordomo altísimo y sepulcral de lord Rochdale, apareció con su cara de desaprobación.

—Lo está esperando —dijo, mientras tomaba el abrigo y el sombrero mojados de St. John.

Se los entregó a un lacayo y guió a St. John por los pasillos oscuros hasta la biblioteca deprimente donde normalmente se reunía con el conde. Estaba desierta, por supuesto. A Rochdale le gustaba hacer grandes entradas.

Había un pequeño fuego en la chimenea, que no servía para calentar la habitación. ¿Para qué quería alguien tantos libros? St. John no lo entendía. Todos aquellos libros tenía que haberlos comprado el conde actual. Los anteriores lo habían perdido todo en sus cortas vidas de disipación.

Oyó los pasos del conde, el extremo del bastón de Rochdale golpeando el suelo, y sintió miedo. Se abrió la puerta, y la habitación se inundó de luz.

—Lo han dejado en la oscuridad, querido Christopher —dijo Rochdale mientras se acercaba—. Qué negligente por parte de mis criados. O tal vez qué clarividente. Me parece que no ha venido a celebrar el éxito de nuestra pequeña empresa.

Christopher tragó saliva.

—Hice todo lo que pude. Esos malditos Rohan. Cualquier otra familia me habría rogado que me casara con la chica. Cualquier otra chica habría estado enamorada y agradecida.

Rochdale no dijo nada. Se acercó a la chimenea y se sentó con elegancia en una de las butacas. Su cara destrozada quedó entre las sombras.

—Yo le advertí que esos Rohan no son como el resto de la gente. Supongo que los moretones y los cortes que tiene en la cara son el resultado de las atenciones de los hermanos.

—Y del padre. No tengo más que heridas y huesos rotos.

—Absténgase de enseñármelo. No dudaba que los Rohan se vengarían. Ha tenido suerte de que no lo hayan degollado como a un ganso.

—Cuando supieron que me había acostado con ella, ya era demasiado tarde. Ya estábamos en Londres. El hermano pequeño me retó a duelo, pero yo no acepté. Habría podido matarlo fácilmente, puesto que no es más que un niño, pero no creí que mereciera la pena tener que marcharme del país. Ya sabe lo mal que se toman los duelos las autoridades últimamente.

—Lo sé —respondió el conde con suavidad—. Me sorprende que los dos mayores no lo retaran. El mayor, en concreto. ¿Se llama Benedick? Si hubiera conseguido matarlo, eso habría paliado el desastre.

—Los dos estaban en Escocia con la chica —dijo Christopher.

—Ah, entiendo. Entonces, permítame que recapitule. Usted tenía que seducir a Miranda Rohan y casarse con ella, y matar al hermano mayor cuando él lo hubiera retado a duelo. Sin embargo, ha fracasado en todo. ¿Es correcto?

—Sí seduje a la chica, pero ella se negó a casarse conmigo.

—Entonces, claramente hizo mal el trabajo. ¿La forzó?

—No fue necesario. Cuando ella se dio cuenta de que era inevitable, dejó de resistirse.

Rochdale cabeceó.

—Lo elegí porque es guapo, por su buena reputación como amante, y por su habilidad con la espada. Sin embargo, me ha decepcionado, St. John. Puede marcharse.

—Pero... ¿y el dinero? Me prometió quinientas libras por secuestrarla, y después, yo tendría el dinero del acuerdo matrimonial. Como no tengo nada, creo que mil libras es una recompensa razonable.

Rochdale se echó a reír, y St. John se estremeció al oír su carcajada.

—Olvida con quién está hablando. Su recompensa por haber fracasado en su tarea es saber que no voy a mandar que lo destripen en algún callejón cuando menos lo espere. Y sabe que puedo hacerlo. Hay muchos criminales de Londres que están a mi servicio.

Christopher comenzó a sudar.

—Por lo menos, las quinientas libras —dijo quejumbrosamente—. No tengo nada después de haber pagado el alquiler de la casa, del carruaje y de otras cosas...

—Entonces, no debería haber fracasado —dijo Rochdale—. Leopold, acompáñelo a la calle.

El sirviente había aparecido silenciosamente tras él, y St. John dio un respingo. Con una sola mirada al rostro impasible del mayordomo, supo que estaba derrotado. Abrió la boca para lanzar una amenaza, una recriminación, pero la voz de Rochdale lo detuvo.

—Yo no lo haría si fuera usted. Matarlo aquí mismo sería muy molesto.

Christopher cerró la boca. Siguió a Leopold por la casa oscura, y salió a las calles frías y crueles de Londres, a caminar bajo la lluvia.

Si uno quería un trabajo bien hecho, debía hacerlo personalmente. Eso decía un viejo refrán. Aunque el conde de Rochdale no escuchara mucho los refranes, en aquella ocasión era acertado. Había elegido la mejor arma que había podido encontrar, y el idiota había fallado.

Sus deseos eran bien sencillos. Los Rohan habían destruido a su única hermana y la habían empujado a la muerte. Él quería devolverles el favor, con el beneficio extra de matar a Benedick Rohan, el causante de la muerte de Genevieve. Aunque habría sido feliz sabiendo que Benedick sufría porque su hermana pequeña estaba atrapada en una vida de tristeza con un mujeriego atrapafortunas.

St. John había fracasado lamentablemente, y por su metedura de pata, era improbable que ningún otro joven se acercara a Miranda Rohan. Sin embargo, a los Rohan no les importaría que su hija hubiera caído en desgracia para la alta sociedad. Era de esperar.

Claramente, había llegado el momento de que él tomara las riendas de la situación. No podía apresurarse. La chica estaría acobardada durante una temporada. Tenía tiempo más que suficiente para decidir qué forma iba a tomar su venganza.

Esperaría. Esperaría hasta que ellos hubieran bajado la guardia, hasta que todo estuviera calmado. Hasta que su presa no tuviera ni idea de que era un peón en el juego de la venganza.

Y entonces, golpearía.

CAPÍTULO 2

Dos años después

Lady Miranda Rohan estaba en su casa de Half Moon Street, frente a la ventana, mirando la lluvia. Estaba inquieta. Le molestaba mucho admitirlo, porque siempre se había enorgullecido de su capacidad para encontrar algo interesante en casi todas las circunstancias. A la avanzada edad de veintitrés años, se consideraba una joven con muchos recursos. Se había enfrentado al exilio social y se había establecido al otro lado, feliz e independiente, con el apoyo y el afecto de su gran familia y sus mejores amigos. Y verdaderamente, el ostracismo tenía sus ventajas. Ya no tenía que asistir a fiestas aburridas, ni bailar con hombres odiosos que querían devorarlas a ella y a su herencia, y no tenía que atender a conversaciones llenas de chismorreos subidos de tono.

Por otra parte, su vida estaba llena de cosas interesantes. Leía todo lo que caía en sus manos, desde tratados sobre la cría de animales a poesía clásica. Le encantaba la naturaleza, y aunque sus esfuerzos al pianoforte y en el canto eran un poco mediocres, disfrutaba enormemente con ambas cosas. Era una magnífica amazona, y adoraba a los perros y a los gatos. Se le daban muy bien los niños y, según su querida prima Louisa, le resultaba muy fácil ponerse a su altura.

Seguía la política, los cotilleos, las ciencias y las artes.

Y en aquel momento concreto estaba a punto de echarse a llorar de aburrimiento, cuando ella juraba y perjuraba que nunca se aburría.

—Este invierno no se acaba nunca —dijo desconsoladamente, mientras observaba la tarde oscura. Half Moon Street estaba a dos calles de la mansión familiar de los Rohan, pero eso no le servía de nada, porque la casa estaba vacía. El resto de su ruidosa familia se había ido a Yorkshire a esperar el nacimiento de su nuevo sobrino o sobrina.

—Durará lo que duran todos los inviernos —respondió la prima Louisa plácidamente.

Louisa era la criatura más estoica del mundo, y por lo tanto, era la acompañante perfecta para una paria como Miranda Rohan. Su corpulencia sólo le permitía asistir a los eventos sociales menos fatigosos, y su carácter calmado y plácido era un bálsamo para Miranda.

—Debería haberme ido a Yorkshire con la familia —dijo Miranda.

—¿Y por qué no te has ido?

Aquella pregunta tenía una respuesta fácil, aunque Miranda no quiso explicarse. La esposa de su hermano Charles estaba a punto de dar a luz a su segundo hijo, y la flamante esposa de Benedick estaba embarazada. Sus padres estaban entusiasmados.

Todos le habían rogado a Miranda que los acompañara, pero ella había declinado dando una excusa verosímil, cuando la verdad era mucho más sencilla. Cuando lady Miranda Rohan asistía a los eventos sociales que celebraba su familia, el número de invitados disminuía mucho. La alta sociedad ya había aceptado que los Rohan eran proclives al mal comportamiento, pero en cuanto a las damas, las reglas eran las reglas. Miranda era una paria, y los Rohan, orgullosos y leales, no dejaban de lado a su hija, por muy grande que fuera el oprobio de su círculo social. Lo mejor que podía hacer Miranda era permanecer ausente y permitir a su familia que disfrutara sin remordimientos.

—Tienes que hacer algo para calmarte ese nerviosismo —le dijo su prima Louisa con un pequeño bostezo—. ¿Por qué no vas a la biblioteca a buscar una de esas novelitas francesas picantes?

—Fui ayer. Ya he leído todo lo que me interesa, picante o no.

—¿Y a dar un paseo?

—Está lloviendo —dijo Miranda.

—¿De veras? No me había dado cuenta. Entonces, ve al teatro.

—Ya lo he visto todo. Lo que me pasa es que... ¡Ni siquiera sé lo que me pasa! Normalmente no estoy de tan mal humor.

—No. Normalmente tienes tan buen humor que me agotas. En realidad, querida niña, me estás agotando en este momento. Ve a dar un paseo. Llévate la calesa y a un mozo. Parece que ha dejado de llover, y si empieza de nuevo, sólo tendrás que poner la capota.

Mirando se aferró a aquella idea como un náufrago a un salvavidas.

—Eso es exactamente lo que voy a hacer, pero sin el mozo. Yo puedo conducir perfectamente sola, y aunque empiece a llover otra vez, no me voy a derretir.

La prima Louisa tenía demasiado buen carácter como para discutir.

—Está bien, ve sin mozo, pero ten cuidado. Y que disfrutes del paseo, querida. Intenta no despertarme cuando vuelvas. Duermo tan mal que mis siestecitas son cruciales.

En realidad, Louisa dormía unas doce horas cada noche, con la ayuda del brandy francés que les proporcionaba Benedick. Y como el viaje escaleras arriba le resultaba demasiado fatigoso, normalmente se echaba la siesta en el salón.

Cuando Miranda terminó de ponerse el traje de paseo, los criados ya habían preparado la calesa y los caballos. Se dirigió hacia Hyde Park, disfrutando del aire fresco y húmedo. Notaba que el pelo se le estaba saliendo del sombrero, y sabía que tenía las mejillas enrojecidas y saludables, no pálidas, como estaba de moda en aquel momento, pero no le importaba.

Dejó que los caballos galoparan por el parque para disfrutar de la velocidad. Tal vez debiera irse al campo, a la finca de la familia, en Dorset, pero aquello no resolvería su problema si toda la familia seguía en el norte. No tendría a nadie con quien hablar, con quien reírse, con quien pelearse. Y parecía que las cosas iban a seguir así durante el resto de su vida.

Se mordió el labio al sentir una inesperada tristeza. Se había impuesto la norma de no llorar nunca por su situación. Sólo estaba cosechando las consecuencias de su estupidez.

Sin embargo, después de días de lluvia y oscuridad, estaba llena de compasión por sí misma. El viento le había soltado el pelo, y alzó la mano enguantada para apartárselo de la cara.

La rapidez del accidente fue asombrosa. En un instante estaba recorriendo el camino, y al siguiente, el carruaje dio un bandazo violento y ella tuvo que agarrar las riendas con fuerza para que los caballos no se desbocaran.

Se dio cuenta de que debía de haberle ocurrido algo a una de las ruedas, y tiró de las riendas para contener a los animales asustados, intentando mantenerse en el asiento, justo cuando aparecía un carruaje negro y enorme tras su calesa. En un instante, los mozos habían saltado del coche y habían conseguido que sus caballos aterrorizados se detuvieran.

Había empezado a llover otra vez, y Miranda se estaba empapando. El carruaje se detuvo delante de la calesa. Tenía un emblema nobiliario en la portezuela, pero ella no lo reconoció. Estaba demasiado ocupada reprendiéndose a sí misma por ser una estúpida y permitir que los caballos se dejaran llevar por el pánico de aquella manera. Su calesa estaba inclinada en un ángulo muy extraño, y Miranda descendió al suelo antes de que alguien pudiera acudir en su ayuda. Pasó por delante de la rueda rota hasta el primero de los caballos. Tomó la brida y comenzó a acariciarle la nariz, murmurándole palabras reconfortantes.

El lacayo al que apartó del caballo volvió hacia el carruaje de sus amos, abrió la portezuela y mantuvo una conversación en voz baja con quien estuviera en el interior. Después regresó junto a Miranda.

—Su señoría pregunta si le concedería el honor de aceptar su ayuda —dijo amablemente.

«Mierda», pensó Miranda, a quien sus hermanos habían enseñado muchas palabrotas.

—Se lo agradezco, pero creo que ya me ha ayudado.

Del interior oscuro del carruaje salió una voz sinuosa, suave.

—Querida, se está empapando. Por favor, permítame al menos llevarla a su casa mientras mis sirvientes se ocupan de la calesa y de los caballos.

Ella se mordió el labio, mientras miraba a su alrededor,

bajo la lluvia. No había nadie más a la vista, y estaba claro que no podía solucionar aquello sola. Además, aquél hombre era un noble. No podía ser terriblemente peligroso. La mayoría de los nobles a quienes ella conocía eran mayores y tenían gota. Y, si la insultaba de algún modo, Miranda sabía dar patadas, morder y arañar, habilidades con las que habría conseguido mantener a raya a St. John hacía dos años, si las hubiera poseído entonces. Su padre y sus tres hermanos se habían ocupado de que nunca jamás quedara a merced de ningún hombre.

—Es usted muy amable —dijo por fin.

Le entregó las riendas a uno de los mozos y permitió que el otro la ayudara a subir al coche. Un momento después, la puerta se cerró y la dejó en el interior, con su misterioso rescatador, que no era más que una sombra en su asiento.

El carruaje era muy lujoso. Los cojines eran blandos y suaves, y había un brasero de carbón cerca de sus pies. Un momento después, se vio cubierta con una manta de piel, aunque no había visto que él se moviera.

—Es usted lady Miranda Rohan, ¿no es así?

Miranda se puso rígida y miró hacia la puerta. Si era necesario, podía abrirla y lanzarse a la calle. No iban tan rápido.

Él debió de leerle el pensamiento.

—No quiero hacerle ningún daño, lady Miranda, ni tampoco ofenderla. Sólo deseo ayudarla.

Aquello era un detalle maravilloso, pero ella todavía no se fiaba. Miró por la ventanilla.

—¿Adónde me lleva?

—A su casa de Half Moon Street, por supuesto. No, no me mire con tanta desconfianza. La triste verdad es que Londres es un hervidero de chismorreos, como bien sé, para desgracia propia. Todo el mundo conoce su... eh... estilo de vida único.

—Por supuesto —respondió ella—. No hay nada peor que tener que soportar que todo el mundo te juzgue, que inventen historias horribles sobre uno mismo y que los demás las crean.

—En realidad, hay cosas que son mucho peores que eso —dijo él irónicamente—. Pero entiendo lo que quiere decir. Yo he sido víctima del mismo tipo de rumores maliciosos durante la mayor parte de mi vida.

—¿De veras? —preguntó Miranda con curiosidad.

—Discúlpeme. He sido muy descuidado. Permita que me presente: soy Lucien de Malheur —dijo el hombre, y después de una pausa, añadió—: Puede que haya oído hablar de mí.

Miranda ni siquiera pestañeó. Así que aquel era el famoso Scorpion, el quinto conde de Rochdale. Entornó los ojos para poder verlo en la oscuridad, fascinada.

—Tiene razón —dijo, con su habitual franqueza—. He oído algunas historias sobre el conde de Rochdale. Comparada con usted, soy Juana de Arco.

Él se rió suavemente, de una manera que resultaba extrañamente seductora.

—Pero los dos sabemos que los chismorreos muy pocas veces son ciertos.

—¿Pocas veces?

—De vez en cuando hay algún elemento de verdad que da color a una historia. Sin duda, usted habrá oído decir que yo me relaciono con criminales, que soy un malvado y un libertino que lleva a hombres jóvenes a la ruina económica, y que pertenezco al Ejército Celestial. No se quede tan asombrada. Sé que la gente no quiere admitir que la organización ya no existe, pero es un secreto muy mal guardado. Y también habrá oído hablar de mis deformidades, imagino.

Se lo habían descrito así, pero Miranda no estaba dispuesta a admitirlo.

—¿Y cuál es la verdad? —preguntó.

—La verdad es, lady Miranda, que soy un bruto muy feo y cojo, y que prefiero no imponerle mi fealdad a ningún extraño desprevenido.

Ella quería verlo. Por algún motivo, estaba desesperada por ver a aquel conde de tan mala reputación, y sospechaba que él le había dicho todo aquello con esa misma intención.

Acababan de detenerse ante la casa pequeña e inmaculada de Miranda.

—Muy bien, he comprendido la advertencia —dijo con ligereza—. Puede mostrarse, y le prometo que no voy a gritar ni a desmayarme.

Él volvió a reírse.

—Me temo que todavía no la conozco lo suficientemente bien, lady Miranda. No abusaría así de nadie.

—¿Todavía?

—Por favor —protestó él—. Sólo deseo ser su amigo.

—¿Un amigo al que no puedo ver?

—Voy a hacer un trato con usted, lady Miranda. Le gusta la música, ¿verdad? Si acepta mi invitación para asistir a una velada musical en mi casa, en Cadogan Place, no tendrá más remedio que ver mi rostro. Y no saque conclusiones apresuradas de nuevo. Habrá otros veinticuatro invitados. Sería un honor que nos acompañara.

Seguramente, no debería hacerlo, pensó ella. Sabía que no debía, pero el riesgo le sonaba tan tentador... Y, en realidad, ¿qué podía perder?

—Tenía planes para salir de la ciudad, milord...

—Pero seguramente podrá posponer su marcha durante unos días. Londres está tan falto de compañía que debe usted de estar muy aburrida. Complázcame a mí, y a usted también.

—Bien, tendré que pensarlo.

—Enviaré mi coche a buscarla, ya que seguramente su calesa tardará en estar reparada. El miércoles que viene, a las nueve.

—Tendré que pensarlo —repitió ella con cautela.

Él no se desanimó.

—Puede venir o no, como desee. En cualquier caso, mis sirvientes le llevarán los caballos a casa rápidamente, y me ocuparé también de que le envíen la calesa. Ha sido un honor conocerla y poder ayudarla.

Para su sorpresa, él le besó el dorso de la mano. El contacto de sus labios fue ligero, pero contra la piel desnuda de su mano, a Miranda le resultó un poco... inquietante. ¿Qué demonios había hecho con los guantes?

Bajó del coche prácticamente de un salto, y estuvo a punto de caerse. Le pareció oír una carcajada desde las sombras, pero se dio cuenta de que era absurdo.

—*À bientôt* —murmuró su rescatador.

Y un momento después, se había marchado.

Lucien de Malheur, el conde de Rochdale, se acomodó en el asiento de su coche y tamborileó sus largos dedos contra la pierna mala. Estaba pensativo. Siempre se había enorgullecido de su capacidad de adaptarse a los vientos que corrieran, y el hecho de pasar tan sólo diez minutos con Miranda Rohan había alterado los vientos notablemente.

Era muy bella. No sabía por qué debía sorprenderse;

nadie le había dicho nunca que no lo fuera. Tenía el pelo castaño, y unos ojos extraordinarios. Y una voz suave, melodiosa, y una boca carnosa que, cuando no estaba apretada con fuerza, estaba llena de buen humor.

Lo cual le sorprendía, dado que aquella mujer se había pasado los dos últimos años aislada, sin mucha esperanza de cambio en un futuro próximo. Él hubiera pensado que estaba un poco más apagada, incluso deprimida.

Lady Miranda Rohan le parecía alguien muy difícil de deprimir, y por lo tanto, el desafío era muy tentador. La familia Rohan tenía una deuda con él, y hasta el momento se había librado de pagarla con demasiada facilidad. Ni siquiera la caída en desgracia de su única hija había alterado su serenidad.

Pues bien, eso iba a cambiar rápidamente.

Todos sus perros guardianes se habían marchado de la ciudad. Todos los Rohan estaban en Yorkshire, a días de camino hasta Londres, y la habían dejado sola. Ella no sospechaba nada, pero para los hombres de Jacob Donnelly había sido muy fácil sabotear la calesa de la joven. Podría haber ocurrido un accidente peligroso, pero merecía la pena correr aquel riesgo, porque de aquel modo Lucien había tenido la oportunidad de acudir en su rescate como todo un caballero.

Y se alegraba mucho de haberse decidido a hacer algo en relación a la muchacha. Hasta el momento, los Rohan se habían enfrentado a su deshonra con una total altivez, y con arrogancia. Sin embargo, el hermano de lady Miranda, Benedick, no tenía ni idea de que su antigua prometida tenía un hermano que vivía en Jamaica. Un hermanastro que había decidido vengarse a cualquier precio. Apoderarse de la hermana de Benedick era perfectamente simétrico, y a Lucien le encantaba la simetría.

Además, lady Miranda le había gustado. Al principio, su plan era sólo conocerla para poder decidir cuál era la mejor forma de conseguir la venganza. Sin embargo, con una sola mirada a su rostro, se había dado cuenta de que había sido un tonto por permitir que la deshonrara otro. No debería haber delegado la tarea la primera vez. Sin embargo, no sabía que el hecho de enredar a lady Miranda en su telaraña podría tener muchos beneficios.

Estaba a medio camino de casa cuando se le ocurrió una idea que le hizo reír. Supo exactamente cómo podía aplastar a los Rohan, impedirles que rescataran a su hija en aquella ocasión, hacer algo al respecto.

Se casaría con ella.

Saber que lady Miranda estaba en manos del Scorpion los volvería locos, cuando supieran quién era. La habían protegido de todo, incluso de su estúpida caída en desgracia. Pero no podrían protegerla de su marido legítimo.

Cuanto más lo pensaba, más maravilloso le parecía. No tenía intención de hacerle daño a la chica. Miranda Rohan sobreviviría a su paso por el lecho matrimonial indemne, salvo por el espíritu abatido. Le quitaría la risa de los ojos. Les quitaría la risa a todos los Rohan de los ojos.

Era una solución práctica por varios motivos. Hacía tiempo que él quería encontrar una esposa. Tenía treinta y cinco años, y necesitaba casarse. Miranda Rohan cumpliría aquel papel admirablemente.

Tendría un par de hijos con ella, y si sobrevivía a los partos, la mantendría en su finca del Distrito de los Lagos, lejos de su familia. Pawlfrey House era un lugar frío y oscuro, situado en uno de aquellos valles sombríos que abundaban en el Distrito de los Lagos, y Lucien dudaba que ni siquiera con un toque femenino aquella casa pudiera ser más agradable. Sería una vida difícil para los niños que pudiera tener con ella. Seguramente se los llevaría a un clima más cálido para criarlos.

Miranda, no obstante, permanecería en la casa. Nunca volvería a ver a su familia, y así, ellos pagarían su deuda. Genevieve descansaría en paz, y él podría volver a viajar. Incluso las zonas más soleadas de aquella isla eran demasiado frías para su gusto.

Nada de secuestros lamentables ni declaraciones de amor. Le propondría aquella unión como una sociedad de negocios. No creía que le hiciera falta cortejarla, lo cual era beneficioso. Le llevaría tiempo captar su interés, y el tiempo era su enemigo. En cuanto los Rohan supieran quién era él, se pondrían en guardia, y él no quería verse obligado a cometer alguna torpeza.

En aquellas circunstancias tenía ventaja, y él siempre aprovechaba las ventajas. La tendría comiendo de su mano mucho antes de que la familia se enterara.

Seguramente, lady Miranda sentiría repugnancia al pensar en él como amante, pero no tenía importancia. Aprendería a que le gustara, si no Lucien de Malheur, sí las cosas que podía hacerle. Era un magnífico amante cuando se lo proponía. Y tal vez mereciera la pena tomarse la molestia por ella.

Estaba diluviando cuando llegó a su casa, pero el apresuramiento lo volvía torpe, así que subió los escalones despacio, ignorando el chaparrón. En realidad, él era un hombre que prefería las tormentas antes que los cielos azules e insípidos. Y el tiempo iba a ser muy tumultuoso.

CAPÍTULO 3

Por supuesto que no iba a aceptar su invitación, pensó Miranda, aunque con cierto pesar. Cuando se cercioró de que los caballos estaban en casa y de que no había nada más que lamentar en todo aquel desastre, se retiró a su habitación y tomó un baño caliente para quitarse el frío de los huesos. Mientras estaba en la bañera, tuvo tiempo de reflexionar sobre aquel extraño encuentro. Un encuentro que la había dejado un tanto inquieta.

En realidad, la mayor parte de las cosas que sabía sobre Lucien de Malheur eran conjeturas y rumores. Para empezar, aunque su apellido fuera francés, su familia era inglesa normanda. El apellido de los Malheur estaba registrado en el Domesday Book, y nadie se atrevía a mirarlos con desprecio, por muy bajo que hubieran caído las últimas generaciones. Por fortuna, la prima Louisa era toda una experta en escándalos y habladurías.

—¡Ah, los Malheur! —dijo la dama con un suspiro—. ¿Nunca te había contado que estuve enamorada del tío del actual conde? No sirvió de nada, claro, ni siquiera con un título tan ilustre. En aquel momento eran muy pobres, porque habían tenido que vender la mayoría de su patrimonio para pagar las deudas de juego. Por otra parte, yo no tenía dote. Pero creo que en realidad fue mejor así. Estaban bastante locos. He oído historias tan espeluznantes que ni siquiera me atrevo a contártelas, porque aunque tu pasado no sea impecable, sigues siendo una inocente. Por supuesto, yo no les presté atención a todas estas historietas sobre los Malheur. Después de todo, no era más que una muchacha y estaba anonadada con aquel guapísimo caballero y su dramática historia. Y, Señor, qué familia tan guapa. El conde actual no lo es, por supuesto, pero yo dudo que sea el monstruo que dice la gente.

—¿Es que nunca lo has visto?

—¡No, por Dios! Él nunca vino a Londres. Cuando los Malheur perdieron toda su fortuna, se retiraron a una de aquellas islas del nuevo mundo, llena de esclavos y cosas así, y el conde se crió allí después de que su padre muriera. Volvió a Inglaterra hace poco tiempo, y desde entonces, mi mala salud me ha tenido postrada... Además, él sale muy poco, incluso ahora. Es una gran coincidencia que te lo hayas encontrado tú.

Miranda tuvo una punzada de inquietud, pero la ignoró.

—¿Y no te gustaría conocerlo? No tenemos que quedarnos mucho tiempo, si no quieres.

—¡Ay, mi salud! —suspiró la prima Louisa—. Sin embargo, no veo por qué no puedes ir tú.

Miranda la miró con inseguridad. Aunque ella no conociera los últimos chismorreos, el Scorpion tenía una fama oscura que llegaba incluso hasta los confines del aislamiento de Miranda. Por otra parte, tal y como él mismo había señalado, la sociedad estaba llena de mentiras e insinuaciones, de juicios perversos y normas inflexibles.

Además, Miranda recibía la mayor parte de la información a través de su familia, y nunca le habían mencionado a aquel hombre, así que no podía ser tan malo.

Aceptaría su invitación. ¿Cuánto tiempo hacía que Miranda no disfrutaba de una velada musical en casa de alguien? Y eso no podía dañar su reputación más de lo que ya lo estaba. Sin embargo, no trabaría amistad con él. Miranda no sabía por qué lo apodaban Scorpion, pero claramente aquello era una advertencia. No era conocido como Lucien de Malheur, el Corderito.

Aquel miércoles, a las nueve y media de la noche, Miranda se había puesto un vestido verde y un collar de esmeraldas, y estaba perfectamente arreglada cuando anunciaron a lord y lady Calvert.

—Mi querida lady Miranda, ¡qué placer conocerla! —exclamó lady Calvert al saludarla, envuelta en una nube del mejor perfume francés—. Nuestro querido Lucien pensó que estaría más cómoda asistiendo a esta pequeña reunión en nuestra compañía. Por supuesto, él no podía venir a recogerla en persona, porque sus deberes de anfitrión se lo impedían. Siento que hayamos llegado tarde, ¡pero no encontraba nada que ponerme! Vamos a pasarlo muy bien, de todos modos. Lucien ha contratado al *signor* Tebaldi, de la ópera, que es el mejor tenor que ha habido en Londres durante mucho tiempo, y el señor Kean nos leerá fragmentos de Shakespeare. ¡No puede perdérselo! —exclamó—. Pero veo que no tiene intención de rechazar la invitación. Está preciosa, querida. Está ensombreciendo mis encantos envejecidos.

Como lady Calvert era increíblemente bella, Miranda se permitió dudarlo, y lo negó como mandaban los cánones de la cortesía. No había tardado ni un instante en reconocer a Eugenia Calvert, la mujer que había hecho lo impensable y había dejado a su primer marido para escaparse con sir Anthony Calvert. También estaban apartados de la sociedad, como ella, pero aparte de aquel borrón en su reputación, lady Calvert era de buen linaje, y tan elegante como cualquier otro miembro de la alta sociedad.

Rochdale House estaba en los límites del barrio de moda, en una calle que Miranda no reconocía. Aunque no estaba iluminada con tanta profusión como ella recordaba de otras fiestas a las que había ido, sí había la luz suficiente como para poder distinguir las formas oscuras y atractivas de una casa enorme. Ella volvió a sentir las mismas dudas de antes. ¿Había cometido otra tontería?

Todavía estaba intentando dar con una excusa cortés cuando entró por la puerta de la mansión a un vestíbulo inundado de luz, y se preparó para ver por primera vez al supuesto monstruo que, inexplicablemente, había solicitado su amistad.

No estaba allí. Mientras Miranda le entregaba la capa a uno de los sirvientes, miró a su alrededor con asombro. En una reunión tan pequeña, el anfitrión solía recibir a sus invitados, pero el vestíbulo estaba vacío, y la música que llegaba descendía por la amplia escalinata de mármol.

—Llegamos un poco tarde —dijo lady Calvert a modo de disculpa—. Seguramente, Lucien ha pensado que no íbamos a venir.

La dama la tomó del brazo y la condujo hacia la escalera, parloteando tan alegremente que Miranda no pudo protestar. Así pues, irguió los hombros y se preparó. Nunca había rehuido un desafío, y no iba a empezar en aquel momento. Además, ya no podía salir corriendo.

El *signor* Tebaldi estaba cantando con gran potencia, y nadie los oyó llegar cuando entraron al salón. Olía a la cera de las velas, a perfume y a flores de invernadero, y el calor era sofocante. Había más o menos dos docenas de invitados, tal y como él había prometido, todos observando al tenor con embeleso, salvo un hombre.

Un hombre que estaba sentado entre las sombras al final de la sala. Miranda sintió sus ojos; era Lucien de Malheur.

Lady Calvert se había esfumado después de cumplir con su deber, y el *signor* Tebaldi comenzó otra aria, sin dejar apenas pausa para los aplausos o las toses. Y Miranda sólo podía hacer una cosa.

Su anfitrión no se había movido, y seguía observándola. Ella se preguntó, por un instante, si acaso él no podía caminar. Se dirigió hacia el conde, que estaba solo, cuando de repente un hombre se interpuso en su camino. Ella estuvo a punto de chocarse contra él.

Miró hacia arriba y vio una cara muy bella, de ojos oscuros y sonrisa despreocupada. Le resultaba vagamente familiar, y se preguntó si no se habría confundido y Lucien de Malheur era aquel magnífico espécimen masculino.

—¡Lady Miranda! —exclamó el hombre, y ella supo al instante que no era su anfitrión. La voz de Scorpion era suave, sinuosa, inolvidable, muy diferente del tono vigoroso de aquel otro—. Hace mucho que no nos vemos, pero me habían dicho que acudiría usted a la velada de esta noche y confieso que estaba esperando su llegada. Espero que no me haya olvidado.

—Por supuesto que no —mintió ella.

Él se echó a reír.

—Nunca me atrevería a poner en cuestión la sinceridad de una dama, pero sospecho que no puede recordar quién soy. Me llamo Gregory Panelle, y soy amigo de su hermano Benedick. Usted y yo nos conocimos hace varios años.

Ella sonrió amistosamente.

—Claro que me acuerdo de usted, señor Panelle —dijo ella, aunque en realidad no lo identificaba. Sin embargo su hermano nunca le habría presentado a ningún libertino, así que Miranda supuso que no habría nada indecoroso en disfrutar de su conversación.

Era muy alto y le impedía la visión, y se inclinó hacia un lado, ligeramente, para observar el asiento que había entre las sombras y que había quedado vacante. Su anfitrión se había desvanecido.

—Supongo que no sabrá dónde puedo encontrar al conde. Me temo que hemos llegado tarde, y no he tenido oportunidad de saludarlo.

—¿Ha venido acompañada? Espero no haberme impuesto a los derechos de otro caballero. No vi a nadie cuando entró en el salón, flotando como un ángel radiante.

—Nadie tiene ningún derecho sobre mí —respondió ella con algo de tensión.

Él se inclinó hacia ella, acercándose demasiado, y le murmuró en un tono ardiente:

—Entonces, ¿le importa que yo la acompañe?

Miranda se limitó a pestañear con ingenuidad y respondió:

—Me temo que necesito ver a lord Rochdale. Tal vez podamos charlar más tarde.

Él le tomó una mano enguantada y se la llevó a los labios.

—Sería un honor llevarla con él. No sé por qué quiere verlo, pero uno debe ser galante, ¿verdad? Venga conmigo.

Él la condujo hacia las puertas de la terraza, y ella no pudo resistirse para no llamar la atención.

—¿Le ha pedido él que me acompañe?

—Por supuesto —respondió inmediatamente el señor Panelle–. Hace muchísimo calor aquí dentro, ¿verdad? Él estará esperando fuera, en la terraza.

«Maldita sea», pensó Miranda, que no creyó lo que le había dicho. Era un hombre muy grande, pero ella era muy capaz de deshacerse de él si era necesario. Y tal vez ella estuviera equivocada y Panelle estuviera cumpliendo, de verdad, con una petición del conde.

La noche era muy fresca, en comparación con el ambiente de calor del salón, y la luna brillaba en el cielo. Y no había absolutamente nadie en la terraza.

–Lord Rochdale debe de haber cambiado de opinión –dijo ella–. Deberíamos volver...

Gregory Panelle la apresó entre sus brazos y la estrechó contra el pecho con una torpeza sorprendente, mientras se inclinaba para besarla.

–Sabes tan bien como yo que Lucien no está aquí fuera. Vaya, verdaderamente eres una preciosidad. Nunca me había fijado –dijo, e intentó besarla.

Ella apartó rápidamente la cara y los labios de él, húmedos y carnosos, aterrizaron en su barbilla. La estaba agarrando con mucha fuerza, y Miranda se había quedado inmóvil, helada entre sus brazos, esperando la oportunidad de poder escapar.

–Vamos, vamos, no seas remilgada –le dijo él, y con una mano le estrujó uno de los pechos–. Tú y yo sabemos que no eres demasiado valiosa como para eso. Si te portas bien conmigo, tal vez me piense si te pongo una casita propia.

–Ya tengo una casa propia –respondió Miranda glacialmente–. Y si no me sueltas, lo vas a lamentar.

Él cometió el error de echarse a reír.

–Me gustan las muchachas con carácter. Mira, hazme caso, tú no querrías tener nada que ver con alguien como Scorpion. Es un hombre muy malo.

—¿Y tú eres bueno? —inquirió ella, esperando la mejor oportunidad, eligiendo su blanco.

—Bueno, no tan malo como Lucien, a decir verdad, y mucho más guapo. Él es feo como el demonio, y mucho más malo cuando se enfada. Ese hombre es implacable —le dijo a Miranda, y le pellizcó el pecho con tanta fuerza que ella estuvo a punto de gritar de dolor.

—Entonces, ¿por qué piensa que puede tratar así a sus invitadas, y arriesgarse a provocar su cólera? —preguntó una voz suave desde la oscuridad.

Miranda hizo su movimiento. No era muy propio de una señorita, pero sí era muy efectivo. Alzó con dureza la rodilla y le golpeó entre las piernas, en la parte masculina que a ella tanto le desagradaba, y el grito agudo de aquel hombre fue mucho más bonito que la voz melodiosa del *signor* Tebaldi. Él se cayó al suelo de piedra de la terraza entre sonidos de agonía, y se acurrucó como un bebé.

Si hubiera estado sola, Miranda le hubiera dado otra patada para estar segura. Sin embargo, miró al hombre que apareció de entre la oscuridad, y a la luz de la luna llena de marzo vio por primera vez a Scorpion.

No pestañeó. Era un hombre alto, y delgado, casi descarnado. Tenía el rostro lleno de cicatrices antiguas, pero terribles, y Miranda no supo deducir cuál era su origen. Había algo que le había pasado como un rastrillo por la cara y le había dejado surcos profundos. Iba vestido de negro desde la cabeza a los pies, con elegancia, y caminaba apoyándose en un bastón.

—Mirad todo lo que queráis, lady Miranda —le dijo él, suavemente, con aquella voz que ella recordaba bien—. Como mínimo, os debo eso, por no haber sabido protegeros como es debido de un canalla como Panelle. ¿Queréis verme caminar? Uno no calibra el efecto completo de mis deformidades hasta que ve cómo me muevo —añadió, y giró lentamente, apoyándose en el bastón.

Miranda advirtió que tenía una pierna ligeramente doblada, retorcida, como si se le hubiera roto y nunca se la hubieran entablillado debidamente.

Tenía el pelo largo y oscuro, y se lo había recogido en una coleta en vez de usarlo para esconder sus cicatrices. Cuando se le acercó, Miranda pudo verlo con más claridad, más allá de las cicatrices. Tenía una cara alargada, inteligente, de pómulos altos, y unos ojos rasgados, vagamente exóticos. Ella no veía bien de qué color eran, pero a la luz de la luna percibió que eran muy claros, más de lo normal. Tenía la nariz delgada, fuerte, un poco torcida. Por suerte, el horror que le hubiera sucedido a las demás partes de su cuerpo no había rozado su boca. Tenía el labio superior estrecho, serio. Y su labio inferior era carnoso y sensual. ¿Cómo sería besar aquella boca?, se preguntó ella sin darse cuenta, con una curiosidad escandalosa.

—Como ve, soy horrible —dijo él con aquella voz suave y seductora—. Pensé que sería mejor que estuviera advertida. Sin duda, mucha gente le ha dicho que no viniera esta noche, que no aceptara mi amistad.

—No —respondió ella con calma—. Nadie me ha dicho nada.

Por un instante, él se quedó sorprendido.

—Vaya... Tanto esfuerzo por granjearme una reputación tan mala, y no me ha servido de nada.

—Bueno, en realidad yo no frecuento mucho los eventos de la alta sociedad, así que no ha habido ocasión de que nadie me advirtiera nada. Seguro que si mis amigos o mi familia supieran que he conocido a un villano curtido, me habrían prevenido, pero están todos fuera de la ciudad.

Él la miró con una expresión rara.

—Entonces, me alegro de su falta de compañía —dijo—. Así podemos conocernos sin la intromisión de ningún familiar. He pedido la cena para dos en mi estudio, y espero que me conceda el honor de acompañarme.

—Pero... ¿y sus invitados?

—El *signor* Tebaldi cantará hasta que la mitad de ellos estén borrachos o dormidos, y después el señor Kean intentará despertarlos con algunas lecturas increíbles, y nadie se dará cuenta de si estoy o no estoy presente. De hecho a menudo dejo de asistir a mis propias fiestas. Es parte de mi encantadora excentricidad.

—Oh, a mí también me gustaría ser encantadoramente excéntrica, pero parece que eso sólo se les permite a los hombres.

—Le daré unas lecciones, querida. Venga a cenar conmigo, y no tendremos que preocuparnos por esa gente.

Miranda titubeó. Miró al señor Panelle, que todavía estaba haciendo ruiditos en el suelo.

—¿Qué hacemos con él?

—Los sirvientes lo echarán. A menos que quiera golpearlo de nuevo.

¿Acaso le había leído el pensamiento?

—Creo que ya está sufriendo bastante —dijo finalmente, conteniendo la tentación.

—Le ofrecería el brazo, pero me temo que camino con mucha torpeza y sería incómodo para usted —murmuró el conde—. Hay un sirviente al final de la terraza, con un candelabro en las manos. Él lo acompañará hasta mi estudio mientras yo doy órdenes para que hagan desaparecer esta porquería.

Miranda se había pasado la mitad de la noche vacilando. Podía hacer lo seguro, lo aburrido, y volver a escuchar al *signor* Tebaldi, y después tomar un coche y regresar a casa.

Sin embargo, nunca le habían gustado demasiado los tenores.

Lucien de Malheur se inclinó sobre Gregory Panelle y le acarició la cara pálida y sudorosa con la punta del bastón.
—Bien hecho, Gregory. Has representado admirablemente bien tu papel. Es una pena que ella también haya defendido admirablemente bien su honor, pero, en realidad, supongo que yo te habría hecho más daño. Además, creo que es mejor que todavía no haya aparecido como un galante rescatador.
Todavía no.
Gregory no dijo nada. No podía.
—No te preocupes. Yo me ocuparé de ella —dijo Lucien—. Sé que tendrás el suficiente sentido común como para no hablar con nadie del trabajo de esta noche, a menos que quieras arriesgarte a no volver a hablar nunca más.
—Esa chica... se merece una lección... —respondió Gregory entre jadeos—. Una buena paliza.
—Recibirá su lección, Gregory. Te prometo que yo la someteré, aunque hay métodos mucho más efectivos que la fuerza bruta. Y ahora, ve a casa y ponte hielo. Supongo que todas tus partes volverán a funcionar bien en una semana, más o menos.
Mientras seguía a su invitada por la terraza, Lucien oyó el gemido de dolor de su judas particular y sonrió.

CAPÍTULO 4

La puerta daba a un estudio inundado por la luz de las velas, y gracias a Dios, silencioso, después del famoso fortísimo del *signor* Tebaldi. Miranda entró con un suspiro de alivio. Había una mesa para dos y un buen fuego en la chimenea, y ella empezó a sentirse menos aprensiva.

Oyó que el conde se acercaba. Lo supo por los golpes constantes de su bastón. Seguramente, debería sentir miedo, porque las historias sobre aquel hombre eran una leyenda. Sin embargo, estaba tranquila. Se sentaría frente a él y cenaría observando su belleza estropeada sin pestañear.

Porque, bajo las cicatrices, era un hombre verdaderamente guapo, y Miranda se preguntó qué era lo que había causado aquel daño tan cruel.

El conde entró en la habitación con una elegancia peculiar en su modo torcido de andar. Ella pensó que debía de hacerlo todo con elegancia. Él se sentó frente a ella y Miranda lo miró con calma.

—La mayoría de las mujeres mantienen los ojos en la zona general que hay sobre mi hombro, lady Miranda. ¿Tiene usted una fascinación especial por los horrores?

Ella se echó a reír sin poder evitarlo, y él se quedó verdaderamente sorprendido.

—Nada de horror, milord. Había conseguido que me esperara algo salido de una novela gótica.

—¿La he decepcionado? Me sorprende. ¿Su respuesta habría sido distinta si yo fuera la criatura deforme que imaginaba?

—Creo que habría sido comprensiva y habría sentido compasión. Pero todo lo que tiene son algunas cicatrices y una pierna mala. No es precisamente una pesadilla.

—Entonces, ¿no tengo su paciencia ni su comprensión tal y como soy?

—Claro que sí, si las necesita. Pero me parece que no es así.

—Muy astuta. Tengo todo lo que necesito en la vida, salvo lo que necesito. Tengo socios, enemigos, amantes y conocidos. Necesito un amigo.

—¿Cree que nosotros podemos ser amigos? Admito que últimamente he tenido muy pocos. Pero una amistad inocente entre un hombre y una mujer normalmente se malinterpreta. ¿Cree que la sociedad lo aprobaría?

—Lo dudo, y dudo que a usted le importara. Parece que ninguno tenemos un gran grupo de amigos entre los que elegir. No hay mucha gente tolerante, y no creo que uno deba desechar las posibilidades sin pensarlo bien.

Ella se quedó mirándolo durante un instante. Aquella oferta de amistad parecía genuina, como si de veras estuviera preocupado por la vida vacía de Miranda. Y tenía razón. No había muchas más opciones.

—Sería un honor contarlo entre mis amigos —dijo, sorprendiéndose incluso a sí misma.

A modo de respuesta, el conde sonrió de un modo que fue toda una revelación. Lucien de Malheur podría haber sido un adonis de no tener aquellas cicatrices. Cuando sonreía, todo lo demás desaparecía.

Ella le devolvió la sonrisa.

Para asombro de Miranda, las horas pasaron rápidamente mientras charlaban. Ella se dio cuenta de que era alguien con quien siempre había soñado. Un amigo, antes que un amante. Alguien que veía las cosas de un modo parecido a ella. La hacía reír, sobre todo cuando estaba intentando hacerse el villano y el torturado, y a ella le encantaba pincharle en su vanidad perversa.

–La veo como a una heroína valiente de Shakespeare –le dijo el conde en un momento de la conversación–. No como a Miranda, porque no es la hija de un hechicero. Más cerca de alguien que se pone ropa de hombre y corre hacia el bosque, como Rosalinda o Viola, y le hace creer al pobre héroe que se ha enamorado de otro hombre.

–Tal vez. Estoy segura de que usted se ve como Otelo, torturado y meditabundo, pero yo lo veo más parecido a Calibán, no tan monstruoso como usted quiere creer.

–No, milady –respondió el conde–. Ha elegido una obra equivocada. Soy Ricardo III, empeñado en demostrar que soy un villano.

Miranda se rió, porque no había otra respuesta posible; sin embargo, la sonrisa del conde fue ligeramente vaga, y ella se sintió inquieta de nuevo. Él estaba bromeando, por supuesto. Sin embargo, al mirar sus ojos pálidos, Miranda no estaba tan segura...

Seguía pensando en aquello cuando se dirigía a su casa, en el elegante carruaje del conde, el mismo en el que la había llevado bajo la lluvia. Los criados habían llevado el coche hasta una puerta lateral y él la había acompañado hasta allí, lejos de los demás invitados, y la había ayudado a subir. Le había tomado la mano y se la había sujetado durante un momento mientras la miraba en la oscuridad, y ella esperaba a que sus labios le rozaran la piel.

Sin embargo, él la soltó, y ella se puso los guantes inmediatamente, con vergüenza, porque sabía que se había detenido porque quería sentir su boca en el dorso de la mano. Después, él cerró la puerta y ella se alejó de su casa enorme y oscura. Miranda se acomodó en el lujoso asiento y cerró los ojos.

Dios Santo, ¿qué le ocurría? ¿Acaso todo aquello era porque llevaba tanto tiempo aislada que un monstruo de mala reputación podía despertar su interés?

Aunque él no era ningún monstruo. Al mirar más allá de las cicatrices y ver su cara, su estructura ósea perfecta, los ojos pálidos y alerta, aquella boca que atraía la mirada de Miranda... Tenía unas preciosas manos, también, de dedos largos, que parecían capaces de aplicar una gran fuerza y de mostrar una gran ternura.

De hecho, él no era Ricardo III ni Calibán. Era un príncipe encantado, y ella...

Ella se había vuelto loca. Se echó a reír en voz alta. Había recibido demasiado de su maravillosa voz, de su atención, de su inteligencia y sentido del humor, y de aquella ligera malicia que era irresistible. Estaba ebria de Lucien de Malheur.

Aquélla era una atracción inocua. A nadie se le ocurriría pensar que ella se había enamorado de Scorpion, y menos a él mismo. Tenía la sensación de que hacía años que no se permitía tener fantasías, sueños, y él era un tema inofensivo para aquellas fantasías. Miranda podía soñar con que lo rescataba de la oscuridad, que lo liberaba de su amargura. Podía soñar con un final feliz. Al menos, para él, si no para ella.

Lucien de Malheur recorrió los pasillos de su casa con satisfacción por el trabajo de aquella noche. La tenía. Ella había caído con una facilidad asombrosa entre sus manos, con un señuelo muy delicado. Aquella muchacha había estado tan aislada que se había enamorado del primer hombre que había sabido cómo tratarla, aunque fuera una criatura dañada, como él.

Calibán. Lucien se rió. Desde luego, Miranda Rohan demostraba un gran atrevimiento al burlarse de sus aires melodramáticos. Él pensaba que, mostrándole un espíritu herido, se ganaría su simpatía, pero Miranda se había reído de él y lo había visto tal y como era.

Y eso hacía que la empresa fuera mucho más interesante. Miranda Rohan lo miraba directamente, sin miedo ni temor, y era franca y desafiante. Sería una excelente esposa para el corto periodo que él tenía pensado.

Lucien prosiguió hasta su estudio, el que de verdad era su estudio, el que usaba para los negocios y para ninguna otra cosa. Tal y como esperaba, su invitado ya estaba allí, sentado junto al fuego, con las botas apoyadas en el parachispas de latón y una copa de brandy francés en la mano. Jacob Donnelly tenía el control del contrabando de brandy que entraba en Londres, y él mismo mantenía la casa del conde de Rochdale bien surtida.

—¿A qué debo el honor? —preguntó Lucien mientras se servía una copa.

Jacob alzó la cabeza y lo miró. Era un hombre extremadamente guapo. Alto, de miembros largos y con una cara que se ganaba a las doncellas, a las prostitutas y a las condesas. Ellos dos eran muy distintos. El aristócrata lisiado y el guapo rey de los ladrones de Londres. No era de extrañar que se llevaran tan bien.

Donnelly se recostó en el asiento de la butaca y siguió mirándolo.

—He oído algunas cosas por ahí —dijo, con su voz grave.

Su acento era una mezcla del acento irlandés, del de las calles de la ciudad y del lenguaje aristocrático que había oído tantas veces. Aquel hombre era un imitador nato, y así era como se había ganado la vida desde que había escapado de los ricos plantadores que lo usaban como esclavo. Donnelly tenía ocho años, y Lucien no se hacía ilusiones sobre lo que aquel niño había hecho para sobrevivir. Se le veía en los ojos negros.

—Me imagino que oirás muchas cosas por ahí —dijo Lucien, que se acercó al fuego. Hacía frío, y le dolía la pierna—. ¿Hay algo que pueda interesarme?

—Tal vez. Parece que el duque de Carrimore y su joven y bella esposa van a venir a Londres. Y van a traer los diamantes con los que ella se adorna. Creo que necesita liberarse de algunos de ellos. Son una... distracción que empañan su belleza natural.

Lucien se echó a reír.

—La idea tiene mérito. El viejo está tan encaprichado con su mujer que le comprará más, y a ella le encantará salir de compras. Eugenia se aburre con facilidad, como bien sé, y seguramente ya está cansada de sus joyas. ¿Estás interesado en todas las joyas, o sólo en una selección?

—Creo que deberíamos hacernos con todas ellas —dijo Jacob—. ¿Para qué nos vamos a molestar a medias?

—Pues sí. Si siguen sus costumbres, los duques harán una fiesta para celebrar su llegada a Londres. ¿Quién quieres que me acompañe como sirviente esa noche? Sé que Billy

Bank es el mejor de tus hombres, y es excelente haciendo de lacayo aburrido, pero lo hemos usado demasiadas veces. ¿No tienes a nadie que pueda sustituirlo?

—Estaba pensando en hacerlo yo mismo.

—¿Tú? ¿Y crees que es recomendable? Un general no se une a sus soldados, sino que da las órdenes. Tú tienes un ejército de ladrones que pueden hacerse pasar por mi lacayo, subir a la habitación de lady Carrimore y librarla de esa excesiva carga de brillantes.

—Claro que sí. Tal vez quiera comprobar si conservo mis habilidades. Puede que la falta de práctica me vuelva torpe, y quiero estar seguro de que podría mantenerme por mí mismo si toda la organización se viniera abajo. Además, también tengo enemigos, gente que quiere hacerse con mi parte de Londres, y sospecho que no me vendrá mal demostrar que puedo hacer este trabajo. Aunque quién sabe, tal vez me retire. Últimamente tengo ganas de viajar.

—No seas absurdo. Tienes treinta años. ¿Cómo vas a retirarte? A mí me parece que es un riesgo muy grande. Si te atrapan, todo tu imperio se desmoronará, y yo perderé una parte de mis ingresos. No es que lo necesite, pero como sabes, me gusta el juego.

—Pues sí, lo sé. Hemos compartido muchas cosas desde que nos conocimos, y sé que a los dos nos gustan los desafíos. En realidad, ninguno de los dos necesita esos diamantes, y Carrimore los tiene muy vigilados. Según tengo entendido, uno de sus sirvientes se dedica solamente a hacer guardia día y noche para proteger las joyas.

—Sé que tú no tendrías ningún problema para superar ese obstáculo, amigo, pero, ¿por qué te vas a arriesgar? —le preguntó Lucien. Después se echó a reír—. Qué pregunta tan absurda. Por el mismo motivo por el que me arriesgaría yo. Pero eres un poco alto para ser lacayo.

—Me encorvaré.

Lucien se sentó frente a él y estiró con cuidado la pierna mala.

—Está bien. Si tú quieres correr ese riesgo, supongo que yo también. Después de todo, puedo fingir que no te he visto en toda mi vida si te cazan.

—Si me sorprenden con las manos en la masa, no voy a quedarme esperando a que me hagan preguntas, y tampoco voy a permitir que me encierren. No me gustan los espacios pequeños.

—¿Y quién podría reprochártelo? —preguntó Lucien—. Entonces, está decidido. Te mandaré un mensaje cuando reciba la invitación. ¿Algo más?

Donnelly bajó los pies al suelo.

—También he oído por ahí que estás pensando en casarte.

Lucien arqueó una ceja, aunque sabía que no debería sorprenderle que Donnelly hubiera recibido tan rápidamente aquella información. Él no le había dicho nada a nadie, pero había hecho algunas pesquisas. El Rey de los Ladrones tenía informadores por todas partes y era muy inteligente; no había tenido ningún problema para sumar dos y dos.

—Qué clarividente por tu parte. ¿Me vas a dar la enhorabuena? No, no hay prisa. Me temo que la dama todavía no sabe lo que le espera.

La carcajada de Jacob no fue de alegría.

—Me parece que no es buena idea. Sé lo que buscas, y el motivo, y deberías dejarlo. La venganza es enemiga del sentido común en los negocios, y tú eres mi socio. No me gusta. ¿No has hecho ya suficiente? Olvídala.

—Eso no es asunto tuyo —dijo Lucien con frialdad—. He decidido que es hora de casarme y tener herederos. Lady Miranda Rohan cumplirá muy bien ese papel.

—El matrimonio nunca había formado parte de tus planes antes. ¿Por qué ahora?

—Querido muchacho, ¿de verdad crees que voy a hablar de mi matrimonio con alguien como tú?

Donnelly se rió de nuevo.

—Sí, sí lo creo. Soy el único hombre en el que confías. Ligeramente.

—Confío en ti tanto como tú en mí.

Donnelly sonrió.

—Como ya he dicho, ligeramente. Aunque en realidad, yo confío en ti tanto como confío en todos los demás. Es sólo que, por naturaleza, no soy un hombre confiado.

—Por eso nos llevamos tan bien. No te preocupes por lady Miranda. Ella no se va a arrepentir. Por lo menos al principio. ¿Y quién dice que su vida no sería mejor con otras elecciones?

—Gracias a ti, no tiene mucho donde elegir, ¿no crees?

—Pues ahora voy a compensarla por ello —dijo Lucien—. Va a ser condesa.

Donnelly sacudió la cabeza y se levantó.

—Me parece que a ella no le importan esas cosas. Yo me lo pensaría dos veces, si fuera tú.

—A todas las mujeres les importan esas cosas, Jacob. No te preocupes por mí. Todos hacemos cosas que pueden parecer poco inteligentes. Yo debería mantenerme alejado de lady Miranda. Tú deberías abstenerte de poner en práctica tus habilidades en el robo y dejar que tus subordinados hicieran el trabajo. Pero, ¿qué diversión hay en todo eso?

—Bueno, tienes razón en eso. Salvo que tú te vas a llevar un beneficio de mi robo, mientras que si te casas con esa chica, yo sólo me voy a llevar dolores de cabeza.

—Tendrás un socio mucho más versado en la venganza

y los negocios al mismo tiempo. Ahora, vete y déjame dormir un poco.

—Sólo son las cuatro —dijo Donnelly burlonamente, y se dirigió hacia las puertas de la terraza—. No dejes que la muchacha te agote.

—Será al revés, en cuanto pueda arreglármelas. Supongo que cuando la haya conseguido, me marcharé para que su familia no interfiera con nuestra feliz luna de miel. Así pues, mi presencia en Londres será esporádica durante varios meses. Espero que tu negocio pueda sobrevivir sin mí.

—Claro que sí, jefe —dijo Jacob—. Pero ten cuidado, no sea que sobreviva tan bien que no te necesite cuando vuelvas.

Lucien sonrió.

—No voy a renunciar tan fácilmente a mis inversiones.

—Entonces, te felicito. Tal vez le regale a tu novia unos cuantos de los diamantes de lady Carrimore por la boda.

—Si mi mujer necesita diamantes, yo se los daré.

Donnelly inclinó la cabeza y, unos segundos después, se había marchado con la misma gracia con la que lo hacía todo desde niño. La suya era una asociación de negocios extraña, y además, complicada por una amistad poco común.

Se conocían desde muchos años antes. El joven Jacob había ido a los trópicos para trabajar en una plantación, pero había terminado por huir de sus crueles dueños, y había llegado a las ruinas de La Briere, la casa de los Malheur. Lucien estaba viviendo allí solo, porque era el único superviviente de una epidemia de cólera, y los dos muchachos, poco más que niños, habían forjado un lazo muy fuerte y se habían decidido a escapar de aquella suerte.

Y lo habían conseguido. En Londres, Jacob se había hecho en menos de una década con el control del robo de la ciudad, y con el contrabando de bienes. Ya no tenía que hacer el trabajo sucio por sí mismo, sino que tenía un ejército de subordinados.

Y Lucien se había ido a Italia, donde había hecho una inmensa fortuna en las mesas de juego. Cuando apareció en Londres por primera vez, era más rico de lo que nunca lo hubiera sido nadie de su familia, debido al don para jugar a las cartas y la capacidad de hacer trampas cuando era necesario. Su sociedad con Jacob servía para mantener sus cofres llenos.

Por supuesto, le había mentido a lady Miranda. Él estudiaba bien a sus enemigos, y ella, por familia, era su enemiga. Lucien sabía que el hecho de pedirle que fuera su amigo la conmovería como ninguna otra cosa.

La amistad no era exactamente lo que él tenía en mente. Si necesitaba un amigo, lo tenía en Jacob.

Pero si alguien iba a envolver en diamantes la preciosa carne blanca de Miranda Rohan, era él, Scorpion.

Y eso enloquecería a su familia.

CAPÍTULO 5

El sobre de vitela blanco estaba en una bandeja de plata, y tenía su nombre escrito. Miranda se llevó una sorpresa cuando se lo llevó el mayordomo, y Jane, que estaba sentada en el suelo entre cientos de lazos de colores, miró hacia arriba.

La llegada de Jane Pagett había sacado a Miranda de su aburrimiento y su melancolía. Jane se había comprometido para casarse con el señor George Bothwell, un caballero, y había ido a la ciudad para visitar a su amiga y para hacer algunas compras antes de la boda. Sin embargo, estaba tan apagada como Miranda.

–Eso es una invitación –dijo Jane–. Creía que nunca te enviaban invitaciones. ¿Crees que ya has terminado tu castigo y te permiten volver a frecuentar la sociedad?

–Lo dudo –respondió Miranda.

No quería abrir el sobre. Obviamente, sería de Lucien de Malheur. Hacía más de una semana que había estado en su casa, y no había vuelto a saber nada de él. Esperaba al menos una nota, tal vez unas flores, alguna señal de reconocimiento de la maravillosa velada que habían pasado juntos, pero hasta el momento no había recibido nada.

Miranda había llegado a la conclusión de que no había sido tan maravillosa para él como para ella, lo cual no debería sorprenderla. Había sido su primera conversación adulta, inteligente, desde hacía muchas semanas, y la primera que no hubiera mantenido con alguien de su familia desde hacía casi un año, sin contar a Jane, que en realidad era de su familia también.

Miranda golpeó suavemente el sobre en la otra mano mientras pensaba. Si era la nota que había estado esperando, llegaba con mucho retraso, y además quería saborearla en privado. Jane la conocía muy bien, y Miranda ni siquiera estaba segura de qué era lo que sentía por Lucien de Malheur. No estaba preparada para hablar de ello.

—¿Es que no vas a abrirlo? —le preguntó Jane. Se levantó y se acercó a ella. Jane era alta, con el pelo moreno como su madre, aunque no tenía la extraordinaria belleza de Evangelina Pagett ni la gracia de su padre. Era un poco delgada, común y corriente, y la mejor amiga del mundo.

—La abriré después.

—Ah, no —dijo Jane, y se lanzó por el sobre, que le arrebató a Miranda antes de que ella pudiera impedirlo—. Soy yo la que tiene una vida anquilosada. Al menos, deja que viva a través de ti.

Miranda se puso en pie de un salto e intentó quitarle el sobre, pero Jane lo mantuvo por encima de su cabeza, riéndose.

—Vas a casarte con un buen hombre que te adora, y vas a vivir en una casa muy bonita y vas a tener unos hijos maravillosos y... ¿Por qué pones esa cara? ¿Es que no eres feliz? —preguntó Miranda, al ver el semblante sombrío de su amiga.

Jane intentó sonreír, pero Miranda se dio cuenta de que estaba sufriendo, y se olvidó de la invitación.

—Las cosas no siempre son lo que parecen. El señor Bothwell piensa que seré una esposa aceptable y que podré tener hijos con facilidad. Desea sobre todo tener un heredero. Le gusta que sea callada y que tenga buenos modales, y que me comporte como debo, y cree que lo haré bien.

—¿Que lo harás bien? ¿Y has aceptado su petición de matrimonio?

—Tengo veintitrés años, Miranda. Ya he pasado cinco temporadas sociales en Londres y nadie me ha hecho una oferta. El señor Bothwell es un caballero con buena situación económica.

—¿Y tus padres te van a permitir que te cases con él?

—No seas tonta. Yo les he dicho que estoy locamente enamorada de ese hombre. No puedo vivir con ellos para siempre, y quiero tener hijos. Quiero tener una vida propia. El señor Bothwell será un buen marido, seguro.

Miranda abrazó a su amiga por la cintura.

—Querida, deberías haberle dicho que no. Podías haber venido a vivir conmigo, y nos habríamos convertido en dos viejecitas excéntricas. Habría sido muy divertido.

—No, no es cierto. No puedes convencerme de que eres mucho más feliz que yo.

—Me las arreglo. Además, yo me merezco el exilio. Soy una ligera de cascos, ¿no te acuerdas? Y tú te mereces un hombre que te adore.

—Tú no eres una ligera de cascos. Y todas nos merecemos un hombre que nos adore, pero, ¿todavía no has aprendido que no siempre tenemos lo que nos merecemos? —dijo Jane, y le entregó el sobre—. ¿Por qué no abres tu invitación? Puede que sea algo divertido.

Miranda miró con preocupación, una vez más, a su amiga, y después abrió el sobre. Era una letra femenina, así que no podía ser de Malheur. Con decepción, Miranda comprobó que se trataba de una invitación para asistir al baile de máscaras de los duques de Carrimore, en honor a su quinto aniversario de boda. Se la mostró a Jane y después la dejó de nuevo en la bandeja con desgana. Se acercó a la chimenea y se sentó en una butaca.

—Es muy amable por su parte —dijo—. Por lo menos, por parte del duque. Conocía a mi abuelo cuando eran jóvenes, y le tenía mucho respeto, así que siempre ha sido amable conmigo, pasara lo que pasara. De todos modos no iré.

—Claro que irás —dijo Jane con firmeza—. Yo también estoy invitada. Sabes que mis padres no van a venir a Londres ni a rastras, y no puedo ir sola. Si el señor Bothwell estuviera en la ciudad, se negaría con la excusa de que no es decoroso ir a un baile de máscaras. Él nunca los celebra, así que si no voy a éste contigo, ya nunca más iré a uno. Además, me muero de ganas de ver los brillantes de lady Carrimore. Me han dicho que tiene uno del tamaño de un huevo de paloma.

—Habrá otras fiestas que no sean tan ofensivas para la delicada sensibilidad de tu primo. Bothwell te acompañará.

—Bothwell no aprueba a los Carrimore. Dice que no son recomendables, y no quiere relacionarse con ellos.

—¿Y qué dice de mí?

—A ti no se atrevería a criticarte —dijo Jane, demasiado deprisa, y Miranda se dio cuenta de que su prometido había hecho exactamente eso—. Por favor, Miranda. Hace mil años que no sales. Y si alguien se atreve a hacerte un desaire, le pegaré una patada. Te estás comportando como si fuera algo horrible, una orgía del Ejército Celestial, o algo así.

—Suponiendo que tengan orgías —dijo Miranda—. Nadie sabe lo que hacen en realidad.

—Orgías —dijo Jane—. Me decepcionaría que hicieran algo más recatado, teniendo en cuenta su espantosa reputación. Pero eso no nos interesa. No es el Ejército Celestial, si no una fiesta respetable celebrada por unos duques. La mayoría de la gente llevará capa y máscara, y no van a saber quiénes somos. Iremos, nos pasearemos un rato y nos reiremos de la gente ridícula, y después volveremos aquí y tomaremos champán y le daremos gracias a Dios por no vivir así. El señor Bothwell dice que los diamantes son demasiado ostentosos. Prefiere que yo lleve cosas más discretas, como el azabache.

—Algo más barato, mejor dicho —murmuró Miranda.

Ella siempre se lo había confiado todo a Jane, su amiga de infancia. Sin embargo, de repente se le ocurrió que no le había dicho nada de su reciente cita nocturna con Lucien de Malheur, y no sabía por qué. Titubeó durante un momento más. Si los Carrimore la habían invitado a ella, también estaría admitido alguien como Lucien de Malheur. Y como parecía que él se había olvidado de su existencia, la mejor manera de volver a verlo era acudir a un lugar donde era posible que estuviera. Estaba acostumbrada al ninguneo de la sociedad, pero no iba a aceptar que la ignorara otro expulsado como Scorpion, si podía evitarlo.

—Está bien. Iremos a la fiesta, pero nos marcharemos antes de que decidan que todo el mundo se quite la máscara. La gente se quedará espantada si descubre que han sido amables con una cualquiera.

—¡Ya basta! ¡Tú no eres una cualquiera! Esto no es propio de ti, Miranda. Sabes que va a ser divertido. Como en los viejos tiempos. Nadie va a saber quiénes somos, y podemos portarnos muy mal.

—Bueno, ¿cuándo va a ser la fiesta?

—Dentro de tres días. ¿Es que no has leído la invitación? Nosotros la recibimos hace tres semanas. La tuya debe de haberse retrasado.

—Tal vez tardaron mucho en decidirse a invitarme —dijo Miranda.

¿O tal vez alguien los había convencido para que lo hicieran? ¿Alguien poderoso, misterioso, que había desaparecido de su vida con tanta rapidez como había aparecido en ella?

—Yo conseguiré las capas y las máscaras —le dijo Jane.

Era un error, como había sido un error asistir a la velada musical de casa del conde. Y ella iba a hacerlo de todos modos.

—Consígueme una capa roja —dijo con firmeza.

Y la última sombra de tristeza desapareció de los ojos de Jane.

Era la noche de la fiesta de los duques de Carrimore, y Miranda estaba enfadada. No quería admitirlo. Después de todo, ¿por qué iba a importarle a ella alguien como Lucien de Malheur? Después de rescatarla de su accidente en el parque, y de pasar horas a solas con ella, nada.

Miranda pensó que tal vez se hubiera marchado de la ciudad, pero había oído a dos señoras chismorreando sobre un escándalo relativo a la aparición del conde en la ópera, y a cierta bailarina, y Miranda no había podido absolverlo del crimen de olvidarse de ella.

Jane estaba muy entusiasmada cuando llegó a su casa, ataviada con una capa azul claro y, sobre el brazo, la capa roja que le había pedido Miranda. La calle que había detrás de la mansión de los Carrimore estaba abarrotada de carruajes, y cuando el coche alquilado las dejó ante la puerta,

Miranda ya se había arrepentido de su decisión. Pero ya era demasiado tarde; el lacayo estaba abriéndoles la puerta, y Miranda se puso la capucha sobre la cabeza y se aseguro de que la máscara estuviera bien puesta en su lugar. Después, siguió a su amiga hacia el interior, que estaba brillantemente iluminado.

Al oír la música que provenía del salón del segundo piso, comenzó a animarse. Hacía mucho tiempo que no bailaba, y a ella siempre le había encantado bailar. Puesto que había ido a la fiesta, disfrutaría y dejaría de preocuparse al respecto.

Miró a Jane a los ojos. Su amiga estaba muy contenta, porque aquel comportamiento atrevido había terminado con la contención que le había impuesto el señor Bothwell. Si hubiera estado con su amiga, podría haber hecho algo para impedir aquel compromiso, pero se había fraguado en salones en los que ella no era aceptada, y era demasiado tarde. Jane nunca lo rompería.

Un momento después, Jane había desaparecido. Se la llevó un hombre gallardo en uniforme, con una máscara sobre la preciosa cara, y Miranda tuvo ganas de echarse a reír al ver la expresión de asombro de su amiga. Y después se rió de veras, porque un caballero mayor se inclinó ante ella, la tomó del brazo y se la llevó a bailar por primera vez desde hacía años.

Fue glorioso, fue deslumbrante, y ella se sintió como si estuviera volando. La capucha cayó hacia atrás mientras giraban, pero no le importó. Con la máscara, nadie sabría quién era. Podía bailar y flirtear, reírse y fingir que no había una nube de vergüenza sobre su cabeza.

Bailó hasta que no pudo bailar más. Después, se anunció la cena, y la gente se dirigió hacia el comedor, pero Miranda retrocedió. La máscara le cubría prácticamente toda la cara, y no podía comer sin manchársela. Además, las luces del comedor, más brillantes, podrían ser peligrosas.

Se ocultó entre las sombras y se tapó la cabeza con la capucha mientras intentaba encontrar a Jane con la mirada. Después de unos minutos, sintió ganas de respirar el aire fresco de la noche. Hacía mucho calor en la habitación, pero el salón de baile de los Carrimore no tenía terraza, y no podía escapar a ninguna parte. Tuvo que conformarse con una mesa y una silla solitarias que estaban en un lugar más recogido, donde la ausencia de luz transformaba en negro el rojo de su capa. Si Jane se acordaba, tal vez le llevara un bizcocho, o algo que ella pudiera devorar cuando nadie la miraba. Mientras, lo único que podía hacer era esperar.

No lo oyó acercarse, pero era lógico, porque había mucho ruido en aquella sala. La orquesta seguía tocando y todo el mundo charlaba y brindaba.

En un instante, dejó de estar sola.

—¿Se ha cansado de bailar, lady Miranda?

No había manera de confundir la voz sinuosa de Lucien de Malheur. Miranda se llevó una sorpresa y miró hacia arriba. Después lamentó haberlo hecho. Habría sido mucho mejor ignorarlo, pero ya era tarde.

—Lord Rochdale —dijo con frialdad—. No esperaba verlo aquí.

—¿No? Los Carrimore son muy hospitalarios y abiertos. Aceptan incluso a un libertino estropeado, como yo.

—Y a una muchacha que ha caído en desgracia, como yo —dijo ella—. No quiero entretenerlo, milord. Seguro que tiene cosas más importantes de las que preocuparse.

Él se quedó mirándola.

—Parece que he ofendido a la dama. ¿Puede decirme qué he hecho para merecerme su enfado?

—Nada en absoluto.

—Me alegro de oírlo. ¿Puedo sentarme con usted?

—Estoy esperando a alguien.

—¿De veras?

—Sí. A la persona que me acompañó.

—Ah —dijo él, pero se sentó en una de las sillas, frente a ella—. Pero no va a negarle a un lisiado un momento de descanso, ¿no? Aunque no pueda bailar, me duele la pierna.

—Usted no es un lisiado —replicó ella, que no tenía ganas de seguirle la corriente.

Él hizo caso omiso de su respuesta.

—Dígame, querida, ¿está esperando a un hombre o a una mujer? ¿Quién la trajo a la fiesta? Porque estoy seguro de que no ha podido venir sola.

—Me invitaron, milord.

—Por supuesto. Yo me encargué de ello.

Miranda se sorprendió. Lo había sospechado, pero no se imaginaba que él lo admitiera.

—¿Por qué?

—Se lo diré cuando responda a mi pregunta. ¿Quién la trajo, un hombre o una mujer?

—¿Y qué importancia tiene?

—Porque si ha venido con otro hombre, tendría que ordenar que lo mataran.

—Creo que a la corona no le gustan los duelos.

—Bueno, yo casi nunca mantengo duelos. No soy lo suficientemente ligero de piernas. Les pediría a unos asesinos a sueldo que lo apuñalaran. Sería caro, pero fácil de organizar.

—¿De veras? ¿Y si le dijera un nombre, lo haría?

—Creo que Christopher St. John ya no está en Inglaterra. De lo contrario, estaría feliz de hacer que lo mataran.

Ella se quedó helada. Debería haber supuesto que él conocía todos los detalles de su caída en desgracia, y del culpable.

—Es una pena —respondió con calma—. Eso le habría venido muy bien a mi amor propio.

—¿Con quién ha venido? —repitió él, con persistencia.

Ella tuvo la tentación de mentirle, sólo por ver lo que ocurría.

—Mi querida amiga Jane y yo hemos venido juntas. Pensamos que nadie nos reconocería con las máscaras y las capas, y Jane está a punto de casarse con un hombre al que no quiere. Ella deseaba divertirse antes de que eso ocurra.

—Yo la reconocí en cuanto la vi, lady Miranda. Pero, por favor, dígame una cosa, ¿no es así como os metisteis en un lío la primera vez? Fue por el deseo de disfrutar de una última noche de diversión inofensiva.

Ella lo miró fijamente.

—¿Por qué conoce tan bien los detalles de mi caída en desgracia?

—Toda la alta sociedad los conoce.

—Un caballero no lo mencionaría.

—Yo no soy un caballero.

Miranda no se molestó en contradecirlo.

—Si Jane causa un escándalo y su prometido rompe el compromiso, sería estupendo. Ella está mejor soltera que casada con alguien a quien no quiere.

—Todavía es usted tan joven —murmuró él con afecto—. Dígame el nombre de ese caballero y me libraré de él.

—¿Por qué está tan sanguinario esta noche?

—No iba a ordenar que lo mataran, Miranda. Sólo iba

a poner algún obstáculo en el camino de su matrimonio, ya que parece que usted está tan en contra de que se celebre.

—Jane piensa que es lo que quiere.

—Y usted piensa que Jane está confundida. Me fío de su opinión. ¿Cómo se llama él?

Miranda se rió. Él se estaba comportando de un modo absurdo y encantador, y al fin y al cabo, no la había olvidado del todo.

—George Bothwell, pero no haga nada al respecto. Jane nunca me lo perdonaría.

—Jane no tiene por qué enterarse —dijo el conde. Se levantó y se apoyó en el bastón—. Venga conmigo, lady Miranda. Tiene que admirar las joyas increíblemente vulgares de la duquesa. Tiene que tomar un poco de aire fresco. Tiene que dejar de esconderse entre las sombras como si fuera una leprosa. Y tiene que volver a bailar ahí, como su amiga. Estaba... luminosa —dijo.

Después, señaló con la cabeza a Jane, que pasó bailando cerca de ellos, aunque no los vio. Miranda se preguntó cómo se las habría arreglado él para reconocer a su amiga, pero no se lo preguntó.

—¿Me está pidiendo un baile?

Él sonrió.

—No. Creo que a usted el efecto le parecería truculento. Pero puedo encontrarle varias parejas que estarían encantados de complacerla. O podríamos dar un paseo. Carrimore House es enorme, y tiene un kilómetro de corredores. Podríamos hallar un lugar tranquilo para hablar.

—No ha hecho ni el menor esfuerzo por hablar conmigo desde hace una semana —dijo Miranda sin poder contenerse, y tuvo ganas de morderse la lengua.

—¿Me ha echado de menos? Pensaba que preferiría que

no la importunara. De haber sabido que estaba suspirando por mí, habría ido a buscarla mucho antes.

—¡Yo no estaba suspirando por usted! —replicó ella.

—Claro que no, claro que no —dijo el conde, y le ofreció el brazo—. ¿Quiere que caminemos?

Y, como una tonta, ella se levantó y lo tomó del brazo.

CAPÍTULO 6

En realidad, Jane no se lo estaba pasando especialmente bien. No debería haber convencido a Miranda para ir a aquel baile. Sabía que ella no iba a disfrutar mucho, pero como su amiga llevaba tanto tiempo aislada, Jane había pensado que le sentaría bien salir sin correr el riesgo de que nadie le hiciera un desaire.

Y las cosas habían empezado bien. Miranda había bailado, y aunque Jane había tenido que sufrir los pisotones torpes de su pareja de baile, que estaba medio ebrio, veía que Miranda estaba feliz por el salón de baile, y Jane fingió que estaba disfrutando mucho cuando, en realidad, la estaban llevando de un lado a otro como si fuera un saco de patatas. Los bailes siempre habían sido insoportables para ella. Era tímida, y conversar con extraños mientras intentaba recordar los pasos de la cuadrilla le parecía una tarea infernal.

Estar allí era culpa suya. Tenía tendencia a querer arreglar las cosas, y siempre se había sentido culpable por permitir que Miranda se marchara aquella noche, por no habérselo dicho rápidamente a sus hermanos. Como ella se había quedado callada, Miranda había caído en desgracia, y no había nada que Jane pudiera hacer para compensarla por eso.

Miranda se habría reído de ella si supiera lo culpable que se sentía. No. Miranda nunca se reía de sus tonterías. Era la mejor amiga que una chica podría tener, y Jane deseaba devolverle sólo una parte de lo que Miranda le había dado a ella.

La había hecho valiente cuando ella quería ser cobarde. La había hecho reír cuando quería llorar. La había hecho bailar cuando quería quedarse sentada en un rincón, y por fin, Jane había podido hacer lo mismo por Miranda.

Hasta que Miranda había desaparecido.

Jane estaba empezando a angustiarse. Esperaba pasar un buen rato mientras ayudaba a Miranda, pero el baile anónimo había sido muy poco satisfactorio, y si su amiga había decidido esconderse, entonces Jane también estaba dispuesta a marcharse. Sólo tenía que encontrarla.

Lo primero que debía hacer era escapar del salón. Cuando intentó abrir las puertas, alguien la tomó del brazo y se la llevó de nuevo hacia la zona de danza, y sus negativas fueron amortiguadas por la música de la orquesta. Finalmente se rindió, y decidió encaminarse hacia el fondo de la enorme estancia. Si Carrimore House era como las casas en las que ella se había criado, tendría una puerta oculta en la parte de atrás, para permitir que entraran y salieran los sirvientes.

Se quedó en un rincón, esperando, y su paciencia se vio recompensada cuando un criado salió por una puerta que se abría en la pared. Ella se apresuró a entrar, dejando estupefacto al criado, y se vio en uno de los pasillos de servicio. No había alfombras ni cuadros, y las pareces estaban sucias. Jane sintió pánico y buscó la manera de volver atrás. Sin embargo, la puerta debía de tener un truco para abrirse, porque no cedió. Miró a su derecha, y después a su izquierda, y se quedó helada de indecisión. Creía que la gran escalinata estaba a la izquierda, y se dirigió en aquella dirección, aunque no pensaba marcharse sin Miranda.

Jane se estaba muriendo de calor. Se quitó la capa y la máscara, y con ambas cosas en el brazo recorrió aquel pasillo estrecho tan rápidamente como pudo. Cuando llegó al final, se dio cuenta de que no había salida. Miró a su alrededor durante unos momentos, y finalmente distinguió la silueta de una puerta junto a ella. Empujó y la puerta se abrió, silenciosamente, hacia una habitación oscura y vacía.

Por lo menos, ella creía que estaba vacía. Oyó un ruido, un leve arañazo, y vio una luz tenue que provenía del otro lado de la sala. Cuando sus ojos se adaptaron a la oscuridad, vio la silueta de una cama enorme, y palpó por detrás para volver a encontrar la puerta antes de que quienes estuvieran allí se dieran cuenta de que su privacidad se había visto alterada. Por fin halló el borde de la puerta con los dedos, y estaba abriéndola cuando algo muy alto se cernió sobre ella y la puerta se cerró de nuevo.

Jane no era una persona que gritara, aunque no pudo evitar que se le escapara un pequeño chillido de sorpresa. Chillido que fue amortiguado por alguien que la apartó de la puerta ciñéndola contra un cuerpo masculino y que le tapó la boca con la mano.

Estuvieron así durante un largo momento, mientras ella intentaba recuperar el aliento. Le latía el corazón a toda velocidad y no podía disimularlo. Era muy distinto de los latidos del corazón del hombre que estaba tras ella. Los suyos eran lentos y constantes, como si acercarse sigilosamente a muchachas jóvenes y aprisionarlas fuera algo que hacía todos los días.

—Pero bueno, ¿qué está haciendo una muchachita como usted sola, paseándose por los dormitorios, eh? —le preguntó él al oído, en voz baja, con un vago tono de diversión. No era la voz de un aristócrata, pero ella sabía que un sirviente no se atrevería a ponerle las manos encima—. Si aparto la mano, ¿vas a gritar?

Ella negó con la cabeza.

—Buena chica.

Por supuesto, Jane debería gritar pidiendo ayuda, pero estaba tan asustada que no creía que pudiera emitir más que un gemido. Además, el hombre no la había amenazado, y ella le había dicho que no iba a gritar. No podía romper su promesa. Carraspeó y dijo:

—Estaba buscando a alguien.

—¿Y qué clase de idiota te ha dejado ir en busca del dormitorio a ti sola? Si hubiera sido yo, no me habría arriesgado a perderte. Te habría metido bajo las sábanas antes de que nadie se hubiera dado cuenta de que nos habíamos marchado.

Ella se ruborizó.

—Estoy buscando a mi amiga —dijo con tirantez.

—¡Oh, no me digas eso, chica! —canturreó él—. No me gustaría nada saber que te malgastas con otra mujer cuando hay muchos hombres que se arrodillarían ante ti.

Aquello molestó a Jane.

—Esta habitación está oscura. Si pudiera verme bien, sabría que nadie se va a arrodillar ante mí.

Él todavía la tenía entre los brazos, y su cuerpo era cálido en aquella habitación fresca. Jane se dio cuenta de que una de las ventanas del dormitorio estaba abierta.

—Te veo perfectamente. Tengo la vista de un gato, y veo en la oscuridad.

Ella no supo cómo responder a eso.

—No creo que esté aquí por un buen motivo.

—Me temo que no —respondió él—. He venido en busca de los diamantes de lady Carrimore.

Ella inhaló bruscamente de la impresión.

—Los lleva puestos.

—Sólo lleva algunos. Tiene maletines llenos. O los tenía. Ahora están en una bolsa de seda, y pesan mucho.

—¡Es un ladrón! —exclamó ella—. Eso es horrible.

—No demasiado horrible —respondió el hombre—. Yo me gano muy bien la vida. Y no llores por la pobre duquesa. Su marido gana el dinero traficando con esclavos. Estas piedras no les pertenecen.

—Entonces, ¿de quién son? ¿Va usted a enviarlas de vuelta a África con los nativos robados?

—Claro que no. Son mías desde hace quince minutos. Me habría ido hace mucho tiempo, pero te he oído al otro lado de la pared, y quería asegurarme de que estaba a salvo. Y estoy a salvo, ¿verdad, querida?

Ella tuvo ganas de negarlo.

—¿Y por qué piensa eso?

Para asombro de Jane, él la hizo girar entre sus brazos y, de repente, la estrechó con fuerza contra su pecho, y ella miró hacia arriba, intentando verlo.

—Porque tienes alma de pirata, chica. Lo noto. No vas a delatarme, ¿a que no? —le preguntó él en voz baja, muy cerca de su cara. Le tomó la barbilla con los dedos e hizo que inclinara la cabeza hacia él—. ¿A que no?

—Yo... debería hacerlo.

Jane no podía verlo bien. Sólo distinguía su sonrisa y el brillo de sus ojos.

—Sabes que voy a besarte, ¿verdad? No debería, pero no puedo resistirme. Y tú me vas a besar también.

—¡Claro que no! Estoy comprometida.

—Espero que él sepa apreciarte. Ese anillo que llevas no es gran cosa. Te mereces algo mejor.

Ella escondió el anillo patético entre los pliegues de la falda.

—Para mí es suficiente.

—No. No lo es, y él tampoco. Pero yo no puedo hacer nada con respecto a eso. Prepárate, chica.

Entonces, la besó, y ella dio un respingo de sorpresa.

Jane notó su boca, caliente, húmeda y abierta, y él le acarició la barbilla y tiró de ella para que abriera los labios. Entonces, Jane sintió el roce de su lengua. No supo qué debía hacer. Aquello era ridículo, extraño, escandaloso. No podía gritar, y no quería forcejear.

Él la sedujo lentamente con la lengua, deslizándola contra la de ella con un ritmo constante y sinuoso que Jane notó en el pecho, en el vientre, entre las piernas. Con aquel beso le atrapó el alma, se la robó, y cuando por fin él levantó la cabeza, ella no tenía aliento. Y él tampoco.

—Tu prometido ni siquiera sabe cómo besarte. Es una pena, muchacha.

Ella lo miró, a oscuras. Y entonces, dijo algo que nunca hubiera pensado que diría.

—Bésame otra vez.

Y él lo hizo. La estrechó contra su cuerpo, y Jane se dio cuenta de que era muy fuerte. Él la tomó en brazos sin esfuerzo, y la llevó hacia la cama, y a ella no le importó. La besó tan profundamente que a ella comenzó a darle vueltas la cabeza, y llegaron hasta una superficie sólida, y ella se preguntó si él iba a tomarla allí mismo.

Él movió los labios y le regó la mejilla de besos.

—Adiós, muchacha —le susurró al oído.

Y, un momento después, ella estaba fuera, en un pasillo,

sola, y no veía ni rastro de ninguna puerta en las paredes forradas de damasco.

Estaba temblando. Se dio cuenta, con asombro, de que él había conseguido atarle de nuevo la capa al cuello, aunque no se había molestado en colocarle la máscara. Rápidamente, Jane se colocó la capucha sobre la cabeza para ocultar su cara encendida. Apoyó la frente contra la pared para intentar recobrar el aliento, y esperó a que el corazón se le calmara. Oía el ruido y la música que provenían del salón de baile, y comenzó a caminar en dirección contraria, moviéndose como en una nube, hasta que encontró una silla junto a una ventana. Se hundió en ella, sin poder salir de su ensimismamiento. Y allí fue donde la encontró Miranda.

Miranda pensó que debería ir con él, pero su mano descansaba sobre su brazo, en la lana de buenísima calidad de la tela de su chaqueta negra. Notaba que las miradas los seguían al pasar, pero por una vez sabía que aquellas expresiones de desaprobación no eran para ella. El Scorpion las recibía todas.

—¿Adónde vamos? —le preguntó.

—A algún lugar donde podamos hablar. Tengo una pequeña tarea que llevar a cabo, y pensé que podría usted hacerme compañía.

—¿Qué tarea?

—Seguramente es mejor que no le dé muchas explicaciones. Sólo tenemos que hacer guardia en un pasillo para que nadie entre en las habitaciones.

—¿Y para qué va a entrar alguien a una de las habitaciones?

—Oh, lady Miranda, ¿cómo es posible que seáis una mujer caída en desgracia y sin embargo tan inocente? Los Carrimore son unos anfitriones muy liberales. Siempre permiten que haya habitaciones disponibles para aquellos que quieren fornicar.

Aquella palabra la dejó sorprendida, pero no quiso mostrarlo.

—¿Y por qué tienen que hacerlo aquí? ¿Por qué no esperan a llegar a casa?

—Porque la mayoría de ellos tienen un marido o una mujer con los que han de volver a casa, pero no son los mismos con los que quieren fornicar.

Ella apartó su brazo del brazo del conde y se alejó de él.

—Me ha decepcionado, lord Rochdale —dijo con la voz temblorosa—. No sabía que tenía usted la misma mala opinión de mí que todos los demás.

—¿Y por qué dice eso? ¿Es que nunca había oído antes esa palabra? Es eso lo que están haciendo algunos de los invitados, y usar palabras más bonitas es una falsedad. Yo no quería ofenderla.

—¿Y ahora quién está siendo falso? No puede usar una palabra semejante sin que una joven reaccione, al menos, una joven con decoro. La verdad es que cuando yo formaba parte de la sociedad bien educada, estaba protegida de esas palabras. Y cuando comenzaron a considerarme persona non grata, yo no tenía ni idea de cómo se comportaba la gente. Entonces, ¿por qué ha usado esas palabras conmigo? ¿Es que tenía pensado seducirme?

—Por supuesto que no. No sabía que era tan vulnerable.

—No lo soy.

—Claro que lo es. Perdóneme. No quisiera estropear nuestra amistad —dijo él, y la tomó del brazo para acariciarle la mano amablemente.

Ella sabía que debía apartarse de nuevo, pero para su asombro él le rozó la mejilla con las yemas de los dedos.

—¿Me perdona? —le pidió el conde, y ella se dio cuenta de que, una vez más, había caído bajo su hechizo.

No era de extrañar que lo llamaran demonio. El Scorpion, que hipnotizaba a sus víctimas antes de darles la picadura mortal. Miranda se quedó inmóvil, observando su rostro lleno de cicatrices, y él se acercó, y ella sólo quiso que la besara.

—Oooh, lo siento, amigo —dijo alguien desde el otro extremo del pasillo, y la pareja desapareció entre risitas y susurros. Sin embargo, él ya se había apartado de ella, y el momento había pasado.

—No se preocupe —le dijo a Miranda—. No la han reconocido. Están hablando sobre mí y sobre la pobre víctima a la que he engatusado.

—¿Me ha engatusado para subir aquí?

—Por supuesto que no. Le he pedido que me acompañara mientras ayudo a un amigo. No hay nada misterioso en ello —dijo él, y señaló con un gesto de la cabeza dos sillas que había junto a una ventana—. ¿Le importaría que nos sentáramos mientras continúo humillándome? Me resulta difícil estar en pie durante mucho tiempo.

Miranda se olvidó de la ofensa al sentir una punzada de preocupación.

—Claro que no —dijo—. Debería haberme dado cuenta. Lo siento. Cuando estoy con usted se me olvida que...

—¿Que soy un monstruo? —le preguntó él con sorpresa, y también con algo de diversión—. Pues es la única.

El conde esperó hasta que ella se hubo sentado, y después hizo lo propio.

—Mientras que yo, por otra parte, tengo que mirar esa máscara y preguntarme qué estará pensando...

Ella miró por el pasillo desierto. Después se quitó la máscara y la dejó sobre su regazo, y alzó la barbilla.

—Ah, mucho mejor. Es muy bonita, ¿sabe?

—No sabía que también tenía la visión defectuosa —dijo Miranda sin amedrentarse—. Soy completamente corriente, y lo sabe. Pelo castaño corriente, figura y estatura corrientes y ojos marrones corrientes.

El conde se echó a reír.

—Me parece que es imposible intimidarla, lady Miranda. Tengo la visión perfecta, y todavía mejor en la oscuridad. ¿Es que está tan necesitaba de cumplidos que me los tiene que arrancar? Seguramente, habrá escuchado muchos.

—Pues claro que no —replicó ella—. Ya le he dicho que me consideran muy corriente. Lo único notable en mí es mi caída en desgracia, y no creo que eso sea una ventaja.

Él se la quedó mirando durante un largo instante, y después sonrió.

—Algún día —murmuró—, le hablaré sobre usted. Pero éste no es el momento ni el lugar.

Ella iba a responder, pero oyó un golpe seco contra la pared del dormitorio que había frente a ellos, y vio que su acompañante fruncía el ceño.

—¿Qué ha sido eso?

—Un ratón muy torpe —refunfuñó el conde.

—¿Un ratón? —preguntó ella con ironía.

—Pues sí, un ratón lento y torpe —dijo él—. Que debería darse prisa. Mientras, ¿por qué no me habla de su familia? Tiene hermanos, ¿verdad? ¿Y hermanas?

—No, no tengo hermanas. Sólo tres hermanos. Benedick, el mayor, es el heredero. Su esposa y él están esperando su segundo hijo. Charles es el segundo, y acaba de volver de Italia con su flamante esposa. Y el pequeño es Brandon. Lo adoro. Ahora está en Yorkshire con el resto de la familia, pero cuando vuelva se lo presentaré. Creo que a él le encantaría conocerlo. Creo que a toda mi familia le encantaría.

Él sonrió vagamente.

—Supongo que sí.

Miranda oyó un suspiro ahogado al otro lado de las delgadas paredes, un murmullo, y sonrió.

—Parece que alguien está disfrutando ahí dentro. ¿Por eso estamos haciendo guardia?

Él pestañeó.

—¿Por qué piensa que estamos haciendo guardia?

—Me ha dicho que estábamos haciéndole un favor a un amigo. Supongo que usted está haciendo guardia para que nadie interfiera en su aventura. Seguro que uno de los dos amantes ostenta un lugar tan destacado en la sociedad que si se supiera esto podría afectar a la estabilidad del gobierno, y por eso estamos aquí, para preservar la seguridad del reino.

Al conde le divirtió aquella idea.

—¿Cree que me importa la seguridad del reino? No, no. Aunque supongo que es una explicación tan buena como cualquier otra. Si la gente viene a buscar un dormitorio vacío, nos verán aquí sentados y se irán en otra dirección, y eso nos facilitará mucho la vida a todos. Pero, ¿no tenemos cosas más importantes de las que hablar? ¿He hecho algo que la haya ofendido?

Durante un largo instante, ella no respondió. Después lo miró directamente.

—Pues... Hace diez días pasamos horas juntos a solas, y tuvimos una velada maravillosa, la mejor que he tenido desde hace mucho tiempo. Hablamos de todo, y pensé que nos habíamos hecho amigos. Buenos amigos. Y después, no he sabido nada más de usted en esos diez días. Me quedé pensando que todo habían sido ilusiones mías, que había sido una tonta y una optimista, cuando, de repente, usted aparece de nuevo en mi vida, como si nada.

—Entonces, ¿está enfadada porque no le he prestado suficiente atención?

—Sí.

El conde se quedó mirándola fijamente.

—La sinceridad es un rasgo muy inquietante. No estoy acostumbrado a ella.

—Lo siento. Usted tiene muchos amigos, yo sólo tengo uno. Le he dado demasiada importancia a una sola conversación y...

—¡Ya basta! —exclamó él con aspereza. Después respiró profundamente—. No me he comunicado con usted porque temía que su familia se enterara e interfiriera. Y no quería proseguir con una amistad que pudiera terminar de manera abrupta.

—Pero, ¿por qué iba a poner objeciones mi familia?

—Porque mi reputación me precede. Me temo que tengo mala fama, y muchas familias no me aceptan en su casa.

—Mi familia no me dice lo que tengo que hacer. Vivo mi vida con independencia. Si nosotros decidimos ser amigos, ellos no tienen nada que decir al respecto.

—¿Está segura?

—Claro que sí.

—Entonces, venga a montar a caballo conmigo mañana. A la vista de todo el mundo. A las cuatro de la tarde, iremos a montar a Rotten Row y les daremos tema de conversación a los demás.

—Muy bien.

Él la miró de una manera extraña, casi con triunfo, pero en aquel momento alguien dio un golpecito en la pared y el conde se levantó, apoyándose pesadamente en el bastón.

—Muy bien, está decidido. ¿Puedo llevarla a casa ahora?
Miranda negó con la cabeza.

—He venido con una amiga, y tengo que encontrarla.

—Ah, sí. La señorita Pagett, con su triste prometido. Me temo que es una mala influencia para su amiga, lady Miranda. La ha apartado del buen camino.

Miranda se ruborizó.

—Intenté detenerla.

—Y sin embargo, aquí está, algo por lo que le estoy muy agradecido. ¿Vamos a buscar a su amiga?

—No es necesario —dijo ella, cuando torcían la esquina del pasillo. Jane estaba sentada en un rincón, con la máscara en las manos y una expresión extraña.

Cuando vio a Miranda, su alivio fue palpable. Se levantó temblorosa.

—Vaya con ella —dijo Lucien—. Yo no creo que el señor Bothwell quiera que su prometida conozca a Scorpion. La recogeré mañana a las cuatro.

—Pero...

Él ya se había alejado y había desaparecido entre la multitud, y Miranda siguió hacia delante y tomó a Jane de la mano.

—Jane, querida, ¿qué te ocurre? Estás disgustada.

Jane se echó a reír con nerviosismo.

—Cuando te lo cuente no te lo vas a creer, pero tendremos que esperar hasta que lleguemos a casa. Salgamos de aquí.

Miranda miró hacia atrás una última vez, pero Lucien de Malheur había desaparecido. Se giró de nuevo hacia Jane con un mal presentimiento. Jane tenía el aspecto que debería tener: estaba feliz, emocionada y enamorada.

Y Miranda supo que algo no marchaba bien.

CAPÍTULO 7

—¿Que has hecho qué? —le preguntó Miranda a Jane, con asombro.

Las dos amigas ya estaban de vuelta en casa de Miranda, sentadas junto al fuego del salón donde normalmente recibía a las visitas la prima Louisa. La dama se había retirado a la cama, y estaban completamente solas.

—¡No lo hice yo! Él fue quien me besó —respondió Jane ruborizada—. Y tengo que decir que fue muy agradable. No me habías dicho que los hombres usaban la lengua para besar.

—¿De verdad? —preguntó Miranda dubitativamente—. No recuerdo que St. John hiciera nada de eso, pero fue muy brusco y práctico en todo ese horrible asunto. Entonces, ¿me estás diciendo que te besó un ladrón de joyas y que a ti no se te ocurrió pedir ayuda a gritos?

—Le prometí que no iba a hacerlo —respondió Jane con una sonrisa apagada—. No era un caballero, lo supe por su voz. Pero era muy alto, y muy fuerte, y sin embargo, muy gentil cuando me besó —dijo. Tenía la mirada perdida, y a Miranda se le encogió el corazón.

—Querida, yo no quiero que te cases con un viejo estirado y aburrido como Bothwell, pero no puedes enamorarte de un miembro de la clase criminal. Lo sabes, ¿no?

Por un momento, Jane se encorvó, y asintió.

—Pero tú conseguiste cambiar tu vida escapándote.

—No necesariamente a mejor. Yo disfruto de mi vida, pero no te la desearía a ti. ¿Y ese rufián te pidió que te fugaras con él?

—Claro que no —respondió Jane—. Y si me lo hubiera pedido, yo no lo habría hecho. Pero fue tan... tan...

—¿Emocionante? —sugirió Miranda, pero Jane negó con la cabeza—. ¿Te asustó? ¿Te aturdió? ¿Te entretuvo? ¿Fue una tentación?

—No. Fue delicioso —dijo Jane con una sonrisa llena de timidez.

Miranda se quedó helada.

—¿Qué demonios significa eso?

—¿Qué? —preguntó Jane desconcertada.

—Lo que llevas en el dedo. Ése no es el brillante diminuto de Bothwell.

Jane se miró la mano, dio un respingo y soltó un gritito de angustia. Llevaba un diamante enorme en el dedo anular de la mano izquierda. Intentó sacarse el anillo tirando, pero no pudo.

—Oh, no —gimió.

—¿Dónde está el anillo de Bothwell?

Jane extendió ambas manos, pero el anillo feo y barato no apareció por ninguna parte.

—Oh, Dios mío, ¿qué voy a hacer, Miranda? ¿Cómo se lo voy a explicar?

—Mira en los bolsillos.

Jane obedeció rápidamente y se metió las manos en los bolsillos del vestido. Entonces, suspiró de alivio.

—Aquí está.

—Ahora sólo tienes que preocuparte de sacarte este otro.

—Y de devolvérselo a su propietario —dijo Jane, tirando con fuerza.

—No hagas eso. Se te va a hinchar el dedo, y será peor. Lo haremos con agua y jabón, y se te resbalará del dedo. ¿Crees que les pertenece a los duques de Carrimore?

—Claro que sí. Tenemos que devolvérselo.

—¡Así aprenderás a no besar a ladrones de joyas a medianoche! —le dijo Miranda alegremente.

—No te rías. Éste es un problema muy grave.

—Conoces a un ladrón quijotesco que te besa y te pone un diamante en un dedo. Antes de que te des cuenta te pedirá que te cases con él.

—No seas tonta. Yo me voy a casar con el señor Bothwell.

—Claro, claro. Por desgracia. Pero, ¿no te alegras de haber corrido una pequeña aventura?

—Creo que habría estado mejor sin ella.

Miranda percibió el tono de dolor de su voz.

—No te preocupes, Jane. Nadie sabe nada de esto, salvo el ladrón, y no creo que se ponga a contarlo por ahí. Todo se te olvidará cuando estés felizmente casada.

—Creía que no querías que me casara con el señor Bothwell.

—No quiero, pero prefiero eso a que te fugues con un ladrón de joyas. Y no te preocupes por el anillo. Le preguntaré al conde qué podemos hacer al respecto.

—¿Vas a contarle lo que ha pasado?

—Claro que no. Le diré que me lo he encontrado. Pero él es un hombre muy listo. Seguro que encontrará la forma de devolverlo sin que nadie se entere.

—Eso será lo mejor, ¿verdad? —preguntó Jane, mientras miraba el anillo con una expresión melancólica.

—Sí, querida —dijo Miranda—. No puedes quedártelo por muy maravilloso que sea. No te preocupes. Sólo necesitas una buena noche de descanso y mañana, todo estará resuelto.

Sin embargo, Miranda sabía que para Jane las cosas no iban a ser tan fáciles. Iba a pasarse la noche dando vueltas en la cama sin poder dormir, recordando todo lo que le había dicho y lo que había hecho su admirador misterioso. Y cuanto antes se casara con el odioso señor Bothwell, más segura estaría.

Era una pena que la seguridad ya no fuera tan apetecible.

—¿Que has hecho qué? —le preguntó Lucien de Malheur a su amigo delincuente.

—He besado a una señorita de la alta sociedad con la que me encontré por casualidad mientras estaba tomando los diamantes de la duquesa. No sé cómo llegó a la habitación; seguramente, por uno de los pasillos de servicio. Estaba solo, recogiendo las joyas, y al momento siguiente, ella estaba allí conmigo. ¿Qué podía hacer, sino besarla?

—¿Romperle el cuello?

—Sabes que yo no hago esas cosas, y menos a una persona inocente. Además, era una muchachita tímida y dulce. Claramente, necesitaba que la besaran.

—Tienes suerte de que no se pusiera a gritar —dijo el conde con sequedad. Había estado pensando demasiado en Miranda Rohan y se había puesto de mal humor. Las aventuras románticas de Jacob no le estaban ayudando.

—Oh, me cercioré de que no pudiera hacerlo. Y aunque hubiera gritado, no habría habido ningún problema. Yo habría saltado por la ventana antes de que alguien llegara a la habitación. Habrías estado a salvo.

—No estaba preocupado. Lo que pasa es que me parece que te has comportado de manera imprudente.

—No te preocupes. No voy a volver a verla. Ni siquiera sé cómo se llama.

—Yo sí. Es Jane Pagett. Está comprometida con un tal George Bothwell, y da la casualidad de que es la mejor amiga de Miranda Rohan.

Jacob no se inmutó.

—Es una pena que no podamos celebrar una boda doble.

Lucien soltó un juramento.

—¿Cuántas esposas tienes en este momento, Jacob? ¿Media docena?

—Ninguna de ellas legal —respondió Jacob—. Y ninguna que se considere mi esposa en este momento. Soy libre.

—Pues sigue así. Mi vida ya es lo suficientemente complicada.

—¿Y cómo se desarrollan tus planes? ¿Está enamorada la dama?

—Completamente. Es mucho más franca de lo que yo hubiera pensado, y eso me viene bien. Voy a acelerar un poco las cosas.

—Te han visto con ella esta noche. He oído los chismorreos de los criados. Pronto se enterará su familia, y entonces se formará una buena.

—Sé lo que estoy haciendo. Ojalá pudiera decir lo mismo de ti.

—Por Dios, Lucien, sólo ha sido un beso.

—Pues que siga así en el futuro. ¿Estás seguro de que no te vio?

—Estaba muy oscuro. Yo la vi a ella, pero ella no me vio a mí. Ah, pero, Lucien... —dijo Jacob, agitando suavemente la cabeza y recostándose en el respaldo de la silla–. Era... deliciosa.

Los siguientes días fueron muy agradables.

Miranda y el conde cabalgaron juntos, riéndose, sabiendo que los estaban observando con desaprobación. Él fue a su casa para tomar el té, para fascinación de la prima Louisa y asombro de Jane. La convenció para que lo llamara Lucien, y le hizo unos halagos tan extravagantes que ella no tuvo más remedio que reírse. Él la llevó a la ópera, y le besó la mano con decoro, y Miranda se preguntó si, después de tanto tiempo, todavía era capaz de enamorarse.

Esperaba que no. Sabía perfectamente que sus esperanzas no tenían futuro.

CAPÍTULO 8

Miranda estaba profundamente dormida cuando oyó los golpes en la puerta de su habitación. Se incorporó de golpe, desorientada, y se tapó con la manta hasta el cuello.

—¡Abre, hermana! —dijo Brandon desde el otro lado—. No puedo estar aquí durante todo el día.

Miranda habría estado encantada de dejar a su hermano pequeño allí durante todo el día, pero Brandon hacía demasiado ruido como para que ella pudiera seguir durmiendo. Se levantó, sintió un escalofrío cuando tocó el suelo helado con los pies y atravesó el dormitorio frío para abrirle la puerta.

—No estaba cerrada con llave —le dijo con suavidad.

—Yo nunca entro en la habitación de una dama sin permiso —dijo él airadamente, mientras hacía exactamente eso—. Tal vez estuvieras vistiéndote.

—O durmiendo.

—No me sorprendería, si sales tanto y llegas tarde... ¡Vaya, qué frío hace aquí! ¿Por qué no le dices a la doncella que te encienda la chimenea?

—Porque estoy teniendo cuidado con el dinero.

—¿Por qué? La familia tiene mucho.

—Ya os he pedido demasiado a todos —dijo ella obstinadamente, aunque le resultara ser noble con los pies congelados.

—Por eso he venido, Miranda. No puedes...

—Tú eres el que no puedes echarme un sermón mientras estoy pasando frío. Baja al comedor y desayuna, y Jane y yo nos reuniremos contigo en cuanto estemos vestidas.

—¿Jane? —preguntó Brandon con alegría—. ¿Está aquí? Pensaba que estaba muy ocupada preparando su boda con ese viejo aburrido.

—No es viejo. Y se llama Bothwell. Y sí, eso es exactamente lo que está haciendo Jane. Sus padres están de viaje, y ella ha venido a Londres a elegir telas para su ajuar y para hacerme compañía.

—Pensaba que a ti también te caía mal Bothwell. ¿Por qué has cambiado de opinión?

Ella tomó del brazo a su hermano, lo llevó hacia la puerta y lo echó fuera de la habitación.

—Deja que me vista y hablaremos.

—De acuerdo, pero no creas que te vas a librar. Yo soy sólo la avanzadilla. Tendrás que vértelas con el resto de la familia en cuanto sepan lo que has estado haciendo.

Miranda supo a qué se refería sin necesidad de preguntárselo. Lucien se lo había advertido. Ni siquiera alguien como ella podía tener amistad con el Scorpion.

—Hablaremos cuando me haya vestido —repitió, y cerró la puerta en las narices de Brandon.

Cuando bajó al comedor, tenía el corazón acelerado y las manos sudorosas, lo cual era ridículo. Sólo iba a hablar con su adorado hermano pequeño, no con otro. Jane ya se había levantado y estaba sentada con Brandon a la mesa. Ambos estaban desayunando con buen apetito.

—Aquí estás —dijo él, y se levantó de la mesa como el

joven exquisitamente educado que era–. ¿Por qué has tardado tanto?

–Espera un momento, querido. Si vas a echarme una regañina, necesito tomar fuerzas –dijo ella. Tomó una tostada y comenzó a mordisquearla para intentar posponer la cuestión.

–Yo no te voy a echar una regañina. Sólo quiero saber qué has estado haciendo. Jane dice que llevas así por lo menos dos semanas.

Miranda le lanzó a su amiga una mirada de reproche, y Jane se ruborizó.

–Tenía que decírselo, Miranda.

–Está bien –respondió ella mientras tomaba una taza de té–. Dime lo malvada que he sido –añadió, dirigiéndose a su hermano.

–No es que hayas sido malvada, Miranda –dijo Brandon–. Sólo tonta. No sabías lo que estabas haciendo.

–Prefiero ser malvada que tonta.

Él sonrió.

–Claro que no. Y sé perfectamente que no querrías que ningún otro hombre se riera de ti. Pero la verdad es que no debes acercarte más al Scorpion. Alguien tenía que habértelo dicho. Nuestra familia tiene una historia desafortunada con ese hombre, aunque yo no sé exactamente cuál es. Cuando sucedió todo decidieron ahorrarte los detalles sórdidos, y todo se mantuvo en secreto. Ni siquiera Jane lo sabe.

–¿Cuándo ocurrió todo? –preguntó ella–. ¿De qué estás hablando?

–Ya te he dicho que no conozco los detalles. Sólo sé que hubo problemas.

–¿Qué conexión misteriosa hay entre nuestra familia y Lucien?

—¿Lucien? —repitió Brandon, que se atragantó con el té—. ¿Le llamas Lucien?

—Somos amigos. ¿Y por qué sabes tú todo esto si yo tengo seis años más que tú?

—Soy un hombre.

—Eres un niño.

—No intentes distraerme. No puedes acercarte a Lucien de Malheur, y si por casualidad te lo encuentras en público, debes hacerle el vacío.

—No voy a hacer semejante cosa. A mí me han hecho el vacío muchas personas a quienes creía amigos, gente a la que conocía de toda la vida. Yo no voy a hacerle lo mismo a otro ser humano. Me haría falta un buen motivo, y tú no me lo has dado.

—No es un ser humano, es el Scorpion.

—Oh, por el amor de Dios, ¿por qué lo llaman así? —preguntó ella, molesta.

—Porque es elegante, sigiloso y letal. Pica sin previo aviso, y su picadura te puede matar.

Miranda soltó un resoplido.

—Por aquí hay alguien que ha leído demasiadas novelas góticas. ¿Qué le hizo a nuestra familia para que digas que es tan peligroso?

—Ya te he dicho que no lo sé exactamente. Pero sí sé, por ejemplo, que es amigo de King Donnelly.

—¿Y quién es King Donnelly?

—Jacob Donnelly es el rey de los bajos fondos de Londres. Dirige a los ladrones, contrabandistas y carteristas. Arregla asesinatos y es capaz de robarte un anillo de brillantes del dedo con una sonrisa y un «por favor». Rochdale toma parte en sus actividades delictivas. En parte es así como recuperó la fortuna de su familia.

Jane se había quedado muy pálida, pero Brandon no se

había dado cuenta porque estaba concentrado en su hermana. Miranda se levantó como si fuera a tomar más comida de la mesa auxiliar, y le puso la mano en el hombro a Jane al pasar.

—Bueno, Lucien nunca lo acercaría a nadie de la alta sociedad, ¿verdad?

—No hay nada que él no se atreva a hacer.

—No me importa lo que haga, Brandon. Me parece un amigo agradable y encantador, y tengo intención de seguir viéndolo.

—Si lo haces, tendré que retarle a duelo.

—No puedes. Tiene una pierna mala.

—¿Está lisiado? No lo sabía.

—Yo no diría que es un lisiado, exactamente —dijo Miranda, y se volvió hacia Jane—. ¿Tú sabes algo acerca del conde o de su familia?

—Claro que no —respondió Jane nerviosamente—. Si lo supiera, te lo habría dicho. Yo siempre te lo cuento todo. Confío en ti —dijo con una mirada suplicante.

—Cierto. Nunca nos traicionaríamos la una a la otra —le aseguró Miranda. Después miró a Brandon—. Entonces, claramente, sólo tengo un modo de averiguarlo. Tendré que preguntárselo a él.

Brandon se atragantó de nuevo con el té, pero ella hizo caso omiso.

—Estoy segura de que habéis hecho una montaña de un grano de arena, y no me gusta que nadie reciba el trato que yo he recibido por un error. Si no puedes decirme lo que Lucien de Malheur le ha hecho a nuestra familia, tendré que escuchar su versión.

—No ha hecho nada —dijo Brandon.

Ella se quedó inmóvil de camino a la puerta.

—¿No le ha hecho ningún daño a nuestra familia? —repitió—. El miedo es que lo haga.

Miranda se disgustó.

—No me esperaba esto de ti, Brandon —dijo con severidad, y salió del comedor.

El cielo estaba encapotado y hacía frío, pero Miranda estaba muy enfadada y no tenía paciencia para esperar a que prepararan el carruaje. Echó a andar con energía hacia Cadogan Place, y el aire fresco puso color en sus mejillas, aunque no consiguió apagar el fuego de sus ojos. Cuando llegó a la casa enorme y oscura todavía estaba indignada, y el lacayo iba mascullando juramentos entre dientes e intentando recuperar el aliento.

—Tiene que hacer más ejercicio, Jennings —le dijo mientras subía las escaleras hacia la puerta negra y brillante.

El criado estornudó mientras asentía y se colocó tras ella.

La puerta se abrió en pocos segundos, y apareció un sirviente alto, lúgubre, esquelético y vestido de negro de pies a cabeza, como si fuera a un funeral. Claramente, el negro era el color preferido de Scorpion. En aquel momento, Miranda comenzó a sentirse incómoda. Las señoritas no visitaban a un caballero sin anunciarse, aunque hubieran caído en desgracia.

—¿Está su señoría en casa? ¿Podría decirle que quiero verlo?

Después de un titubeo, el criado abrió la puerta de par en par.

—Me llamo Leopold, lady Miranda. Soy el mayordomo de lord Rochdale. Me dijo que la esperaba algún día. Si quiere acompañarme, encontraré un lugar donde pueda esperar mientras averiguo si el conde recibe visitas. A menudo no se levanta hasta el mediodía.

¿Por qué le había dicho a su mayordomo que la esperaba? El criado la dejó en una habitación oscura y fría. No había fuego en la chimenea, y las gruesas cortinas estaban echadas. Los muebles eran rígidos e incómodos, y Miranda se alegró de que nadie se hubiera ocupado de tomar sus guantes y su capa. Necesitaba abrigo en aquel calabozo helado.

Esperó durante mucho tiempo. Se levantó y caminó nerviosamente por la habitación, y después volvió a sentarse. Estaba comenzando a perder toda esperanza de poder ver a Lucien cuando la puerta se abrió, por fin, y volvió a aparecer el mayordomo.

—Lord Rochdale la recibirá ahora —anunció.

Miranda se levantó y siguió a Leopold por los oscuros pasillos. Esperaba que la condujera hasta el saloncito acogedor donde Lucien y ella habían pasado tantas horas agradables, pero la sala en la que entraron era muy distinta. Afortunadamente había un buen fuego en la chimenea, pero el mobiliario era oscuro y pesado, y las cortinas gruesas.

Lucien de Malheur estaba sentado tras un escritorio. Alzó la vista cuando ella se acercó, pero en la oscuridad ella no pudo ver la expresión de su semblante. Él no se levantó.

—Oh, gracias a Dios —dijo Miranda, acercándose directamente al fuego—. ¡Estoy muerta de frío! ¿Es que no tienes fuego en ninguno de tus gabinetes?

Él arqueó una ceja.

—Leopold te ha dejado en una habitación sin caldear.

—Sí. Seguramente no sabía que me ibas a tener tanto tiempo esperando.

—¿Eso es un reproche?

—Pues sí —dijo Miranda, intentando dominar su inquietud—. He venido rápidamente desde mi casa porque tenía que verte enseguida, y tú me has tenido encerrada en una hielera durante horas.

—Una hora —la corrigió él, sin sonreír—. Las cosas han ocurrido un poco más deprisa de lo que esperaba, y tenía que hacer algunas gestiones.

Miranda no pudo responder con ligereza. Lo miró fijamente, y se dio cuenta de que era un extraño. No era el hombre con el que ella se había reído y con el que había hablado. Los chismosos tenían razón, después de todo. Aquél era el Scorpion, frío y mortal.

—¿He hecho algo mal? ¿Te he ofendido?

—No. Siéntate, Miranda. Estoy esperando confirmación en un pequeño asunto, y después hablaremos.

—No. Creo que no. Creo que deberías explicarme qué ocurre.

—Siéntate.

Ella obedeció.

Se sentó, aunque no quisiera hacerlo, porque su voz era glacial, y a ella le fallaron las rodillas.

Lo miró, con compostura, aunque tenía el corazón acelerado.

—He sido una idiota, ¿verdad? —preguntó.

Él estaba escribiendo algo en un papel, y no se molestó en alzar la vista.

—Más de una vez, Miranda. ¿A qué ocasión te refieres?

—Nuestra amistad no sucedió por coincidencia, ¿no es así?

—¿Nuestra amistad? —preguntó él burlonamente—. Fue algo planeado.

—Pero, ¿cómo sabías que iba a tener un accidente con la calesa? ¿O es que sólo tuviste buena suerte?

—Yo nunca dejo nada al azar. Uno de mis hombres saboteó tu calesa para que la rueda se saliera.

Aquello era una pesadilla, pensó Miranda sin pestañear. Era un sueño espantoso, y ella iba a despertarse en su cama.

No. No lo era.

—Podía haberme matado.

—No creo. Conduces muy bien. Yo sabía que podrías controlar a los caballos incluso en la más difícil de las situaciones. Y nosotros estábamos esperándote, claro. De todos modos, si hubiera hecho mal mis cálculos, habría conseguido lo que quería.

—¿Y qué querías conseguir?

—La tristeza de tu familia. Sobre todo, la de tu hermano mayor, pero sería feliz si toda tu familia sufriera los tormentos de los condenados.

Aquello fue como una puñalada en el corazón para Miranda. Su amigo, su amante, el amante que nunca la había tocado, que nunca le había dicho nada pero que de todos modos era su amor.

—¿Yo también?

Él la miró a los ojos.

—En realidad no. He pensado en casarme contigo.

Aquella arrogancia dejó estupefacta a Miranda.

—Creo que no.

—¿De verdad? Pero se te olvida que yo siempre consigo lo que quiero. Digamos que es una venganza por lo que le ocurrió a mi hermana.

—No sabía que tuvieras una hermana.

—Era mi hermanastra, el único miembro vivo de mi familia. Genevieve Compton.

—No he oído hablar de ella.

—Era la prometida de tu hermano Benedick. Tú eras

una niña en aquel momento, pero no puedo creer que no supieras nada de aquel escándalo.

—Mi familia siempre está cerca del escándalo. Mis padres hicieron todo lo posible por protegerme de algunas de las historias más obscenas. ¿Qué le hizo mi hermano a tu hermana?

—Rompió su compromiso con ella, y Genevieve se suicidó.

Aquellas palabras eran monótonas, desprovistas de emoción, y Miranda lo miró con horror. Las historias de la prometida loca que había oído comenzaron a tener sentido—. Le dijo que iba a romper el compromiso, así que ella lo citó en Temple Bar para hablar con los abogados. Cuando él llegó, ella se voló la cabeza con una pistola frente a todo el mundo.

—Eso es una tragedia —murmuró Miranda—. Pero tu hermana estaba enferma. Creo que lo amenazó con esa misma pistola.

Él frunció los labios.

—Eso no me importa. Él me quitó a mi hermana. Yo le voy a devolver el favor.

Miranda no se movió. Tenía miedo de lanzarse contra él si lo hacía. Nunca había estado tan enfadada. Estaba temblando de ira.

—No.

—Sí.

—No estamos en el medievo, canalla mentiroso. No puedes casarte con una novia que no está dispuesta a hacerlo.

—Sí estarás dispuesta.

—¿Y cómo vas a conseguirlo?

—Si no lo haces, retaré en duelo a tu hermano Brandon y lo mataré.

Automáticamente, ella le miró la pierna.

—No puedes...

—Lo arreglaré todo para que sea tu hermano quien me rete, y yo elegiré las armas. Soy un tirador infalible, y le pegaré un tiro entre las cejas sin esfuerzo.

Lucien se levantó y rodeó el escritorio. Llevaba el bastón, pero apenas se apoyaba en él.

—Ya ves que puedo hacer lo que quiera —prosiguió—. Voy a darte la oportunidad de salvar a tu hermano, pero no me importaría matarlo. Cualquier cosa por quitarles uno de sus hijos a los Rohan. Arrebatarles a una hermana tiene más justicia, y la ventaja de que eso les causaría dolor de por vida. Cuando te cases conmigo, no volverás a verlos.

Miranda tuvo náuseas. La imagen de su hermano pequeño tendido sobre la hierba, muerto, a la luz del amanecer fue algo horrible para ella. No dudó ni un instante que aquel hombre estaba dispuesto a cumplir su palabra.

No podía mostrarle debilidad.

—Creo que tu mente debe de estar tan alterada como la de tu hermana. ¿Por qué quieres cargar con una esposa a la que desprecias?

Él se echó a reír.

—Oh, no te desprecio, preciosa mía. Te encuentro irresistible. Al principio no pensaba en casarme contigo, pero después de pasar unos minutos en tu compañía, me di cuenta de que eres exactamente lo que necesito. He de tener un heredero, después de todo, y tendré que casarme más tarde o más temprano. Si me caso contigo, será para siempre. Nunca volverás a ser libre. Y por lo menos, contigo no tendré que ocuparme de las estúpidas convenciones.

—¿Como fingir que estás enamorado?

—Exacto. Creo que le presentaremos a tu familia un hecho consumado. Ya no podrán hacer nada para evitarlo. Lo único que podrán hacer es... echarte de menos.

—No.

—Todo el mundo se quedará asombrado. ¿Cómo iban a saber que una muchacha caída en desgracia como tú podría contraer un matrimonio tan ventajoso?

—Bastardo.

—No legalmente, pero sí por naturaleza. Ya tengo la licencia especial. Creo que es aconsejable poner distancia de por medio antes de que tu familia se entere de que nos hemos fugado. No quisiera que interrumpieran nuestra luna de miel con una escena desagradable.

—No me voy a casar contigo.

Él se acercó a ella, y Miranda se dio cuenta de que su cojera era mucho menos pronunciada de lo que ella creía. Se mantuvo firme, pero tuvo que agarrarse al respaldo de la silla cuando él le acarició la mejilla con las yemas de los dedos, y después el cuello, y después por dentro del escote, durante un momento inesperado, horrible.

—Oh, preciosa mía. Claro que sí.

Miranda se estremeció. Se estremeció porque él la estaba tocando, y por el modo en que ella reaccionó ante su caricia. Sin embargo, no se movió. Sus ojos ardían de furia.

—No lo harás.

—¿Crees que no? No tuve ningún escrúpulo a la hora de poner en peligro tu vida con un accidente de coche. No me llaman Scorpion por casualidad, Miranda. Soy frío y letal. La sociedad me rechaza por un buen motivo. Siento ser un monstruo feo, preciosa, pero siempre puedes cerrar los ojos y pensar que soy otro.

Ella cerró los ojos entonces. No por las cicatrices, que había dejado de ver mucho tiempo antes. La imagen de su traición era nueva, y Miranda no podía soportarla.

—Entonces, ¿qué vas a elegir, querida? ¿La vida de tu hermano, o tu matrimonio conmigo? Te prometo que me aburriré de ti rápidamente y podrás llevar una vida agradable en el campo, con mucho dinero para hacer lo que quieras. Míralo así: tu vida será como es aquí. Serás libre de hacer lo que te plazca. Sólo estarás un poco más aislada. Elige.

Él había ganado. Miranda conocía bien a Brandon. Su hermano era impulsivo, aceptaría el duelo sin pensarlo, y Lucien lo mataría.

—Sí —dijo con frialdad.

Él se rió suavemente.

—Te advertí que quería ser un villano. Tal vez parezca el idiota de Calibán, pero mi alma es mucho más negra. Tú te negaste a verlo —dijo Lucien—. Pediré que preparen los caballos.

—¿Qué? No tengo ropa, y mis criados no saben dónde estoy...

—Leopold se ocupará de tus criados. De hecho, él se ocupará de todo. En cuanto a la ropa, no la necesitarás. Llevas mucho tiempo pisando el límite. Sellaremos nuestro trato inmediatamente.

—Pero... ¿adónde vamos?

—Creo que es mejor que no lo sepas. Sin embargo, sí te agradará saber que tendrás el coche para ti sola. Para mí, sería demasiado... excitante ir contigo. Y verdaderamente, no quiero recordarte a tu última fuga.

—Esto es exactamente como mi última fuga —escupió ella—. También me secuestraron en contra de mi voluntad.

—Pero, por lo menos, yo me voy a casar contigo. Quieras o no.

Un momento después, Lucien se había ido.

CAPÍTULO 9

Lady Jane Pagett no tenía un buen día. Desde el baile de los Carrimore se encontraba muy agitada. La mitad de las mañanas no quería levantarse de la cama. No podía dejar de pensar en el hombre alto que la había besado, y no quería pensar en los besos castos y secos del señor Bothwell, y no quería pensar en su futuro en el norte. Quería soñar con piratas y contrabandistas y con una vida de libertinaje que sin embargo era tan fabulosa.

En realidad, bajo su aspecto tímido había una aventurera. Jane quería viajar a lugares extraños y distantes, y quería correr aventuras salvajes y vivir el amor apasionado. Y en vez de eso, tenía que casarse con el señor Bothwell porque nadie más la quería.

Era alta, delgada, feúcha y tímida, y estaba condenada a vivir una vida corriente junto a un hombre corriente. Aquellos besos en la oscuridad habían sido una muestra de toda la riqueza que ofrecía la vida, pero que a ella le negaba.

Y el no haber podido quitarse aquel maldito anillo del dedo no ayudaba. No lo había conseguido con nada: ni con jabón, ni con grasa de pato ni por la fuerza. Parecía que se le había atascado para siempre en el dedo, y no se atrevía a volver a casa con su familia con aquella señal de su perversión.

Por si no era suficiente, le dolía mucho la garganta, y había decidido que iba a quedarse todo el día metida en la cama, con los cuidados de la excelente doncella de Miranda.

Sin embargo, Brandon Rohan había armado tal escándalo que ella no había tenido más remedio que levantarse y poner buena cara, y escucharlo mientras él recorría el comedor de un lado a otro, despotricando sobre algún horrible crimen que Lucien de Malheur no había cometido. Era cierto que el hombre de las cicatrices ponía nerviosa a Jane, y que ella le habría advertido a Miranda que tuviera cuidado. Se lo hubiera advertido de no haber visto cómo la miraba el conde cuando pensaba que nadie se daba cuenta. No importaba lo mucho que rabiara Brandon, Jane conocía a la gente. Por la manera en que el conde observaba a Miranda, Jane sabía que su amiga estaba a salvo.

Por supuesto, horas después estaba pensándolo mejor. Aunque el día era lluvioso y oscuro, su amiga se había marchado a pie, temblando de ira, antes de que Jane pudiera ofrecerse a acompañarla. Brandon también se había marchado, finalmente, a su club, pero Jane no sabía si iba a volver a dormir allí. Y además estaba el asunto del anillo. Brandon lo vio.

—¿Te ha regalado el aburrido de Bothwell ese anillo? —le había preguntado con un silbido de admiración—. No debe de ser tan tacaño y frío como parece.

Ella no le había contado nada, por supuesto. ¿Cuántas posibilidades había de que un muchacho como Brandon recordara el anillo que llevaba la amiga de su hermana?

Normalmente ninguna, pero con la mala suerte de Jane, no había garantías.

Se estaba haciendo tarde, y no había noticias de Miranda. El lacayo había vuelto solo horas antes. La prima Louisa estaba acomodada en el sofá del comedor, tomando galletas de almendra e intentando convencer a Jane de que no había nada de lo que preocuparse. Siempre y cuando Louisa no tuviera que moverse, era la criatura más tranquila del mundo.

Jane tardó una hora más en reunir el valor suficiente como para ir en busca de Miranda. Iba a hacerlo del modo más respetable, pidiéndoles a los criados que prepararan el coche para llevarla a Cadogan Place, pero en aquel momento apareció Brandon nuevamente, y ella no tuvo más remedio que tomar su abrigo y su bolso y salir corriendo por la puerta del jardín. En la calle estaba lloviendo.

Paró un coche de alquiler y le indicó el nombre de la calle. Cuando llegaron a la dirección del conde, le dijo al cochero que la dejara al final de la plaza. Comenzó a caminar por las sombras sin dar crédito a su valentía. Tuvo la tentación de volver a llamar al cochero, pero el vehículo ya había desaparecido entre la niebla.

Jane irguió los hombros. Tenía que ser valiente. Después de todo, estaba haciendo aquello por Miranda, y Miranda estaría dispuesta a enfrentarse a un ejército por ella.

Tuvo que sonarse la nariz a causa del aire frío y húmedo. Tenía peor la garganta, y no estaba segura de si sentía calor o frío. Sólo sabía que había sido una idiota por salir con un tiempo así cuando claramente se estaba poniendo mala.

Vio a dos sirvientes uniformados saliendo del callejón que había junto a la casa del conde. Iban hablando entre ellos y no advirtieron que ella se acercaba rápidamente hacia la pared.

—Ojalá nos hubiera avisado antes. ¿Por qué quiere salir en una noche como ésta, cuando tiene una buena cama en casa si quiere darse un revolcón con ella?

—Que no te oiga decir eso. Ésta no es una de sus amantes de la alta sociedad, hazme caso. Si fuera tú, mantendría la boca cerrada y obedecería.

El otro hombre respondió con unas cuantas imprecaciones. Ambos siguieron hasta el carruaje, donde había otros tres hombres más, también charlando. Había un precioso purasangre ensillado y preparado, y Jane supuso que lord Rochdale se iba a montar. Entonces, ¿quién viajaría en aquel carruaje? ¿Y dónde demonios estaba Miranda?

Irguió la espalda y se dirigió hacia la puerta principal, pero al ver que se abría, el pánico se apoderó de ella. La puerta del carruaje estaba abierta, los escalones bajados hasta el suelo, y Jane no se paró a pensar. Subió de un salto y se acurrucó en la esquina más alejada de la portezuela, ocultándose bajo una lujosa manta de piel. Con suerte, nadie advertiría que ella estaba allí.

Sólo tardó unos segundos en darse cuenta de que aquel movimiento había sido una locura. Lo más seguro era que el conde hubiera enviado a Miranda a casa, y ahora tenía una cita con su amante, que iba a encontrarse con una joven escondida en el carruaje. Jane se dio cuenta de que iba a pasar una vergüenza monumental. Comenzó a apartar la manta cuando oyó la voz del conde.

—Intenta dormir —dijo, y Jane notó que el coche se inclinaba hacia un lado con el peso de alguien que subía—. Vas a necesitar todas tus fuerzas para seguir luchando contra mí.

—No voy a luchar contra ti —respondió Miranda con

calma, y Jane estuvo a punto de desmayarse de alivio–. No tengo otra elección.

–Eso es cierto, querida –susurró él–. Que tengas buen viaje. No vamos a hacer muchas paradas.

Después, Jane oyó que la puerta se cerraba, y la cabina del carruaje quedó a oscuras.

Jane no se movió. Si lo hacía, tal vez Miranda gritara del susto y entonces la sacarían del coche y la dejarían allí, y Jane no podía permitir que la separaran de su amiga. Se mantuvo inmóvil, sin respirar apenas, mientras notaba que el carruaje se ponía en marcha con suavidad.

Miranda no estaba haciendo ningún sonido, y Jane siguió acurrucada en el rincón, intentando decidir cuándo debía anunciar su presencia. Su cuerpo se ocupó de tomar la decisión y se anunció con un buen estornudo.

–¿Quién está ahí? –preguntó Miranda–. Por favor, muéstrese. He tenido un día muy difícil y no estoy de humor para jueguecitos.

Jane se apartó la manta de la cabeza. El interior del coche estaba muy oscuro, pero ella veía claramente a Miranda, y la expresión de su rostro le causó horror.

–Soy yo –dijo Jane con alegría, y estornudó de nuevo mientras se sentaba junto a su amiga–. Entonces, ¿nos están secuestrando?

Miranda no sabía si echarse a llorar o a reír. Hizo ambas cosas y se abrazó a Jane, y después la zarandeó.

–Serás idiota... Yo me he metido en un lío, y no quiero que tú destroces tu vida como yo.

–Somos amigas –dijo Jane–. Y no me había dado cuenta de que tu vida estuviera destruida.

Miranda cabeceó y se apoyó en el respaldo.

–Ahora sí.

Jane estaba haciendo todo lo posible por ser valiente, y

Miranda se dio cuenta de que era ella la que tenía que calmar su miedo.

—¿Y por qué demonios has venido? Deberías estar en casa, acostada, y no persiguiéndome. ¿Y por qué te has escondido en el carruaje?

—Tenía intención de entrar en la casa y exigir que me dejaran verte, pero en el último minuto me entró pánico y me metí aquí. Ya sabes lo cobarde que soy. Brandon apareció en casa otra vez, y yo pensé que era mejor escaparme y encontrarte antes que dejar que él se desahogara conmigo.

Miranda pensó rápidamente. No podía permitir que Jane se viera en mitad de aquel espantoso enredo que ella misma había creado.

—Tenemos que dejarte en casa antes de alejarnos más —dijo. Se inclinó hacia delante y dio unos golpecitos en el techo del carruaje.

—Si tú te quedas conmigo...

Miranda negó con la cabeza.

—Me temo que no. Me voy a fugar, querida, y por mucho que te quiera, no deseo estar contigo en mi luna de miel —dijo Miranda, pensando que había mentido muy bien. Sin embargo, Jane la miró con extrañeza.

—Miranda, tú siempre has sido mi mejor amiga, pero nunca se te ha dado bien mentir, y es una pérdida de tiempo que intentes engañarme. Te conozco demasiado bien. ¿Qué es lo que pasa?

—Estoy enamorada —dijo Miranda, a punto de atragantarse con aquellas viles palabras—. No creo que eso te sorprenda, ¿verdad? Llevo obsesionada con este hombre desde la primera vez que... me rescató de mi accidente.

Volvió a dar un golpe en el techo, intentando dar la impresión de que estaba muy enamorada, cuando en realidad estaba encolerizada y muy dolida.

Por supuesto, no hubo respuesta. El cochero tendría órdenes de hacer caso omiso de sus peticiones. Miranda volvió a hundirse en el asiento. Avanzaban rápidamente, y en muy poco tiempo habrían salido de la ciudad, aunque no sabía en qué dirección.

Jane la miraba dubitativamente.

—Él dijo algo sobre que tú ibas a luchar.

«Mierda», pensó Miranda. En aquel momento había perdido la capacidad de juzgar. No tenía ni idea de lo malo que podía llegar a ser Lucien de Malheur. Si había sido capaz de arriesgar la vida de una desconocida provocando un accidente de coche, y estaba dispuesto a asesinar a su hermano pequeño a sangre fría, Miranda no tenía garantías de que Jane estuviera segura cerca de él.

Lo mejor sería mentir a Jane, y seguir mintiendo. Tendría que arreglárselas para hacerlo.

—Es que discutimos un poco —dijo—. No tienes de qué preocuparte. No iba a permitir que me secuestraran dos veces en una vida. De verdad, quiero estar con Lucien. Es sólo que estoy preocupada por ti. En cuanto nos paremos para cambiar los caballos lo organizaremos todo para que vuelvas a Londres sana y salva. No deberías salir cuando estás mala, Jane. No sé por qué has venido a buscarme.

—¿No?

Miranda suspiró. Debería haber pensado que iba a arrastrar a otros consigo. Tenía que asegurarse de que Jane quedara en buenas manos antes de seguir adelante.

—Yo también te quiero. Y Lucien se ocupará de todo en cuanto paremos. Mientras, podemos aprovechar el rato. Supongo que no volveré a Londres durante una temporada, así que tenemos que disfrutar de este tiempo.

—¡Pero Miranda! ¡Sólo quedan tres meses para mi boda!

Tú ibas a ser mi dama de honor. Entonces podremos estar juntas, ¿no?

—Suponiendo que no te escapes con tu ladrón —dijo Miranda.

Jane frunció el ceño.

—Ya no me parece tan delicioso. Fue muy escandaloso que disfrutara de algo así, ¿verdad?

—Bastante. Y perfectamente comprensible. No te preocupes, mi amor. El señor Bothwell nunca se enterará. Te escapaste por poco.

Jane tomó la mano a su amiga.

—¿Estás segura de lo que estás haciendo, Miranda?

—Totalmente —dijo ella, y le apretó la mano para reconfortarla. Tal vez, con la práctica, una se hiciera experta en el arte de la mentira.

Por lo menos, el conde se ocupaba de que sus rehenes viajaran con estilo. El carruaje era magnífico, y dentro había ladrillos calientes, varias mantas lujosas, almohadones y una cesta con comida y vino. La pobre Jane cada vez se sentía peor, y Miranda habría preferido comer serpientes a tocar algo que le hubiera dado su anfitrión, así que ambas se acurrucaron juntas bajo las mantas y hablaron, no del presente ni del futuro, sino del pasado y de la felicidad que habían compartido durante la niñez, puesto que ambas habían tenido unos padres que las adoraban. Jane se quedó dormida primero, y lentamente, Miranda se obligó a calmar su furia lo suficiente como para poder descansar.

Se despertó con un sobresalto, y una luz muy brillante la cegó durante un momento. Se dio cuenta de que el coche se había detenido y de que alguien estaba ante la puerta abierta del carruaje.

—¿Qué tenemos aquí? —preguntó Lucien con suavidad—.

¿Acaso hemos recogido a una pasajera inesperada durante el camino?

Miranda notó el miedo de su amiga y le pasó el brazo por los hombros en un gesto protector.

—Lord Rochdale, creo que conoce a mi querida amiga Jane, ¿verdad?

—Pues sí —dijo él con seriedad, aunque ella notó un tono de diversión en su voz—. Aunque no esperaba volver a verla en estas circunstancias. He pedido una habitación, y la comida, mientras cambiamos de caballos. ¿Por qué no continuamos esta conversación junto al fuego? —preguntó, y le tendió la mano con una mirada burlona.

Para que Jane siguiera ignorando la verdad sobre aquel matrimonio, ella no tenía más remedio que aceptar su mano y dejar que la ayudara a bajar del coche. Por un momento se tambaleó y tuvo que agarrarse automáticamente a Lucien, pero después lo soltó rápidamente y se apoyó en el coche para no tener que tocarlo.

Por desgracia, él ya se estaba ocupando de Jane, y no apreció su fría reacción. Y, al ver la cara pálida y la expresión triste de Jane, ella se olvidó de él y de la ira que sentía.

El conde no soltó el brazo de Jane, porque no parecía que ella pudiera recorrer sola el camino hasta la puerta de la posada. Miranda tuvo que seguirlos y, al menos, un poco de su ira se calmó. Lo primero era Jane. Después pensaría cómo salir de aquel lío, porque tenía que haber alguna salida.

La posada era pequeña pero estaba limpia, y los tres se acomodaron en un comedor privado. Lucien ayudó a Jane a sentarse junto al fuego y se volvió hacia Miranda.

—Me imagino que querrán arreglarse antes de comer, pero me temo que no puedo contener más la curiosidad. ¿Por qué está aquí, señorita Pagett?

—Ella no sabía que nos estábamos fugando para casarnos —dijo Miranda—. Estaba preocupada por mi reputación y quiso acompañarme.

Él tenía una expresión irónica.

—Vaya. Lo malo es que yo prefiero mis lunas de miel de dos personas.

—Estoy segura de ello. No sé por qué motivo, pero el conductor no hizo caso de mis llamadas. Tendremos que darnos la vuelta y regresar a Londres rápidamente.

—¿De veras?

—Jane —dijo Miranda con una voz firme—. Por favor, ve a la habitación y túmbate un poco para descansar mientras yo hablo con mi... futuro marido.

—Oh, querida —dijo Lucien, a punto de echarse a reír—. ¿Vamos a tener nuestra primera pelea conyugal, amor? Por favor, señorita Pagett, vaya a ponerse cómoda mientras Miranda y yo nos damos de golpes.

Jane no se movió. Por primera vez en su vida, fue valiente y obstinada.

—Creo que no...

—Ve, Jane —insistió Miranda—. Déjame esto a mí.

El conde esperó hasta que Jane se hubo marchado de la habitación, y después se sentó en la silla que ella había dejado vacante. Miranda se quedó junto al fuego temblando de furia y de miedo.

—No puedes hacer esto.

—No seas pesada. Puedo hacer lo que quiera. Es una pena que tu amiga sea tan terca como tú, pero eso no es cosa mía.

—Ella no es terca, sino tímida, y ahora mismo está muerta de miedo. Tienes que enviarla de vuelta a casa. Una cosa es que me secuestres a mí; mi reputación ya está destrozada, y tienes algún motivo retorcido para desahogar tu ira conmigo. Sin embargo, Jane es una inocente y su familia no va a permitir que te salgas de rositas de todo esto.

—No me gusta tener que corregirte, pero te equivocas en varias cosas. Lo primero es que yo no siento ira hacia ti. Sólo eres un medio para conseguir algo, y además, un medio muy delicioso. En cuanto a la señorita Pagett, le pediré a un médico que la examine antes de que continuemos el viaje, para que te quedes tranquila, y le pediré que le escriba una carta a su familia para decirles que ha decidido acompañarte en tu viaje nupcial.

—Mi familia no se lo va a creer.

—No espero que se lo crean, pero tampoco van a asustar a la familia de la señorita Pagett. Bueno, y ahora, ¿por qué no vienes a sentarte aquí?

—No quiero acercarme a ti.

Él se movió increíblemente rápido, la tomó en brazos y se la sentó en el regazo. Miranda forcejeó, y él la sujetó con fuerza, de modo que tuvo que estarse quieta.

—Así está mejor... Me parece que cuando dejes de luchar, nos llevaremos muy bien.

—Cuando deje de luchar perderás el interés en mí.

Él se echó a reír.

—Eso siempre es una posibilidad. En ese caso, ¿por qué sigues luchando contra mí? ¿O es que quieres que siga deseándote?

Ella se quedó asombrada.

—¿Por qué te sorprendes tanto, querida? No habría decidido que iba a casarme contigo si no te deseara. Podemos jugar a este juego de muchas maneras distintas, y yo prefiero que sea en la cama.

Ella consiguió salir de su estupor.

—Sólo Dios sabe por qué —dijo—. No soy una gran belleza, ya no soy virgen, y sé por un mujeriego consumado que no tengo ninguna habilidad en el lecho.

—Ahora estás intentando que te haga cumplidos. A mí no me importa tu habilidad en el dormitorio —continuó—. Tengo más que suficiente para los dos. Para compensar mi apariencia, soy un experto en esas lides, y tú aprenderás muy rápido.

—¿Y ahora quién quiere cumplidos?

—No seas ridícula. Tú eres una muchacha muy guapa, mientras que yo soy un monstruo con un alma a la altura.

—No seas ridículo —repitió ella—. Tal vez tu alma sea el epítome de la decadencia putrefacta, pero aparte de unas cuantas cicatrices, sabes perfectamente que tienes bastante atractivo decadente.

Él abrió unos ojos como platos, y después estalló en carcajadas.

—No sé qué me gusta más, si decadencia putrefacta o atractivo decadente. No sabes si insultarme o halagarme para que te suelte. En honor a tu espíritu guerrero, estoy dispuesto a hacer una apuesta contigo. Si ganas, te dejaré libre.

Lo decía en serio. Ella contuvo la respiración.

—Lo que quieras.

—Es muy fácil. Todavía tenemos que cerrar el trato con un beso. Si puedes besarme y no reaccionar de ninguna manera, te enviaré a casa con tu amiga, dejaré a tus hermanos en paz y me dedicaré a arruinar financieramente a tu familia. Eso me costará más esfuerzos, pero podré hacerlo. ¿Qué te parece?

—Es demasiado fácil. No sé si confío en tu palabra.

—De nuevo, más insultos —dijo él con un suspiro—. Te juro por el alma de mi hermana que si no me devuelves el beso, te dejaré libre. Inmediatamente.

Entonces Miranda lo creyó.

—Sí —dijo al instante con los ojos relucientes—. Oh, sí, sí. Aunque no entiendo por qué te rindes con tanta facilidad.

—No me estoy rindiendo. Voy a ganar —dijo él.

Puso un dedo bajo la barbilla de Miranda e hizo que elevara la cara hacia él, y mientras ella miraba sus ojos pálidos con cierta inquietud, la besó.

CAPÍTULO 10

Aquello iba a ser muy fácil, pensó Miranda en cuanto sus labios se tocaron. A ella nunca le había gustado besar, así que estaba segura de su victoria. Se mantuvo inmóvil, esperando a que Lucien terminara.

Esperaba brutalidad. Esperaba fuerza. No esperaba el roce suave de sus labios, como un susurro. La sujetó por la barbilla con ligereza, porque sabía que ella no iba a apartarse, no podría apartarse, y movió la boca hacia su mejilla, y le acarició la oreja con su respiración cálida, y la línea de la mandíbula, y ella se movió con agitación.

Y se dio cuenta de que estaba sentada sobre su regazo, entre sus brazos, y que ya no era virgen. Sabía exactamente lo que había debajo de su trasero, duro y cada vez más duro, y se dijo que aquello era un recordatorio más de lo poco que le gustaba todo aquello. Pero él le pasó los labios por los párpados y le cerró los ojos, y ella tuvo un escalofrío y volvió a moverse. Y él se endureció más.

Entonces, Lucien posó la mano en su nuca y comenzó a jugar suavemente con su pelo, que se estaba soltando de la trenza. Le rozó la sien con los labios y siguió acaricióndole el cuello, con delicadeza, y apretó su boca contra el pulso que le latía en la garganta, que por algún extraño motivo estaba acelerado.

—Creía que sólo ibas a besarme —le dijo ella con la voz tirante.

—Shh —susurró él contra su piel—. Me estoy tomando las cosas con calma. No eres fácil de conquistar.

Miranda tuvo ganas de morderlo, pero se resistió.

—No soy ninguna conquista... —comenzó a decir, pero él le cubrió los labios con sus dedos largos y la silenció.

—Si eres inmune, entonces puedes tener paciencia —dijo.

Después deslizó la mano por el escote alto de su vestido, y ella notó que desabrochaba un botón. Y luego otro.

—Yo no...

Él la besó. Sus labios eran suaves y estaban húmedos, y sabía besar. Besaba mucho mejor que Christopher St. John, y Miranda comenzó a sentir un calor incómodo entre las piernas. Intentó apretar la boca, pero él volvió a agarrarla de la barbilla.

—Eso es trampa —le reprochó.

Ella se preguntó si iba a usar la lengua. Eso garantizaría su disgusto. Nadie la había besado así; Jane decía que era maravilloso, pero Miranda lo dudaba. Nada que hiciera aquel hombre podía proporcionarle placer.

Él metió la mano por la pechera abierta de su vestido y desnudó la parte superior de su pecho al calor del fuego, al calor de su mano. Deslizó los dedos en el interior de su camisa y tomó uno de sus senos pequeños, y cuando ella notó que el pezón se le endurecía, intentó moverse.

—Creo que no deberías hacer eso, querida. No he traído a mi ayuda de cámara, y confieso que estoy al límite de mi capacidad de control. No me gustaría avergonzarme antes de ganar, y no tengo muchas mudas de ropa.

Ella tardó un instante en darse cuenta de lo que él estaba intentando explicarle, y se quedó helada.

—Bésame y vamos a terminar con esto —dijo, ignorando el hecho de que quisiera ceñirse contra él, de que quisiera pasarle los dedos entre el cabello largo y negro.

—Entonces abre la boca, querida.

El contacto con su lengua fue una impresión nueva, y su intimidad le resultó asombrosa, teniendo en cuenta que él le estaba acariciando el pecho desnudo con los dedos. Se mantuvo inmóvil mientras él la saboreaba con acometidas profundas y sensuales que deberían haberle recordado lo desagradable de las relaciones sexuales, pero que, sin embargo, convertían su calor en un deseo húmedo. Su otro pezón se endureció también contra la tela del vestido, anhelando su mano, deseando su boca, mientras él seguía besándola con una deliberación lenta, con tanta maestría que Miranda dejó caer la cabeza hacia atrás contra la sujeción de sus dedos largos y delicados.

Jane tenía razón. El contacto de la lengua de un hombre era íntimo y excitante, y ella nunca lo había experimentado. No quería pensar en nada más, y quería seguir abandonándose a aquella dulzura. No debería hacerlo, pensó vagamente. Si quería ganar aquella batalla, tenía que mantenerse fría, reservada, pero, ¿cómo iba a conseguirlo cuando estaba ardiendo?

Ni siquiera se dio cuenta de que le rodeaba el cuello con los brazos para sujetarle la cabeza mientras movía la lengua para acariciar la de él. Y perdió la noción del resto.

Él posó las manos sobre sus piernas, la levantó y la sentó en su regazo, a horcajadas, y le subió la falda por los muslos mientras la presionaba contra su erección, apretando aquella parte húmeda y dolida de ella contra la dureza de su cuerpo, y ella emitió un gemido suave. Él deslizó una mano bajo su falda y la acarició, y en aquella ocasión Miranda intentó apartarse de un respingo, pero él la sujetó con fuerza, y en realidad, ella no quería escapar. Quería sentir su mano en aquella humedad, sus dedos largos separando los pliegues secretos de su cuerpo, y cuando su pulgar la frotó, sintió una oleada de placer que la atravesó y, por primera vez en su vida, quiso más.

Él se detuvo.

Se miraron durante un instante, y Lucien retiró la mano y sentó a Miranda decorosamente, con la falda colocada alrededor de las piernas, como si no hubiera sucedido nada. Tenía los ojos entornados, y Miranda notó los latidos fuertes de su corazón contra ella, y se dio cuenta de que tenía la respiración levemente acelerada.

—He ganado —dijo él sin más—. Estás húmeda. Incluso en esta habitación caldeada, tienes los pezones endurecidos. Y me has devuelto los besos.

Miranda se salió de su abrazo y, tambaleándose, se acercó a una silla y se dejó caer en ella. Le temblaban las piernas.

—Eres repugnante. Y no te he devuelto el beso.

—Me has metido la lengua en la boca, preciosa —respondió él en tono aburrido—. Y nadie te ha obligado a hacerlo. Estabas excitada, y en un minuto habría podido tomarte en esta misma silla. Te prometo que te compensaré por ello. En mi casa hay muchas sillas en las que podemos experimentar.

Ella no encontró las palabras adecuadas para responder. Había perdido la apuesta, aunque no pudiera creerlo. En realidad, su piel seguía anhelando las caricias de aquel hombre, y su boca ansiaba sus besos. Tal vez él la hubiera drogado, o tal vez ella se hubiera vuelto loca, pero no importaba: había perdido.

Se dio cuenta de que tenía el vestido abierto, y se lo abotonó rápidamente.

—Es una pena que no llevara un traje más difícil de manejar —dijo fríamente.

—Preciosa mía, podría quitarte un vestido de fiesta en segundos si quisiera —dijo Lucien, mientras se servía una copa de vino. Era como si aquellos minutos llenos de pasión febril no hubieran sucedido. Si Miranda no hubiera sentido su erección, habría pensado que todo aquello era un juego para él–. Sin embargo —prosiguió el conde—, creo que vamos a esperar para consumar nuestra gran pasión hasta que estemos legalmente casados. Mientras, tenemos un problema con tu amiga. Tengo que confesarte que nunca me han gustado demasiado los tríos. Prefiero concentrarme en una sola mujer en cada ocasión.

¿Cómo era posible que todavía pudiera escandalizarla?

—Jane está enferma. Envíala de nuevo a casa con un acompañante —dijo Miranda—. Haz sólo eso por mí.

—Pero, mi querida Miranda, ¿cuándo he dicho yo que quisiera hacer algo por ti?

—Eso te facilitaría las cosas.

—¿Y alguna vez he dicho que tuviera interés en hacer las cosas de una manera fácil? Si prefiriera lo eficaz, habría matado a tu hermano Benedick en cuanto llegué a Inglaterra. Tuvo suerte de que yo todavía estuviera en los trópicos cuando murió mi hermana. Eso me dio tiempo para apaciguar mi rabia e idear un plan.

Ella lo miró con odio, pero no podía evitar sentir el deseo de volver a acariciarlo. Apretó los puños en el regazo.

—Cometí un error muy grande con Christopher St. John —dijo—. No me resistí. Sabía que iba a acostarse conmigo y que no tenía forma de impedírselo, así que no luché hasta el final, cuando ya no podía soportarlo más. Eso no va a suceder esta vez. No te voy a permitir que me violes.

—¿Es que no acabo de demostrarte que no va a ser una violación? No te preocupes, estás a salvo por el momento. Cuando me acueste contigo la primera vez, haré un buen trabajo. Sólo has tenido una pequeña muestra de lo que soy capaz de hacer.

Miranda tuvo ganas de echarse a llorar, pero reunió lo que le quedaba de dignidad y preguntó:

—¿Vamos a continuar el viaje esta noche?

—Sí. Yo iré con la señorita Pagett y contigo en el carruaje. Está empezando a dolerme la pierna, y prefiero comenzar mi vida de casado con buena salud. No te preocupes, preciosa. No voy a decirle a la señorita Pagett que he estado a punto de hacerte llegar al clímax.

—¿Cuánto te duele la pierna? No parece que tengas tanto problema como finges.

—Vas a averiguar que no soy lo que parezco. Me rompí la pierna cuando era joven, y nadie me la curó bien. No permito que me moleste.

—Entonces, ¿por qué no continúas el viaje a caballo?

—Porque no quiero. Acéptalo, Miranda. Has perdido la apuesta, y estás perdiendo el tiempo al luchar conmigo.

—En mi naturaleza no está el aceptar la derrota.

—Y eso es lo que te hace tan irresistible —replicó él.

Lucien salió de la posada y respiró profundamente. Hacía frío, lo cual estaba bien. Le costaba creer lo mucho que le excitaba Miranda Rochdale. Le temblaban las manos por la necesidad de acariciarla, y para controlarse, unos minutos antes, había tenido que hacer uso de una fuerza de voluntad que ni siquiera él mismo sabía que tenía.

Debería haberla tomado. Ella no era una virgen tímida, y se había frotado contra él, instintivamente, sin poder evitarlo, mientras él la besaba. Debería haberla tomado en aquella misma silla.

Tenía que dejar de pensar en ello. No podía seguir caminando con una erección perpetua. Y, sin embargo, había algo irresistible en el hecho de sentirse excitado y de esperar la rendición final de Miranda. Aquella noche había tenido una deliciosa muestra de lo que iba a conseguir.

Jane Pagett era una complicación, pero se ocuparía del problema a su debido tiempo. En aquel momento estaba agotado y sólo quería dormir en el carruaje. El camino hacia el Distrito de los Lagos, hacia su casa de Ripton Waters, era muy largo, pero cuando hubieran llegado, él podría dar el golpe de gracia para lograr la venganza completa. Por el momento, sólo quería descansar.

Miranda subió al carruaje y observó a Jane. Su amiga ya estaba acurrucada en un rincón, con la carita arrugada de tristeza y los ojos y la nariz rojos. Por fin se había dado cuenta de que se había metido en un lío, y Miranda no podía hacer nada por reconfortarla. Le tomó la mano y se la apretó mientras se sentaba a su lado, y Jane esbozó una sonrisa débil para responderla. Hasta que Lucien subió al coche y se sentó en el asiento opuesto, y estiró las largas piernas con un suspiro.

La puerta se cerró y los dejó sumidos en la oscuridad, y un momento después, estaban de nuevo en movimiento.

—Miranda, amor mío —dijo él en la penumbra—. Ven aquí conmigo y déjale más espacio a tu amiga.

—Estoy bien aquí.

—Pero yo no —dijo Lucien.

Miranda esperaba que Jane no percibiera el tono férreo de su voz. Ella quería continuar con aquel engaño todo el tiempo que fuera posible para no asustar a Jane, y para ello, no tenía más remedio que cumplir con la orden de Lucien.

Con un sonoro suspiro se levantó, justo en el momento en el que el carruaje daba un bote debido a una piedra del camino. El movimiento arrojó a Miranda sobre él, y Lucien la agarró con facilidad. En la oscuridad, ella vio el brillo de su sonrisa.

—Ésta es una de las muchas cosas que me encantan de ti, amor mío. Tu reticencia y tu entusiasmo.

La sentó junto a él y le pasó el brazo por los hombros, estrechándola contra su cuerpo, y Miranda sintió su calor.

—Así es mejor —le susurró Lucien al oído, y después, para asombro de Miranda, le mordió el lóbulo de la oreja, ligeramente. Ella dio un respingo.

Gracias a Dios, Jane no podía ver lo que él había hecho.

—Señorita Pagett, ¿está cómoda? —preguntó Lucien, todo solicitud, mientras extendía una gran manta de piel sobre los tres.

—Sí, muchas gracias —dijo Jane en tono somnoliento.

Jane tenía mala cara, y Miranda deseó con poca caridad que vomitara sobre las elegantes botas de Lucien.

Jane tosió un poco, pero el coche viajaba con suavidad debido a su estupenda amortiguación, y Jane no se mareó. Se quedaría dormida en pocos minutos, afortunadamente, pensó Miranda. Tal vez pudiera inducirse las náuseas ella misma, con sólo pensar en Christopher St. John, en sus manos repugnantes, en el dolor que le había causado al penetrar en su cuerpo y en la fealdad de su desnudez.

Sin embargo, inesperadamente recordó la erección de Lucien, que incluso por debajo de las capas de ropa, le había parecido mucho mayor que la de St. John. Christopher le había hecho daño. Lucien iba a romperla en dos. ¿Qué iba a hacer?

—Deja de moverte —le murmuró él al oído—. Nos queda mucho camino, y me gustaría pasarlo durmiendo.

—¿Y Jane?

—Ella ya está dormida, y lo único que tiene es un resfriado. He mandado una carta a su familia diciéndole que te está acompañando a visitar a una querida amiga vuestra, y que volverá en unos días. Con eso estarán tranquilos, por el momento.

—Se van a preocupar muchísimo. Jane y yo siempre hemos tenido tendencia a meternos en problemas.

—Entonces, cuando sepan la verdad no se sorprenderán.

Él hizo que Miranda apoyara la cabeza en su hombro, y aunque ella quería apartarse, sabía que Lucien no iba a permitírselo. Además, en realidad así estaba más cómoda.

—Duérmete, preciosa mía. Así tendrás más fuerzas para luchar contra mí mañana.

Y siguiendo aquel sabio consejo, Miranda se durmió.

CAPÍTULO 11

Se despertó entre sueños, sobresaltada. Abrió los ojos de par en par y se dio cuenta de que Lucien seguía dormido a su lado, y de que la sujeción de su brazo se había aflojado. Intentó alejarse de él, porque estaba segura de que él dormía profundamente, pero Lucien le quitó la idea de la cabeza con un corto «No».

—Necesito estirarme —susurró ella—. Y quiero mirar a Jane.

Entonces él apartó el brazo y la soltó, pero Miranda sabía que no sería más que un corto descanso.

Sus ojos se habían acostumbrado a la oscuridad, y vio a Jane acurrucada en el rincón. Le tocó la frente con cuidado de no despertarla. Estaba fresca. No tenía fiebre, pese a la tos.

Miró instintivamente hacia la puerta. No podía dejar a Jane, y avanzaban a mucha velocidad, demasiada como para intentar saltar al suelo. Volvió a su asiento, aceptando su destino de mala gana. Por el momento.

—¿Por qué crees que he traído a tu amiga en vez de enviarla directamente a casa? —le preguntó Lucien en voz baja, para no despertar a Jane—. No puedes escapar y dejarla conmigo. Además, estoy al tanto de la cercanía que existe entre vuestras dos familias. Si te escapas y la dejas aquí, la utilizaré a ella para llevar a cabo mi venganza.

—Si la tocas, te corto las manos —dijo Miranda con ferocidad.

Él se rió.

—En realidad, es a ti a quien quiero tocar. Lo único que ocurre es que soy un hombre práctico, y haré lo que tenga que hacer para conseguir mi objetivo. No tienes idea de lo despiadado que puedo llegar a ser. Te sugiero que no me obligues a demostrártelo. ¿Qué pensamientos encantadores tienes ahora, querida mía? —le murmuró burlonamente, mientras volvía a acurrucarla contra él—. ¿Estás deseando que llegue nuestra noche de bodas?

—No. Estaba pensando que eres más una serpiente en la hierba que un escorpión.

Lucien volvió a reírse.

—Entonces, es que sabes muy pocas cosas de los escorpiones, querida. Los escorpiones son letales. Evitan la luz del sol, y envenenan a su víctima antes de que sepa lo que está ocurriendo.

—Entonces, ¿por qué te llaman Scorpion? ¿Acaso eres un envenenador?

—Si es necesario, estaría dispuesto a serlo. Pero en realidad, el sobrenombre proviene de una mascota que traje de Jamaica cuando volví a Inglaterra. La persona que me acompañaba en el viaje me apodó Scorpion afectuosamente.

—Una fémina, sin duda.

—¿El escorpión? Sí. Mi compañero de viaje era un amigo.

—¿Y dónde está tu mascota letal? ¿Vas a soltarla para que acabe conmigo?

—Me temo que Desdémona murió. Yo estaba alojado en una posada a las afueras de París, y se escapó. El posadero se dejó llevar por el pánico y la pisó —dijo él, con la voz distante y fría. Sin embargo, Miranda no se dejó engañar.

—¿Y qué le ocurrió al posadero?

—Sufrió un accidente mortal. Con mi espada.

Ella se estremeció. Sin duda, él notó su reacción, pero no dijo nada. Disfrutaba pensando que la acobardaba. Aquél era su objetivo, destruirla, no físicamente, pero sí en los demás sentidos. Una venganza adecuada por su hermana.

Y de repente, Miranda supo cuál era su única forma de defensa. No le serviría de nada llorar, ni amedrentarse ni gimotear. Así, él ganaría.

Debía lanzarse a la aventura. Miranda había aceptado el ostracismo social y había conseguido una vida alegre. Había reaccionado a un secuestro con una fortaleza calmada. Lamentablemente, carecía de la sensibilidad y la fragilidad de las demás jóvenes de su edad. Era práctica y adaptable, y no perdía demasiado el tiempo lamentándose por su suerte.

Miró a Jane. Así que él había llevado a su amiga para mantenerla a raya. Pues iba a darle la vuelta a aquello.

—En realidad —dijo con despreocupación—, me alegro de que hayas traído a Jane, aunque no esté bien del todo. Su compañía me hace las cosas más llevaderas.

Notó que él se tensaba, y a punto estuvo de soltar una risita.

—Ésa no es una manera muy generosa de ver la situación —dijo él—. ¿No crees que está asustada y preocupada por lo que puedan pensar sus padres?

—No. Siempre y cuando esté conmigo estará bien, y sus padres confían en que yo puedo cuidar de ella. En el pasado hemos corrido más de una aventura, y siempre la he cuidado bien –respondió Miranda, sonriendo en la oscuridad mientras disfrutaba de su irritación–. También me ocuparé de que esté segura en esta ocasión, y disfrutaré de su compañía. Ha sido muy amable por tu parte el traerla con nosotros.

–No lo hice por amabilidad –soltó él, y después tomó aire y recuperó el dominio de sí mismo–. Aunque, por supuesto, me alegro de haberte agradado.

Hubo silencio por un momento, y Miranda contuvo la respiración, a la espera de comprobar si su plan había funcionado.

Notó que su cuerpo se relajaba. Era extraño que se hubiera acostumbrado tan rápidamente a su cuerpo como para poder sentir sus reacciones.

–Pero me temo que la señorita Pagett no podrá continuar nuestro viaje. Ya lo he organizado todo para que alguien la acompañe de vuelta a Londres. Nos separaremos de ella en... Ah, pero creo que es mejor que no lo sepas. No quiero estropear la sorpresa.

Miranda hundió los hombros para demostrar la derrota, mientras sonreía en la oscuridad. ¡Lo había conseguido! Su primera treta había funcionado, y Jane volvería a casa sana y salva.

Y entonces, sólo tendría que preocuparse por sí misma. Y sabía muy bien lo que iba a hacer. Se acurrucó contra él, apretando la cara contra la fina lana de su abrigo. Lucien olía bien. A cuero, a lana, a especias y a piel caliente y masculina. La batalla había comenzado. Y, después de todo, a ella no le faltaban armas.

El cielo estaba más claro cuando se detuvieron a cambiar de nuevo los caballos, y Miranda miró por la ventanilla para intentar discernir dónde estaban. La posada del camino en la que habían parado no le dio ninguna pista. ¿Cuántas tabernas llamadas El gallo y la golondrina había en Inglaterra?

Con un suspiro, miró a Jane, que se había despertado y la estaba mirando con una ligera inquietud.

—¿Tienes idea de dónde estamos? Mis padres se van a poner muy nerviosos.

—Lord Rochdale les ha enviado una nota de aviso. Por el momento estarán calmados, y después ya habrás llegado a casa sana y salva. Tal vez te regañen, por supuesto, pero ya sabes que tus padres nunca serán demasiado severos.

Jane sonrió.

—Pero, ¿qué van a decir cuando vean esto? —preguntó. Se quitó el guante y le mostró el enorme brillante que todavía llevaba en el dedo.

—¿Todavía no has podido quitártelo?

Jane tiró del anillo, pero no consiguió moverlo ni un ápice.

—Tenía la esperanza de que pasando un día sin comer, me adelgazaría el dedo y podría sacármelo, pero parece que no es así. Supongo que podría cortarme el dedo.

—Eso no lo digas ni en broma. ¿Acaso crees que Bothwell se merece que te mutiles?

—No creo que se merezca un solo dedo, y mucho menos la mano entera en matrimonio.

—Y mucho menos tu cuerpo entero —añadió Miranda—. Muy bien. Me alegro de que hayas tomado esa decisión. Estaba pensando en que iba a tener que secuestrarte para que no te casaras con un viejo aburrido.

—No es mucho mayor que nosotras —dijo Jane.

—Es viejo. Y Brandon me habría ayudado a secuestrarte. Dice que es el más aburrido del mundo.

—Pero es Scorpion el que nos está llevando en su coche —dijo Jane con un suspiro—. Es un hombre extraño, ¿verdad? Si no estuviera segura de que está loco por ti, me preocuparía.

«Loco por mí», pensó Miranda. Ella no era más que un medio para conseguir su objetivo. Sonrió, con la esperanza de poder seguir engañando a su amiga.

—Me ha prometido que tendría gente esperando para que te acompañen a Londres, aunque no quiere decirme cuándo. Seguramente no nos avisará con demasiada antelación, pero quería asegurarte que soy muy feliz —dijo. Al pronunciar aquellas mentiras, notó el sabor amargo de la bilis en la garganta, pero para su alivio parecía que Jane se lo creía.

—Es normal que estés nerviosa, Miranda —dijo Jane al percibir el tono extraño de su voz—. A ti te gusta fingir que lo sabes todo acerca de... de los hombres y del sexo, pero en realidad sólo tienes la experiencia de un idiota absoluto. Me alegro mucho de que ya no acepten a St. John en sociedad. No sé qué habría hecho si me lo hubiera encontrado por ahí.

—Por lo menos ha tenido que irse.

—Y creo que el conde es exactamente todo lo contrario a St. John —prosiguió Jane, jugueteando distraídamente con el diamante—. Creo que vas a ser muy feliz.

—Un matrimonio celestial, verdaderamente.

Jane se echó a reír.

—Bueno, no es para tanto. Se te olvida que te conozco. Me imagino que tendréis vuestras peleas. Pero creo que...

La puerta se abrió, y Lucien apareció en el hueco, tapando la luz matinal.

—Señorita Pagett —dijo—. Aquí se separan nuestros caminos.

—¿Ya? —preguntó Miranda, sin poder evitar que se le quebrara la voz. Entonces, vio la maldita sonrisa de Lucien.

—Eso me temo. Tenemos a una respetable señora para que la acompañe, y uno de mis mejores cocheros conducirá el carruaje. Además, también dispara muy bien. La protegerá hasta que lleguen a casa. Vamos, señorita Pagett. Verá como... —de repente, se quedó callado, porque vio el brillante de su dedo—. Lleva un anillo precioso, señorita Pagett. Su futuro marido debe de estar muy enamorado de usted.

Jane se puso como la grana, e intentó esconder la mano entre los pliegues de la falda, pero él ya le había ofrecido el brazo para ayudarla a bajar, y ella no tuvo más remedio que darle la mano.

—Tú te quedarás en el coche, querida —le dijo a Miranda.

—No puedo —dijo ella. Había cientos de cosas que no le había dicho a Jane, advertencias, mensajes...

—Claro que sí.

—Tengo que ir al excusado.

—Pediré que te envíen un orinal, amor mío. Quédate aquí.

Ella tuvo ganas de rugirle. Sin embargo, tuvo que contentarse con asomarse a la ventanilla y llamar a Jane.

—Diles a mis padres que los quiero. Y diles que soy absolutamente feliz.

—¿Absolutamente? —preguntó Lucien con una carcajada—. Me siento honrado.

—Absolutamente, querido —dijo ella con firmeza.

Después se apoyó en el respaldo del asiento, en vez de estallar en lágrimas al ver la espalda de Jane mientras su amiga se alejaba.

Jane se quedó en una habitación privada de la posada, tomando té caliente. Se sentía inquieta, aunque no sabía exactamente el motivo. Sabía que el cochero y la acompañante del conde aparecerían enseguida, e iba a volver a casa, lo cual estaba muy bien, ¿verdad? Con suerte, lo conseguiría antes de que el señor Bothwell se diera cuenta de su ausencia.

Aunque ya no le importaba demasiado. Sólo esperaba tener el coraje suficiente para romper el compromiso, que le pesaba como una condena a muerte.

De vuelta a su mundo, sin embargo, lo más sensato sería casarse con aquel hombre. De ese modo, tendría su propia casa y sus hijos. Seguramente, podría tolerarlo hasta ese punto.

Se secó la nariz y los ojos con el pañuelo arrugado y húmedo. Al ver cómo se alejaba el carruaje del conde, había empezado a llorar. La próxima vez que viera a Miranda, su amiga sería una mujer casada. Sin embargo, en cuanto el señor Bothwell viera el enorme diamante que llevaba en el dedo, la dejaría. Jane podría perder, incluso, su buena reputación. La casa de Miranda de Half Moon Street estaría vacía. Tal vez pudiera irse a vivir allí y convertirse en una vieja excéntrica.

Ante sí tenía dos extremos: la vida de una paria o la vida junto al señor Bothwell. No era de extrañar que el diamante no saliera de su dedo.

Volvió a secarse los ojos con el pañuelo, sin saber muy bien por qué lloraba. Sólo sabía que sentía dolor por dentro, y que las lágrimas cada vez eran más abundantes. Además, su ridículo pañuelo ya no servía de nada...

De repente, ante su visión borrosa apareció un pañuelo blanco como la nieve, y ella lo tomó con gratitud y se secó el llanto y la nariz antes de alzar la vista hacia su salvador. Entonces, se quedó helada.

Era uno de los sirvientes del conde. Lo reconoció por

la librea negra. Sin embargo, era un hombre muy alto para trabajar con caballos. La mayoría de la gente prefería mozos de cuadra y cocheros bajos y fuertes, para que los animales no tuvieran que soportar mucha carga. Aquel hombre era enorme...

Él no dijo nada. Se retiró entre las sombras y en su lugar apareció una mujer regordeta vestida de negro con un chal azul sobre los hombros.

—Señorita Pagett, soy la señora Grudge. El conde de Rochdale me ha encargado que la acompañe a casa. Le prometo que Jacobs y yo cuidaremos muy bien de usted por el camino.

Jane quería echarle un buen vistazo al hombre que le había dado el pañuelo, pero él ya se había marchado.

—¿Quién era? —le preguntó a la señora Grudge, cuando debería haber sido mucho más discreta.

Sin embargo, la señora Grudge sonrió.

—¿Ése? Oh, es Jacobs, nuestro cochero. Buen muchacho, ¿eh? Todas las doncellas están locas por él, claro. Creo que está casado con la hija de la cocinera, pero eso no le impide mirar a su alrededor, ¿entiende?

—Sí, entiendo —dijo Jane, aunque asombrada. ¿Qué le ocurría? Con sólo mirarlo, había sentido algo instintivo, había tenido la sensación de que lo reconocía... Como si ella pudiera reconocer a un sirviente mujeriego del Scorpion.

—Acabamos de llegar, señorita —prosiguió la señora Grudge—, y los caballos necesitan descansar. Le he pedido un buen desayuno. Creo que ha estado enferma. Le prometo que nos lo vamos a tomar con calma.

—No estamos muy lejos de Londres, ¿verdad? Creo que preferiría volver cuanto antes.

—Señorita, estamos cerca del Distrito de los Lagos, a dos días y medio de Londres.

—¡Pero si sólo hemos estado de viaje una noche! —protestó ella.

—El conde viaja muy deprisa, con los mejores caballos. Nosotros tendremos que avanzar un poco más despacio. Pero no se preocupe, señorita. Jacobs les llevó una nota a sus padres en persona, y ellos están tranquilos. No tiene por qué preocuparse si tardamos dos días en volver.

Y si no comía nada durante aquellos dos días, podría sacarse el anillo del dedo, ¿verdad? Tiró de él con fuerza, pero cada vez tenía el nudillo más enrojecido y más hinchado, así que lo dejó.

—¡Oh, qué anillo más bonito! ¿Puedo verlo?

Era una pregunta un tanto impertinente para una sirvienta, pero Jane hubiera dado cualquier cosa por quitárselo del dedo.

—No puedo sacármelo. ¿Sabe algún remedio para eso?

—¡Grasa de pato! —dijo la mujer—. Iré a pedirla a la cocina...

—Ya lo he intentado —dijo Jane—. Y también con jabón, con mantequilla, con compresas calientes, compresas frías, tirando fuerte y tirando flojo. No sale.

—Bueno, ya nos ocuparemos de ello, señorita. Mientras, ¿qué quiere desayunar? La cocinera acaba de sacar las magdalenas del horno, y hay huevos, carne, beicon, salchichas...

—Sólo una tostada y un té, por favor —dijo Jane, intentando no prestarles atención a los olores deliciosos que provenían de la cocina.

—¡Eso no es suficiente!

—Sí, no se preocupe. Vaya a pedirlo, por favor, señora Grudge —dijo Jane.

Se dio cuenta de que estaban cayéndosele las lágrimas de nuevo, y se secó los ojos con el pañuelo del mozo. Entonces, se dio cuenta de que había unas iniciales bordadas en la tela. J. D. Sin embargo, la señora Grudge le había dicho que el cochero se apellidaba Jacobs... Debía de haberle robado aquel estupendo pañuelo a alguien.

Qué hombre más malo, pensó ella con consternación. ¿Por qué de repente se sentía atraída por los menos indicados? Como el ladrón de joyas, que se había casado de verdad con ella, con aquel maldito anillo. Y ahora, con el yerno mujeriego de la cocinera.

Agitó la cabeza. Cuanto antes volviera a casa, mejor, después de haber devuelto el anillo, o de haberlo tirado. El señor Bothwell era un buen hombre, y ella tenía suerte de haber llamado su atención. Tal vez reservara los besos de verdad para el lecho matrimonial, y consiguiera que ella olvidara de una vez a todos los ladrones de joyas del mundo.

Ojalá.

CAPÍTULO 12

Cuando Miranda se despertó, ya había amanecido, y estaba sola. Lucien no había vuelto al carruaje después del último cambio de caballos. Habían atravesado un paisaje montañoso y oscuro, y ella se había estrujado el cerebro intentando recordar lo que sabía de geografía inglesa. No habían viajado tanto como para llegar a Escocia, pero aquella zona podían ser los pantanos de Yorkshire, o las montañas del norte de Gales. Miranda sabía con seguridad que se estaban dirigiendo al norte; si hubieran viajado hacia el sur, pronto habrían dado con el mar. Ojalá pudiera saber cuánta distancia habían recorrido, pero el carruaje de Lucien se movía con tanta suavidad, con tanta rapidez, que no tenía ni idea.

El sol salía y se ocultaba entre unas nubes oscuras. Parecía que el Scorpion había encargado aquel tiempo expresamente para sus malvados planes. Y la pregunta era, ¿hasta qué punto llegaba la maldad de aquel hombre? ¿De qué era capaz? La había amenazado con matar a su hermano Brandon si no iba con él, y ella no tenía más remedio que creerlo, puesto que no podía arriesgarse a que estuviera diciendo la verdad y a poner en peligro a Brandon. Lucien de Malheur estaba empeñado en vengar la muerte de su hermana.

Los últimos rayos de sol desaparecieron, y una neblina envolvió al carruaje y convirtió el paisaje intimidante en algo más oscuro todavía. Había una cesta de comida en el asiento opuesto al suyo, algo que Miranda había ignorado tercamente, pero finalmente el hambre la venció y abrió la cesta. Descubrió pan fresco, queso, tarta de manzana e incluso una botella de vino.

Lo devoró todo y se bebió el vino. Era mucho más de lo que ella solía beber, y sabía que seguramente se había emborrachado un poco, pero la ayudaría a dormir durante aquel viaje interminable y...

El coche se detuvo de nuevo, y Miranda suspiró. Aquella vez iba a bajar, quisiera él o no. Suponiendo que pudiera caminar sin tambalearse.

La puerta se abrió y Lucien apareció bajo una ligera llovizna, con bastante buen aspecto.

—Hemos llegado —le dijo—. Bienvenida a tu nuevo hogar.

Él hubiera esperado ira, rabia. Sin embargo, lo último que iba a hacer Miranda era lo que él esperara. Le dedicó una sonrisa resplandeciente y tomó su mano, y la expresión irónica de Lucien vaciló durante un instante.

—Qué maravilloso. Creo que he bebido un poco de vino de más, no sabía que estábamos tan cerca de nuestro destino —dijo ella.

Consiguió bajar la escalerilla sin caerse, apoyándose en el brazo de Lucien, y notó un aire muy frío.

—¿Ya puedo saber dónde estamos?

—Por supuesto, amor mío. Esto es Pawlfrey House. Ha pertenecido a muchas generaciones de mi familia, y de hecho, es la única posesión original que todavía sigue siendo de los Malheur. El resto hubo de venderse para pagar las deudas de juego de mi padre y de mi abuelo, pero parece que nadie se interesó por esto, así que quedó en manos de la familia.

—Me pregunto por qué —masculló Miranda.

Tenía un aspecto horrendo. Era un montón de piedras oscuras y húmedas, y ni siquiera los acreedores la hubieran querido.

—¿Y dónde estamos?

—En el Distrito de los Lagos. En una zona especialmente remota, yo diría. En un valle rodeado de montañas. La casa es muy difícil de encontrar.

—¡Magnífico! —dijo ella—. ¡Y qué casa tan grande! Voy a disfrutar muchísimo.

—¿Cuánto vino has bebido, exactamente? —le preguntó Lucien desconfiadamente.

—Bastante —respondió ella con dulzura—. ¿Vamos a quedarnos aquí, bajo la lluvia, o vas a enseñarme mi nuevo hogar?

—Por supuesto —dijo él rápidamente—. Ten cuidado con los escalones. Algunas piedras están rotas.

La puerta principal se abrió, y Miranda sintió una pizca de alivio. Había una mujer con un candelabro en una mano, y tras ella también había luz.

—Bienvenido a casa, lord Rochdale —dijo la mujer, y miró a Miranda con una clara desaprobación.

—Gracias, señora Humber. Le presento a mi nueva esposa. O a la que va a ser mi esposa, en cuanto podamos encontrar un vicario —explicó él, observando a Miranda.

—¡Oh, es maravilloso! —repitió ella con la respiración entrecortada—. Pero, querido, me vendría bien un buen té junto al fuego.

Se dispuso a entrar, pero Lucien la tomó por el brazo y la detuvo.

—Esto es un poco precipitado, pero podemos seguir la tradición —le dijo, y antes de que Miranda pudiera darse cuenta, la tomó en brazos y cruzó con ella el umbral de la vieja mansión, y después la dejó en el vestíbulo helado y cavernoso.

Él se dio cuenta de que se quedaba muy sorprendida.

—Tengo la pierna bastante fuerte, amor mío. Me he adaptado muy bien a mis limitaciones.

—Eso parece —dijo ella.

—Supongo que habrá alguna habitación habitable para mi prometida —dijo entonces, y la agria mujer, vestida de negro almidonado, asintió.

—El fuego está encendido en el salón verde, y en su estudio, milord. También he traído a las muchachas del pueblo para que limpiaran su habitación y la habitación marrón del ala oeste. Espero que le parezca bien.

Él sonrió.

—Es una buena caminata hasta el dormitorio de mi esposa, cuando quiera reunirme con ella.

—Oh, no te preocupes, querido —dijo Miranda alegremente—. Sólo tienes que abrir la puerta, darme un grito, y yo iré corriendo. ¿Dónde está ese salón verde? Estoy helada.

Se quitó la capa y se la puso a la antipática señora Humber en las manos, así como la capota y los guantes. La mujer se quedó mirándola fijamente, con el mismo aspecto pétreo que la casa. Allí no iba a encontrar ayuda, pensó Miranda.

Lucien la miró como si se estuviera preguntando quién era aquella criatura tan extraña.

—Yo la acompañaré, señora Humber. Y creo que lo del té es una buena idea. Me parece que ha tomado suficiente vino por un día.

Miranda le sonrió, aunque lo que quería en realidad era darle una patada en la espinilla. Preferiblemente, en su pierna mala.

—Me cuidas tan bien...

—Y tú estás tan borracha —dijo él.

La tomó del brazo y la condujo por un pasillo oscuro hasta una pequeña habitación, tan bien caldeada, que Miranda olvidó todas sus imperfecciones. Se sentó junto al fuego y se calentó las manos con un suspiro de alivio. Lucien se quedó un poco alejado, mirándola.

—¿No quieres acercarte al fuego? —le preguntó ella—. Debes de estar helado.

—No le hago mucho caso al tiempo... ¿Qué estás haciendo? —le preguntó él.

—Quitarme los zapatos. Los tengo mojados —respondió Miranda.

Una vez descalza, movió los dedos delante del fuego y miró de nuevo a Lucien.

—No te quedes tan horrorizado. Después de todo, nos vamos a casar. Y he llegado a la conclusión de que es bueno para mí. Me estaba aburriendo de estar tan aislada, y pensaba que nunca iba a conseguir casarme, y menos hacer un matrimonio tan bueno. Tú eres un buen partido, ¿sabes? Pese a tus imperfecciones físicas. Eres rico, relativamente joven, aunque no mucho, y eres conde. Lo único que me molesta es que no sé si seré la condesa Rochdale o seguiré llamándome lady Miranda. Creo que el título hereditario tiene prioridad, y yo soy hija de un marqués, pero nunca le he hecho demasiado caso a esas cosas. Estoy segura de que mi cuñada lo sabrá. Ella siempre sabe esos detalles. Voy a escribirle una carta y...

—El vino te pone muy charlatana —comentó Lucien, y se sentó frente a ella.

—Oh, supongo que estoy un poco nerviosa. Después de todo, voy a casarme. Me gustaría bañarme y cambiarme de ropa, si no te importa. Me gustaría tener muy buen aspecto para ti.

—Dudo que podamos encontrar hoy al cura, amor mío.

—Qué pena. Y yo que estaba deseando que llegara mi noche de bodas —dijo Miranda, e hizo un mohín tan provocativo como pudo.

Él se rió al verla, y Miranda se preguntó si no habría exagerado.

—Claro que sí, preciosa mía. Si el vino te vuelve tan cariñosa, me ocuparé de que siempre haya buenas cantidades en casa.

—Magnífico.

Lucien se levantó.

—Le pediré a la señora Humber que te preparare el baño. Mientras, yo tengo cosas que hacer.

—¿Y qué voy a ponerme después del baño? No pude hacer el equipaje.

—Yo me he encargado de traer un vestuario adecuado para ti. Me puse en contacto con tu modista. Madame Clotilde, en St. James Street, ¿verdad?

—¡Oh, has pensado en todo! —exclamó con deleite Miranda.

Él hizo una ligera e irónica reverencia.

—Lo intento. Te dejo en las buenas manos de la señora Humber. Lleva toda la vida con mi familia. De hecho, creo que es una prima tercera, o algo así, y todos le tenemos mucho cariño. Trátala con respeto.

Miranda tuvo que contener un gruñido.

—¡Por supuesto, querido! Yo siempre trato con amabilidad y respeto a los subordinados.

—La señora Humber no se considera una subordinada.

—No, me imagino que no. Sin embargo, es tu ama de llaves, y por lo tanto, una sirvienta. ¿O es tu amante?

Él se rió.

—Es mi ama de llaves. Ve con cuidado, querida Miranda. Sería una enemiga formidable, como toda mi familia.

Ya lo era, pensó Miranda, con aquella sonrisa tonta. Si seguía así, le iban a doler las mejillas y tendría arrugas prematuras alrededor de los ojos. Ojalá le concediera unos minutos de tranquilidad ante el fuego.

Y, gracias a Dios, él lo hizo.

Sus minuciosos planes habían encontrado un obstáculo, pensó Lucien, mientras caminaba hacia el estudio por el pasillo, cojeando. Había sido una muestra de fanfarronería el hecho de cruzar el umbral con Miranda en brazos, y lo estaba pagando. Se las arreglaba bastante bien en casi todas las ocasiones, pero con aquella maldita lluvia, sus viejas heridas le causaban dolor, y Miranda estaba demasiado achispada como para darse cuenta.

Realmente, era una boba, mirando aquel montón de piedras mojadas y ronroneando. Tampoco le caía bien Elsie Humber, de eso estaba seguro. Habría una buena batalla entre aquellas dos mujeres en cuanto las dejara solas, y lamentaba tener que perdérselo.

Así que estaba muy contenta de casarse, ¿verdad? Lucien lo dudaba mucho. Esperaba que ella se pusiera a llorar, que le rogara que la dejara volver a casa, pero ella se había acomodado ante el fuego, se había quitado los zapatos, y había pedido baños y tazas de té en vez de un rescate.

Lucien cabeceó. Estaba jugando a algo, y él no estaba seguro de cuáles eran las reglas. De todos modos, era un jugador experto, ¿no? Y sabía adaptarse. Y ella estaba feliz porque iba a casarse, ¿verdad?

Tal vez el matrimonio no fuera buena idea. Miranda ya era una mujer en desgracia; podía convertirla en su amante y los Rohan no podrían hacer nada por evitarlo. Nunca la encontrarían por aquellos caminos tortuosos.

Y si no iban a casarse, podría poseerla aquella misma

noche. Si quería celebrar una ceremonia, tendría que ser al día siguiente.

Ella decía que estaba encantada de casarse. Tal vez tuviera que decepcionarla.

Y comprobar cuánto vino necesitaba para mantener aquella sonrisa calmada, molesta.

La señorita Pagett ya estaba dentro del carruaje, cómodamente sentada junto a Long Molly, pensó Jacob mientras subía al pescante y tomaba las riendas. Molly era una buena mujer. Había trabajado en la calle y había llegado a montar su propio negocio, un burdel muy caro, que dirigía con mano de hierro. Pero siempre había sentido el gusanillo de la actuación, y Jacob sabía que iba a aprovechar la oportunidad de representar a un alma maternal sin pensarlo dos veces.

Además, su instinto maternal era una realidad. Cuidaba de sus chicas, las mantenía limpias y sanas, y prohibía la entrada en su establecimiento a todos los caballeros que no siguieran las reglas o se atrevieran a hacerle daño a alguna de sus muchachas. Jacob no dudaba que se mostraría igual de protectora con la señorita Pagett, lo cual estaba muy bien. Había recibido una nota de Lucien pidiéndole que enviara a uno de sus mejores hombres y a Molly para acompañar a la señorita Jane a casa, y no había podido resistir la tentación de acudir en persona para verla a la luz del día, para ver si su boca era tan deliciosa como él recordaba. Lucien iba a enfadarse mucho con él.

No le importaba. La boca de la señorita Jane era en verdad tan deliciosa como él recordaba, incluso más. Tenía un resfriado, y la nariz y los ojos enrojecidos e hinchados, y de todos modos seguía siendo la mujer más preciosa que él veía desde hacía mucho tiempo. No entendía por qué se había encaprichado tanto. No se debía a que, de repente, hubiera empezado a gustarle la alta sociedad. Había tenido relaciones con muchas damas de la aristocracia y no eran mejores que cualquiera de las chicas de Molly. Algunas veces, mucho menos sinceras con sus favores.

Ella no era una belleza especial, pero Jacob había estado con mujeres más feas, mujeres más guapas, más altas, más bajas, más delgadas y más gordas. Había perdido hacía mucho la cuenta de las mujeres que había conquistado.

Entonces, ¿por qué estaba tan interesado en aquélla?

Todavía llevaba puesto el anillo. Aquello había sido un impulso demoníaco por su parte. Sabía que el anillo era demasiado pequeño, pero de todos modos se lo había puesto en el dedo mientras la estaba seduciendo con sus besos. Una monada como la señorita Jane Pagett no debería verse obligada a conformarse con aquel miserable anillo que le había regalado su prometido.

Todavía llevaba aquél también, aunque en la mano equivocada. Jacob no le había dado elección. Si quería quitarse el anillo, la señorita Jane tendría que dejar de pensar en el problema, y a Jacob sólo se le ocurría una forma de conseguirlo.

Le quedaba muy bien en la mano. Un diamante grande, hortera y llamativo en su elegante estructura ósea. Lo miró, y pensó «mío» en un estallido totalmente irracional de emociones. Pero ella no lo era, y Jacob no quería que lo fuera. Lo único que quería era volver a probar sus labios, un poco mejor.

No. Eso no iba a suceder. Ella estaba comprometida con alguien digno, y él tenía la norma de no interferir en la vida de los demás sólo porque tuviera un deseo. La dejaría sana y salva en casa de su familia, en Londres, sin el anillo delator, y ella podría olvidar al ladrón que la había besado en la oscuridad mientras robaba unos diamantes.

Y si tenía que besarla para conseguirlo, lo haría.

Seguramente, Molly le estaba contando todo tipo de mentiras sobre él. No importaba. La señorita Pagett le había echado un buen vistazo y no lo había reconocido, lo cual no le sorprendía. La habitación estaba muy oscura, y no lo había visto bien. Además, él había mantenido la cabeza inclinada y llevaba la gorra bien calada, así que no iba a relacionar al ladrón de diamantes con el cochero que tenía un fuerte acento de Yorkshire al hablar.

Hacía mucho frío, y Jacob se preguntó si Long Molly se había acordado de pedir unos ladrillos calientes para los pies. Seguramente no. Saltó del pescante al suelo y volvió a la posada, y un momento más tarde salió del lugar con un par de ladrillos envueltos en tela, por los que había pagado un riñón. Abrió la puerta del carruaje y se encontró directamente con el rostro de Jane Pagett.

Agachó rápidamente la cabeza y le tendió los ladrillos.

—Esto es para dar calor —murmuró, exagerando mucho el acento de Yorkshire. Después cerró la puerta y masculló una maldición. Ella lo había visto bien, pero eso no significaba nada. Antes, nunca lo había visto con luz.

Lo peor de todo era que él la había visto a ella. Había visto su boca suave y carnosa, sus enormes ojos marrones, el anillo que él le había puesto en el dedo.

Ocupó de nuevo el asiento del cochero y agarró las riendas. Puso en marcha el carruaje con un tirón súbito, que sin duda sobresaltaría a sus pasajeras. No era nada comparado con su estado de ánimo.

Tal vez lo mejor fuera no tomarse el camino con calma. A él le gustaba el peligro, pero la señorita Jane Pagett le daba demasiado miedo.

CAPÍTULO 13

Pawlfrey House era un desastre, pensó Miranda, mientras seguía a la señora Humber por los pasillos y las escaleras. Finalmente, la malhumorada ama de llaves se detuvo y se volvió a mirarla con sus ojillos mezquinos.

—Aquí no tenemos mucho servicio, lady Miranda —le dijo—. Le he dicho a la doncella del piso superior que prepare su baño, pero por supuesto las necesidades del señor van por delante, y él siempre requiere un baño caliente cuando llega. Tal vez pase un rato antes de que el suyo esté preparado.

Miranda le dedicó una dulce sonrisa.

—Entonces, tal vez debiera mostrarme la habitación del señor y así podría usar su bañera —dijo, sobre todo para ver la expresión de asombro del ama de llaves, aunque en realidad le parecía una idea excelente.

—Enseguida le traerán el agua de su baño —gruñó la señora Humber, y abrió la puerta de su dormitorio—. Siéntase como en casa.

Miranda se quedó en el umbral durante un momento horrible. Oía los pasos fuertes del ama de llaves por el pasillo. Estaba segura de que aquella bruja caminaba con más ligereza cuando Lucien podía oírla.

Entró en su dormitorio. Era una habitación oscura y lúgubre, incluso aunque había un buen fuego en la chimenea. Olía a excrementos de ratón y a moho, y Miranda suspiró. Lo primero que necesitaba aquel lugar era una buena limpieza, y si la señora Humber no empleaba a las suficientes doncellas, ella misma se ocuparía de hacerlo. Se agachó ante la chimenea, puso dos troncos más en el fuego y obtuvo la recompensa de una alegre llamarada, y acercó una silla para calentarse las manos y los pies.

Era casi de noche cuando aparecieron dos lacayos fornidos, que pusieron una bañera de cobre en la habitación, seguidos de una doncella con un solo cubo de agua caliente. Si pensaban llenarle así la bañera, tendría que esperar a Navidad para bañarse. Sin embargo, Miranda les sonrió y les dio las gracias, y al menos la joven doncella respondió con otra sonrisa.

—¿Quiere que corra las cortinas, señorita?

Uno de los hombres le dio un golpe.

—Se dice «milady», estúpida.

La muchacha enrojeció.

—Oh, señorita... milady, discúlpeme. Yo sólo soy doncella de la cocina y... nunca había tenido que servir a una dama de verdad.

—No importa —le aseguró Miranda—. Lo vas a hacer muy bien. ¿Cómo te llamas?

—Bridget, milady.

—Muy bien, Bridget, ¿por qué no me ayudas a colocar toda esta ropa mientras estos dos hombres tan fuertes me traen el resto del agua caliente?

—Ése no es nuestro trabajo —dijo el matón, pero al ver la expresión de Miranda, tragó saliva—. Sí, señora.

Los dos salieron de la habitación y cerraron la puerta.

Bridget se echó a reír.

—Es un bruto, Ferdy. Es el primo de la señora Humber, y cree que es el que manda por aquí, aunque sólo es un mozo. Pero es fuerte, y ella lo utiliza para los trabajos duros.

—Entonces, está perfectamente capacitado para acarrear cubos de agua.

—¿Quiere que cierre las cortinas, milady? Hace una noche muy fea.

—Hazlo, pero con mucho cuidado. Están llenas de polvo y he estado a punto de ahogarme al abrirlas.

Bridget se quedó espantada.

—Oh, señorita... Es decir, milady, ¡lo siento! No nos avisaron con mucho tiempo de que iba a venir, y la señora Humber es un poco difícil. A ella no le gusta que el señor traiga mujeres aquí.

—¿Acaso no lo aprueba porque es una falta de moralidad? Porque el conde y yo vamos a casarnos.

Bridget negó con la cabeza.

—Creo que es porque le gusta para ella.

—¿A la señora Humber? —preguntó Miranda con asombro—. Tiene el doble de su edad, y es su ama de llaves, además.

—Nadie dijo nunca que el amor tuviera que ser práctico, milady.

La idea de que la severa y fornida señora Humber pudiera estar enamorada de Lucien era tan extraña que Miranda dejó el tema, porque era muy inquietante.

—Entonces, ¿el conde ha traído a muchas damas aquí? —preguntó, mientras jugueteaba con un hilo de su vestido.

—No, señorita. No damas exactamente. Ya sabe cómo son los caballeros. Les gusta divertirse de vez en cuando.

—Dudo que lord Rochdale conozca el significado de la palabra diversión —comentó secamente Miranda—. Bueno, supongo que debería alegrarme de que el conde haya traído a prostitutas aquí, de vez en cuando. Por lo menos el lugar no está completamente desacostumbrado a la presencia femenina.

—No se quedaban durante mucho tiempo, señorita. El señor se cansa de las cosas muy rápidamente.

—Esperemos —murmuró Miranda.

—¿Cómo dice, milady? —preguntó Bridget mientras corría las pesadas cortinas de terciopelo marrón con cuidado de no levantar polvo.

—Nada, nada.

En media hora, la bañera estuvo llena de agua caliente. Bridget se encargó de alimentar el fuego, e incluso fue tan valiente como para decirle al matón que subiera más troncos y una bandeja del té con algo sólido de comer.

Cuando Miranda se metió en el agua caliente, gimió de éxtasis. El calor le relajó los músculos entumecidos y fue muy agradable, y el hecho de sentirse limpia después de haber pasado dos días con el mismo vestido también fue maravilloso. Bridget le lavó el pelo, y después sacó un precioso camisón y una bata a juego del armario.

—¿No voy a cenar con el conde? —preguntó Miranda mientras salía de la bañera y se envolvía en una gruesa toalla turca, mientras observaba el camisón.

—Ha salido, señorita, y no ha dicho cuándo volvería. Ordenó que no le guardaran la cena, y que trajéramos una bandeja a su dormitorio.

—¿Sabes si ha ido a buscar al vicario? —preguntó mientras se ataba la bata de encaje. Las prendas eran elegantes, preciosas, incluso mejores a las que ella estaba acostumbrada. Lucien tenía buen gusto.

—No, señorita, no lo sé. Cuando sale así, a veces está varios días fuera.

—Esperemos —repitió Miranda.

La bandeja de la cena contenía una buena cantidad de comida, aunque demasiado hecha y poco apetitosa. Aquella casa necesitaba una buena puesta al día. Si pudiera librarse de Lucien, iba a disfrutar mucho. Siempre le había gustado decorar cosas; incluso el gruñón de su hermano Charles decía que tenía talento para ello. Aquella casa era como un lienzo negro, sucio, enorme, y si tenía que estar allí atrapada, haría todo lo posible por divertirse mejorándola.

Despidió a Bridget y se acostó. Puso una silla contra el pomo de la puerta y subió a la enorme cama. La habitación, grande y destartalada, al menos estaba caliente, pero al meterse entre las sábanas, Miranda se dio cuenta de que no tenía nada que hacer. Nada que leer, nadie con quien hablar, no tenía piano... ¿Habría piano en aquel lugar? Si había, seguro que estaba terriblemente desafinado. ¿Y cuántos dormitorios había? ¿Cuántas estancias comunes? Demonios, no iba a quedarse allí tumbada, dando vueltas en la cama sin poder dormirse. Saltó de la cama, se puso las zapatillas que le había sacado Bridget, encendió una vela con el fuego de la chimenea y apartó la silla de la puerta y comenzó un recorrido por la casa. Todo estaba solitario, en silencio, oscuro. Ella era la única que se movía por los pasillos. Ella y los ratones.

El piano estaba en algo parecido a una sala de música, junto a un arpa. Miranda desempolvó un poco el banco y se sentó a tocar una pieza de Mozart que había memorizado recientemente. Para su asombro, el instrumento estaba perfectamente afinado. Alguien de la casa debía de tocarlo, pero, ¿quién?

Había tres salones de distinto tamaño, una habitación de desayunos, y un despacho destinado a la administración de la finca, en el que todo estaba cubierto de polvo. Había cabezas de ciervos disecadas, comidas por las polillas, y más armas antiguas por las paredes de las que había en el Museo Británico. Si alguna vez tenía que defender su honor, tenía armas suficientes a mano para deshacerse de su prometido. Era reconfortante saberlo.

El estudio de Lucien era la única habitación que estaba relativamente limpia y que era cómoda, y los sirvientes no habían permitido que el fuego se apagara. Había una manta de lana gruesa en una silla, y Miranda la tomó rápidamente y se la echó sobre los hombros.

Siguió avanzando. Había una puerta doble al final de la habitación. Miranda la abrió y se encontró la biblioteca más grande que había visto en su vida, y por primera vez desde que había descubierto la perfidia de Lucien fue absolutamente feliz. Encontró un libro divertido, una novela francesa de entretenimiento, y se acomodó en el asiento de una de las ventanas. Puso la vela en una repisa y se acurrucó a leer allí, bien envuelta en la manta de lana.

Lucien de Malheur estaba de muy mal humor cuando llegó a los confines fríos y miserables de Pawlfrey House. Al pensar en aprisionar allí a su prometida, se le había olvidado que también tendría que soportarlo él.

Aunque le tenía cierto cariño a aquella casa, y disfrutaba del aislamiento, el invierno y el comienzo de la primavera eran muy tristes allí. Uno podía quedar fácilmente atrapado por la nieve. La lluvia era tan fría que helaba los huesos, y Pawlfrey House no estaba hecha para lujos ni comodidades, sino para vivir.

No era el mejor lugar para llevar a una prometida, pero él no estaba buscando el bienestar de Miranda Rohan, sino más bien todo lo contrario. Tenía que acostarse con ella y terminar con el asunto, y después dejarla pudrirse en aquella casa decrépita y que su familia se volviera loca de furia.

Se dirigió hacia su estudio para tomar un brandy antes de subir las escaleras para visitar a su nuevo juguete. Tenía sentimientos contradictorios ante la idea de acostarse con ella; todavía no sabía lo que sería peor, si casarse o no casarse con ella. Quería una casa cálida, una cama cálida y una mujer cálida y bien dispuesta, y no iba a encontrar ninguna de aquellas tres cosas en Pawlfrey House.

Entro en el estudio y se sentó en el escritorio, y advirtió que las puertas de su biblioteca estaban ligeramente entreabiertas. Se levantó para cerrarlas, pero vio una suave luz en uno de los rincones.

Atravesó la gran habitación sigilosamente y se acercó a lady Miranda Rohan.

Estaba profundamente dormida. Tenía el pelo recogido en un par de trenzas, y él se quedó sorprendido al constatar lo larga que era su melena. Debía de llegarle más allá de las caderas, y para Lucien, aquello fue inesperadamente erótico. Ella tenía una novela francesa picante en el regazo, pero ni siquiera las notables hazañas de madame Lapine habían sido suficientemente interesantes como para mantenerla despierta. Estaba envuelta en una de sus mejores mantas, y estaba tan plácidamente dormida que él no pudo despertarla para llevar a cabo sus intenciones.

Además, le dolía la pierna y estaba helado, y su prometida estaba tan cómoda que no merecía la pena molestarla. Si la despertara, tendría que subir con ella a su habitación y terminar lo que habían empezado.

Por impulso, alargó la mano y le acarició el pelo, y también la mejilla suave. No se movió ni un ápice, y él sonrió sin darse cuenta. Al día siguiente habría tiempo de sobra.

Por el momento, ella podía dormir, pensando que había sido más lista que él.

Se inclinó y apagó la vela, y volvió a acariciarla. Ella emitió un sonido, un ligero gemido de protesta o de placer, y él se sintió excitado al instante. Lo cual le molestó; había decidido esperar hasta que ella estuviera verdaderamente asustada, pero su cuerpo tenía otras ideas.

Cerró las cortinas de la ventana y la dejó en su pequeño nido. El amanecer la despertaría y le daría calor.

Y la batalla comenzaría de nuevo.

CAPÍTULO 14

Las ventanas de la biblioteca estaban orientadas al este, y los primeros rayos de sol del amanecer despertaron a Miranda de su delicioso sueño. Se incorporó de un respingo. Se había deslizado en el asiento y se había acurrucado bajo la manta, y había dormido muy bien. Se había dejado la vela encendida, pero al menos la casa no se había incendiado. Aunque en realidad aquella casa se merecía arder, pero Miranda prefería no estar en su interior cuando aquello ocurriera.

Sin embargo, cuando tomó la palmatoria de la repisa, descubrió que la vela sólo se había consumido hasta la mitad, lo cual quería decir que alguien debía de haberla apagado.

Aquello la inquietó. No podía haber sido Lucien; él la habría despertado para atormentarla y burlarse de ella, o para algo peor. Y todavía le resultaba más inquietante pensar en que hubiera sido la señora Humber. Tal vez la hubiera apagado ella misma en el último minuto, y estuviera demasiado dormida como para acordarse. Eso, o las corrientes de aire de aquella casona se habían encargado de hacerlo.

Abrió de par en par las cortinas, conteniendo el aliento para no respirar el polvo. Tampoco recordaba haberlas cerrado. Qué extraño. Tal vez Bridget hubiera ido a buscarla.

Se puso en pie y se dirigió hacia la puerta de la biblioteca, sin tener en cuenta que tal vez el estudio estuviera ocupado a aquellas horas. Al ver su cabeza inclinada sobre el escritorio, se quedó helada.

Lucien estaba escribiendo algo, y ni siquiera se molestó en mirarla.

—No sabía que eras tan aficionada a la lectura, querida —dijo. Alzó la cabeza y la observó con frialdad—. ¿No sabes que es peligroso andar por la casa a oscuras? Lo mejor será que cierre la biblioteca para que no vuelvas a tener la tentación de hacerlo.

Miranda tardó unos segundos en recordar que había decidido no golpearlo. Le lanzó una sonrisa resplandeciente.

—Ah, una idea excelente, mi amor. Cuando hay libros por ahí, nunca hago nada más que leer. Ciérrala.

Él la miró burlonamente.

—No va a funcionar, ¿sabes?

Ella entró en el estudio y se sentó en la silla que había frente al escritorio.

—¿Qué es lo que no va a funcionar, mi amor?

—Esa aceptación alegre y ese entusiasmo. Puedes fingir todo lo que quieras, aunque no sé qué vas a ganar con ello. Lo que yo gano es una amante complaciente, y eso me facilita mucho las cosas.

—Entonces, ¿soy tu amante, mi amor? —le preguntó ella dulcemente—. Pensaba que íbamos a casarnos.

—Creo que será más efectivo convertirte en mi querida. Los votos matrimoniales son eternos, y todavía no estoy convencido de que tú merezcas la pena.

—¡Magnífico! Por tus sirvientes me he enterado de que te aburres rápidamente de las cosas, y sería muy poco práctico que te cansaras de mí y no pudieras cortejar a otra mujer en público.

—Yo no cortejo a las mujeres en público. Ellas vienen a mí, como hiciste tú.

—Y se te da muy bien, querido mío —dijo ella—. Vivir en pecado también me parece bien a mí. Después de todo, no he abandonado la idea del amor verdadero y un final feliz todavía. Cuando nosotros nos separemos, puedo irme al continente si no hay más guerras en curso. Me estableceré en París.

Él se apoyó en el respaldo de la silla y la observó con los ojos entornados.

—¿Acaso me estás diciendo que no estás enamorada de mí, ángel mío? —le preguntó con frialdad.

Ella frunció el ceño, intentando parecer adorable.

—¿Querías que lo estuviera, mi amor? Seguro que puedo conseguirlo si tú lo deseas. Pensaba que preferías una mujer reticente.

—No se te está dando muy bien ser reticente —refunfuñó él, mostrando su irritación.

Miranda suspiró.

—Lo sé. Tengo el mal hábito de ser adaptable. Acuérdate de que tengo experiencia en secuestros. Con Christopher St. John no derramé ni una sola lágrima. Le dije lo que pensaba de él, por si servía de algo, y cuando llegó la hora de soportarlo en el lecho, hice todo lo posible por disfrutar.

—¿De veras? —preguntó Lucien, en aquella ocasión, con fascinación.

—Pues sí, pero, ¡ay! Todo el asunto me pareció sucio, doloroso y casi cómico. Esos pequeños apéndices que tenéis los hombres son ridículos.

—¿Pequeños?

Miranda recordó aquellos momentos en la posada, cuando lo que hubiera debajo de ella no le había parecido pequeño en absoluto. Tal vez fuera mejor cambiar de tema.

—Cuando me di cuenta de que él iba a seguir haciéndolo, tomé la jarra del lavabo y se la rompí en la cabeza. Me marché. Ojalá lo hubiera hecho antes, y me habría ahorrado muchas molestias. Pero lo que quiero decir es lo siguiente: se me da muy bien aceptar las cosas que están fuera de mi control. Cualquiera pensaría que, después de que me expulsaran de la alta sociedad, iba a ser el fin del mundo para mí, pero en realidad he sido muy feliz en mi casita, haciendo lo que quiero, sin tener que pensar en bailes ni en fiestas ni en Almack's ni en cazar marido. Nadie me dice lo que tengo que hacer, aunque mi familia lo intenta, y soy libre. Si tú decides deshonrarme, eso me dará muchas opciones después, incluyendo la de volver a Half Moon Street —explicó Miranda, y terminó con una sonrisa después de tanto parloteo.

—¿Y qué hay del amor? Supongo que estabas enamorada de St. John, ¿no es así?

—La horrible verdad es que no. No íbamos a fugarnos juntos, ni nada por el estilo. Lo único que yo quería era pasar unas horas clandestinas en Vauxhall, un poco de aventura enmascarada, de picardía. ¿Qué chica iba a resistirse a un villano?

—¿Qué chica iba a resistirse? —repitió él con asombro—. ¿Sugieres que a las mujeres les gustan los villanos?

—Bueno, nos parecen muy atractivos. Siempre pensamos que podemos salvarlos de sí mismos. No me extraña que las mujeres revoloteen a tu alrededor. No puede ser por tu encanto, desde luego —le dijo, pestañeando coquetamente.

A él se le escapó una carcajada.

—Espero que tú no estés también enamorada de los villanos, Miranda.

—¿Por qué? Tú lo eres, claramente. ¿No quieres que esté locamente enamorada de ti?

Él lo pensó durante un momento.

—Ya te lo diré —respondió finalmente.

—Muy bien —dijo Miranda, y se levantó—. Voy a seguir descubriendo mi nuevo guardarropa. Ha sido todo un detalle por tu parte, querido. Ya sabes que a todas las mujeres les encanta la ropa. Ayer le eché un vistazo al armario y creo que voy a tener mucha dificultad a la hora de elegir lo que me pongo.

—Siempre que no te pongas nada cuando yo vaya a verte...

Miranda se detuvo en la puerta, con una expresión de ligera preocupación.

—Bueno, tendré que llevar algo puesto. Acabo de empezar con el periodo, y todo se ensuciaría mucho si no lo hiciera... Querido, ¿te encuentras bien? —preguntó solícitamente.

—Perfectamente. ¿Y cuánto dura tu periodo?

—Suele ser una semana o diez días. Y me temo que tengo un flujo muy abundante, pero supongo que a ti no te importará, porque como eres un hombre de mundo, seguramente habrás visto este tipo de cosas antes.

Miranda estaba pensando en sus escrúpulos, y estaba más que dispuesta a hablar y hablar de su menstruación imaginaria. Sin embargo, él se limitó a asentir, sin mostrar la más mínima irritación.

—Yo no tengo problema con eso, pero supongo que tú estarás más cómoda si esperamos.

—Como prefieras, querido.

—Deja de llamarme eso —le espetó él.
—¿Querido? Entonces, ¿cómo quieres que te llame?
—Lucien está bien.

Lucien era el nombre que ella usaba cuando confiaba en él. Y desafortunadamente, Lucien era como seguía llamándolo para sí.

—Había pensado en ser formal y llamarte «esposo» o Rochdale en público, pero bueno, si no nos casamos, eso no sirve. Y las expresiones de cariño son tan agradables... Si le llamas «querido» a alguien muchas veces, puede que empieces a creértelo. ¿Y a ti no te encantaría que yo te adorara?

Él arqueó una ceja.

—Tenía la impresión de que ya me adorabas.

«Tanto para él», pensó Miranda, pero mantuvo la sonrisa en los labios.

—Por supuesto que sí. ¿Nos veremos a la hora de comer?

Él la observó pensativamente.

—Creo que tal vez tenga otras cosas que hacer. Me imagino que estar contigo y no poder tocarte me resultará muy difícil, y tal vez me pusiera irritable. Y no quisiera hacerle daño a mi querida muñequita.

Miranda estuvo a punto de tener una náusea al oír aquello. A Lucien se le daba muy bien, tenía que reconocerlo.

—La naturaleza a veces es tan inoportuna... —comentó.
—Pero bueno... Siempre queda tu boca.

«Rata desgraciada», pensó Miranda con una encantadora sonrisa, intentando pasar por alto el calor que sentía en las mejillas. Sabía de lo que estaba hablando. Christopher había intentado convencerla de que se lo hiciera la segunda noche. Era algo repugnante, y Lucien lo sabía.

—Te idolatro y te adoro, queridito, pero si crees que vas a hacerme eso, estás muy equivocado.

—No, amor mío. Tú me lo vas a hacer a mí, y estoy seguro de que lo desearás. ¿Quieres apostarte algo?

«Desgraciado».

—Creo que no es buena idea apostar con mi... ¿Qué eres? ¿Mi amante clandestino?

Lucien se encogió de hombros.

—Todavía no lo he decidido. Tal vez me case contigo, después de todo. Sólo tengo que averiguar qué es lo que prefieres.

—Para poder hacer lo contrario.

—Exactamente.

—Querido, realmente eres muy travieso. Haré todo lo que pueda por mantenerte en vilo.

Entonces él se levantó y se acercó a la puerta, y ella se arrepintió de haberse quedado allí.

Cojeaba más que el día anterior, y se apoyaba en el bastón. Sin embargo, eso no le impidió tomarla por el brazo y hacer que se volviera hacia él.

Miranda no se resistió. No iba a resistirse a nada. Iba a sonreír y a reírse, no le iba a permitir que la entristeciera.

Él le soltó el brazo y le acarició la garganta, y la tomó por la barbilla, y de repente, Miranda tuvo pánico a que la besara. Sus besos eran peligrosos, embriagadores, y ella todavía no había descubierto la manera de permanecer inmune ante ellos.

—Amor mío —susurró Lucien—, tengo el presentimiento de que nunca me voy a cansar de ti. Creo que deberíamos casarnos.

Ella se quedó inmóvil.

—Una proposición maravillosa.

—¿Y la aceptas?

—¿Tengo otra elección, querido? —le preguntó Miranda con los dientes apretados.

—En absoluto —respondió Lucien, y la besó.

Fue un beso ligero, suave. Él le pasó la lengua por la hendidura de los labios mientras le acariciaba el cuello. Miranda quería abrir la boca, pero mantuvo la mandíbula bien apretada. Más tarde, cuando hubiera ideado un plan, permitiría que la besara. Tendría que empezar a penar en algo ridículo siempre que él la acariciara, para no echarse a temblar y derretirse como en aquel momento, y ya estaba abriendo la boca, deseando más, cuando él se retiró.

Tenía una mirada extraña.

—¿De una semana a diez días, me has dicho?

—Eso me temo.

—Entonces, claramente, tendré que encontrar otra cosa que hacer.

La señorita Jane Pagett olía a violetas. Si había un olor que podía poner de rodillas a Jacob Donnelly, era el de las violetas. Le recordaba una tarde soleada, en Jamaica, con todas aquellas florecillas silvestres a su alrededor, aplastadas bajo sus cuerpos mientras hacían el amor. Y ya ni siquiera se acordaba de quién era la muchacha. Lo único que recordaba era la sensación de paz, de placidez en aquella tarde sin nubes.

Le estaba resultando muy difícil pasar aquel tiempo cerca de la señorita Pagett. Cada vez que se detenían para que descansaran los caballos, y ella pasaba a su lado, él percibía la fragancia de su perfume y se volvía loco. Ya había dicho que no iban a viajar de noche; de lo contrario, habría pagado él mismo el cambio de caballos con tal de evitar la tentación. Por lo menos, ella estaba sana y salva, metida en su habitación, acostada en su camita. Scorpion había pedido ropa limpia para la amiga de su prometida, y Jacob la había llevado consigo cuando iba a ocupar el puesto de cochero. No le quedaba mal el traje, aunque él había estimado que tenía más en el trasero y menos en el pecho. De todos modos, Jane Pagett era toda una tentación y alteraba su tranquilidad, pensó Jacob, allí sentado, en el comedor de la posada.

Estuvo allí sentado durante un largo rato, tomando una cerveza. No debía emborracharse en su primera noche fuera de casa. Al día siguiente le dolería mucho la cabeza y no podría conducir. Aunque tal vez una borrachera le ayudara a dejar de pensar en la pasajera...

El último de los sirvientes de la posada se fue a dormir, y Jacob se quedó a solas. Él tenía una cama limpia y caliente en el establo, pero no iba a acostarse allí. Iba a pasar la noche debajo de la habitación de Jane, como un bobo.

El fuego se fue apagando, y Jacob no se molestó en poner troncos nuevos en el hogar. Se recostó en el asiento de la butaca, apoyó los pies en el parachispas y reflexionó sobre lo absurdo de la existencia.

Y allí fue donde lo encontró Jane, justo cuando el reloj del rellano de la escalera daba las dos.

CAPÍTULO 15

Miranda llevaba pocos minutos en su habitación cuando apareció Bridget, ligeramente nerviosa, para ayudarla a vestirse y arreglarse.

—Siento el retraso, milady. La señora Humber me ha mandado un montón de cosas para tenerme ocupada, y después, el señor me ha parado por el camino. Por eso he tardado tanto en llegar.

—No te preocupes —le dijo Miranda, con una punzada de inquietud—. ¿Qué quería decirte el conde?

Bridget se puso muy colorada. «Mierda», pensó Miranda. «Debería haberme imaginado que no iba a creerme».

—Eh... quería saber si usted estaba cómoda y tenía todo lo que necesitaba...

—¿Como por ejemplo?

—Quería que yo me asegure de que tiene todo lo que necesita.

—Eso ya me lo has dicho. ¿Qué te ha preguntado exactamente, Bridget?

—Quería que le trajera trapos suficientes para su periodo, milady. ¡Me ha dado mucha vergüenza, milady! ¡Un caballero hablando de esas cosas! Pero yo no podía dejar de contestarle, y le expliqué que usted me dijo que acaba de terminar y que no necesitará nada durante tres semanas, seguramente más porque nunca está segura de los días, y él asintió y me dijo que eso era lo que él creía. Y pensé que tal vez he metido la pata, pero él es el amo y...

—No te preocupes, Bridget —dijo Miranda con calma.

Tendría que pensar una excusa nueva para posponer lo inevitable. La silla bajo el pomo de la puerta podría funcionar, porque Miranda no creía que él fuera a despertar a toda la casa dando puñetazos en la puerta. Y si tenía que hacerlo, podría tumbarse en la cama, pensar en otra cosa. Recitar poemas mentalmente, contar hasta cien en latín... cualquier cosa para evitar pensar en lo que le estaba sucediendo a su cuerpo.

De hecho, eso sería un modo excelente para evitar el efecto de sus besos y sus caricias. El latín era el antídoto del deseo.

Después de vestirse, bajó a desayunar. Tenía bastante hambre, y comió todo lo que había en la bandeja: fruta, tostadas y huevos revueltos. Al terminar, fue en busca de la señora Humber y la encontró en la cocina. Miranda se detuvo en la puerta, horrorizada.

Toda la estancia olía a carne podrida, a col pasada y a cosas que no quería identificar. La señora Humber estaba sentada en un extremo de una mesa larga y llena de muescas, con una taza de té en la mano, y junto a ella había una mujer bajita con cara desagradable y un delantal blanco lleno de manchas. Miranda supuso que era la cocinera.

Ambas la miraron de manera fulminante, pero Miranda se mantuvo firme, esperando, dando golpecitos con el pie en el suelo. Finalmente, las sirvientas se pusieron en pie, aunque con una reticencia arrogante y ofensiva. Miranda sonrió amablemente.

—Buenos días, señora Humber. Me gustaría que me enseñara la casa, si no le importa. Tengo interés en comprobar si su estado es tan malo como parece.

—Esta mañana tengo mucho que hacer —respondió el ama de llaves.

Miranda observó significativamente la taza de té.

—Seguro que tiene un momento —dijo con calma—. A mí me viene bien ahora mismo.

—Ahora no puedo, tengo que...

—Ahora —reiteró Miranda suavemente.

La señora Humber la apuñaló con la mirada, pero no dio más excusas. Miranda se dirigió a la otra mujer.

—Usted debe de ser la cocinera. Cuando vuelva, me gustaría revisar los menús para los próximos días. Tal vez quiera hacer unos cambios. Por ejemplo, no me gustan nada los rábanos, y tampoco los pájaros pequeños.

—El señor nunca cuestiona mis menús —dijo la mujer con hostilidad.

—No, lógicamente, ése es trabajo de su señora, ¿no le parece? Y por favor, cámbiese el delantal antes de que volvamos. Ése ha conocido mejores días. Si necesita pedir más, hágalo.

La cocinera tal vez la odiara más que la señora Humber, pensó Miranda alegremente, pero aparte de rebelarse abiertamente, no podía hacer nada. Así pues, Miranda sin inmutarse por la mirada fulminante de la mujer, salió de la cocina junto a la señora Humber para recorrer la mansión. Se había preparado para un absoluto desastre, pero al final quedó agradablemente sorprendida. La casa era muy vieja, seguramente de la última mitad del siglo XVI, pero parecía muy sólida. El tejado estaba en buenas condiciones, aunque había humedades en algunas zonas. En realidad, el mayor de los problemas era el descuido. Nadie se había ocupado de limpiar las habitaciones en décadas, y todo olía a ratones y polillas, junto a la madera y la lana que había en la casa y en sus tapices y cortinas. Parecía que la señora Humber sólo se ocupaba de las estancias que usaba Lucien, y el resto, estaba cerrado y olvidado.

Miranda contó diecisiete habitaciones, algunas con lavabos modernos. La suya no era la más grande, y había una que estaba mucho más limpia; sin duda, la que Lucien asignaba a las prostitutas que llevara a la casa. Miranda no sabía si sentirse aliviada u ofendida.

La señora Humber se detuvo en la puerta de la habitación de Lucien,

—Yo no soy quién para enseñarle esa habitación.

—¿Por qué? ¿Está llena de esqueletos y esposas muertas?

A la señora Humber no le hizo gracia aquel comentario.

—Es la suite del señor.

—¿Y está tan sucia como el resto de la casa? Me parece que el señor debería insistir en que se limpiara, al menos, esta habitación.

—La limpiamos.

—Entonces, ¿qué es lo que teme? Creo que el conde ha salido a montar a caballo, por lo que no vamos a encontrárnoslo.

—Si desea entrar yo no se lo voy a impedir, milady —dijo la señora Humber en voz baja—, pero yo sólo entro cuando lo ordena el señor.

—Yo no soy tan cobarde —respondió Miranda, y abrió la puerta de la habitación de Barbazul.

El dormitorio era oscuro y lúgubre como para contener bastantes esposas muertas, si el cuento era cierto. Sólo había una fina capa de polvo, pero las pareces tenían paneles de madera oscura y carcomida, y las cortinas eran del mismo terciopelo grueso, pesado, de color marrón, que las del resto de la casa. Miró a su alrededor y se fijó en la cama.

Era un mueble enorme, con cortinajes oscuros y sábanas de lino. Miranda se lo imaginó allí tumbado, desnudo, con una mujer, mirándola con sus ojos pálidos, acariciándola con sus dedos largos e inteligentes, excitándola...

Se estremeció y se dio la vuelta. Lucien tenía un pequeño vestidor con una cama para su ayuda de cámara, un lavabo y un pequeño saloncito contiguo. Todo estaba relativamente limpio, pero era oscuro y deprimente. No era de extrañar que Lucien tuviera un alma tan sombría, viviendo en casas tan tenebrosas. La casa de Londres no era más alegre que aquélla, por lo menos, las partes que ella conocía.

Cuando salió de la habitación, la señora Humber todavía la estaba esperando.

—¿Y bien, milady? —preguntó en un tono glacial.

—Necesitamos unas doce doncellas. Cuatro para los dormitorios, cuatro para los salones y las habitaciones comunes y otras cuatro para lavar la ropa y para las tareas de la cocina. Ahora que la casa estará abierta, necesitaremos mucha más ayuda.

—¿Y qué pasa con Bridget? Es vaga, pero la necesito...

—Estoy enseñando a Bridget para que sea mi doncella personal.

La señora Bridget soltó un resoplido.

—Esa chica es torpe e irrespetuosa. Estaba a punto de despedirla.

—Entonces, no la echará de menos. Bien, doce sirvientas, señora Humber. Además, cuatro mozos para los trabajos más pesados.

—Mi Ferdy puede hacer eso.

—Podía cuando la casa estaba desocupada.

—No creo que el señor vaya a traer a nadie más que a usted, milady.

—¿Conoce usted los planes de lord Rochdale, señora Humber?

El ama de llaves se rindió. Sabía demasiado; probablemente, escuchaba detrás de las puertas.

—¿Cómo se llama la cocinera? —le preguntó Miranda mientras bajaban las escaleras.

—Señora Carver.

—Bien.

Cuando llegaron a la cocina, Miranda la encontró un poco más limpia. Alguien había lavado los platos, seguramente Bridget, y la señora Carver se había puesto un delantal limpio y una cofia blanca para recogerse el cabello gris.

—Va a tener dos ayudantes nuevas, señora Carver —anunció Miranda—, y otras dos muchachas para hacer la colada, que también podrán echar una mano cuando sea necesario. ¿Cuál es el menú de la cena de hoy?

La señora Carver tenía más malicia pero menos coraje que la señora Humber.

—Un consomé de venado y patata, faisán asado relleno de setas, trucha de las aguas del señor, carne de vaca con puré de espárragos y tarta de limón de postre.

—Suena maravillosamente. Espero que pueda hacer todo eso sin ayuda de Bridget. Ella va a estar ocupada conmigo. Si tiene que hacer algo más sencillo, sobreviviremos con menos platos.

La señora Carver la miró con una intensa antipatía.

—Yo recibo las órdenes del conde.

—Por supuesto —dijo Miranda afablemente—. Por favor, hágame saber su respuesta.

Qué pequeña traicionera, pensó Lucien. Parloteando de todos aquellos asuntos femeninos como si estuviera hablando de jardinería, sin ruborizarse, mintiendo.

Estaba empezando a tomarla mucho respeto. Al principio, cuando había comenzado a atraerla hacia su red, se había dado cuenta de que sentía cierta admiración, aunque con reticencia, hacia ella, por su capacidad para darle la espalda a la buena sociedad como ellos le habían vuelto la espalda a ella. Había disfrutado conversando con ella, coqueteando tan discretamente que ella ni siquiera se había dado cuenta de lo que estaba haciendo y había respondido de la misma manera.

Y su piel blanca, su pelo castaño y brillante, sus maravillosos ojos marrones tenían algo que lo excitaba, inesperadamente. Estaba agradecido por el hecho de que ella ya no fuera virgen, por muy mal que hubiera hecho las cosas St. John. Le gustaba que a ella las relaciones sexuales le parecieran tediosas y las variaciones del sexo le parecieran insoportables. Se imaginaba cómo iba a reaccionar cuando él usara la boca sobre su cuerpo, cosa que, por supuesto, pensaba hacer.

Y ella le haría lo mismo a él, finalmente, por voluntad propia. No dudaba que podía excitarla febrilmente, tanto, que ella acabaría por hacer cualquier cosa que él le insinuara. Iba a disfrutar inmensamente de su venganza.

Empezaría aquella misma noche, pero al día siguiente se marcharía y la dejaría en aquella casona olvidada con la señora Humber. Cuando él volviera, ella ya estaría un poco acobardada. Pawlfrey House era como para quitarle la alegría a cualquiera.

Hizo que ensillaran su caballo y salió a cabalgar durante aquella tarde neblinosa, alegrándose de que, un día más, Miranda no viera el sol. Pronto aprendería a vivir como un topo. Se le estrecharían los ojos de mirar en la oscuridad. Aquello sería una lástima, con esos ojos castaños tan encantadores.

Y después, él idearía el golpe de gracia. Siempre lo hacía, cuando la vida se le antojaba un hastío.

Mientras llegaba aquel momento, las cosas serían fáciles. Aquella noche comenzaría la subyugación y ruina completas de lady Miranda Rohan. Al día siguiente, se habría marchado.

CAPÍTULO 16

Jane no sabía por qué había bajado al piso bajo de la posada a mitad de la noche. Seguramente, porque había dormido tanto en el carruaje que le estaba resultando imposible conciliar el sueño. Sin embargo, había algo más, un misterio que no sabía si quería analizar, y tenía que ver con el cochero, el mozo alto contra el que la querida señora Grudge la había advertido.

Se puso un vestido suelto sobre el camisón y bajó silenciosamente. Todo estaba a oscuras, pero vio de lejos que todavía había fuego en la chimenea del comedor. Se dirigió hacia allí, como una polilla hacia la luz.

Alguien había acercado una butaca hacia la lumbre. Un lugar perfecto. Fue directamente hacia ella y se quedó inmóvil debido al pánico. Estaba ocupada. Vio primero unas piernas largas, unos pies apoyados en el parachispas. Entonces intentó retroceder, pero ya lo había despertado, y él se puso en pie, medio dormido.

Era el mozo. No llevaba puesta la gorra, y Jane le vio bien la cara y comprendió por qué causaba estragos entre las mujeres. Era increíblemente guapo. Tenía el pelo rubio dorado, los ojos más azules del mundo y una boca hecha para el pecado.

Su cuerpo era largo, delgado. Llevaba la librea oscura de Malheur. Era bastante más alto que ella, y Jane distinguió una luz extraña en sus ojos. La estaba mirando alegremente, desde su pelo largo, suelto, a los pies descalzos. Ella dio un respingo al advertir lo impropio de aquella situación. Debería darse la vuelta y salir corriendo por las escaleras. Sin embargo, se había quedado helada.

—Lo siento muchísimo —dijo nerviosamente—. No quería despertarlo. Pensaba que estaría durmiendo en el establo.

Oh, no. Eso sonaba muy mal. Parecía que él era uno de los caballos. ¿Dónde dormían los cocheros?

Sin embargo, él sonrió perezosamente.

—Sí, señora —dijo él—. Me han dicho que había una cama allí para mí, pero he preferido dormir en una butaca, junto al fuego, después de un camino tan largo bajo la lluvia.

—Claro, claro —respondió Jane con un gran sentimiento de culpabilidad. Mientras la señora Grudge y ella viajaban cómodamente en el interior del carruaje, él estaba en el pescante, calado hasta los huesos—. Podía haberse puesto enfermo. ¿Se ha secado bien su ropa? Andar por ahí con la ropa mojada es la manera más fácil de exponerse a una neumonía. ¿Y ha tomado algo caliente?

Su encantadora sonrisa se volvió de picardía.

—¿Me está pidiendo que me quite la ropa, señora? Porque la complacería con gusto, sólo para ver si todavía está húmeda, aunque no sé qué iba a hacer mientras espero...

Jane dio un paso atrás, sin molestarse en disimular su espanto.

—La señora Grudge me advirtió de que no me fiara de usted.

El mozo no se enfadó.

—¿De veras? —preguntó él, y dio un paso hacia ella, muy

pequeño–. No quería molestarla, señorita. No tiene por qué enfadarse. Sólo estaba bromeando un poco.

Aquel hombre tenía algo raro, algo que le resultaba muy familiar. Era una cara que ninguna chica podría olvidar, y menos una chica hambrienta de amor, romántica, tímida, que estaba a punto de contraer un matrimonio de conveniencia. Lo miró fijamente, y su ira comenzó a aplacarse.

–No hablaba así antes.

Se dio cuenta de que lo había sorprendido con aquella afirmación.

–No, milady –dijo él, con el mismo acento de Yorkshire de siempre–. He vivido en muchos sitios, y sé hablar como mucha gente distinta. No es nada malo, de veras.

–¿Nos conocemos de algo? Me resulta muy familiar.

–No, señorita. Yo no olvidaría a una dama tan guapa como usted.

Ella se enfadó de nuevo.

–No se moleste, Jacobs. Tal vez piense que debe adular a sus jefes, o tal vez sea algo natural en usted, pero sé perfectamente que no soy guapa y nunca lo he sido, así que déjelo, por favor.

–Necesita un espejo –dijo él, con una voz diferente, sin el acento servil. Jane lo miró desconfiadamente.

–Le pido disculpas, señora –prosiguió él, y el acento volvió, en parte de Yorkshire, en parte irlandés, con algo de los barrios bajos. Verdaderamente, era el vagabundo que él mismo había descrito–. ¿Y qué puedo hacer por usted a estas horas de la noche?

Por impulso, ella extendió la mano y le mostró el diamante.

–¿Sabe cómo puedo quitármelo?

Él miró el anillo durante unos segundos, aunque para

asombro de Jacob, en sus ojos no había ningún brillo de avaricia.

—¿Cómo voy a saberlo, señorita? Pregúnteselo a la señora Grudge.

—Ya se lo he preguntado. Ella pensaba que con grasa de rueda, y como usted es el cochero, tal vez tenga un poco.

—Muy bien, se la daré mañana, señorita, pero, ¿por qué se quiere quitar ese anillo tan bonito?

—Es robado —respondió ella nerviosamente—. Y además, mi prometido se enfadaría si lo viera.

—Sí, supongo que sí —admitió él—. ¿Sabe? Debería estar en la cama, señorita. Mañana vamos a tener un día muy largo en la carretera. Y no debería estar aquí a solas con alguien como yo.

—Estoy demasiado rígida como para dormir.

—Yo también —dijo él, con una expresión rara de diversión. Pobre hombre. No importaba lo poco respetuoso que fuera. Se había pasado todo el día bajo la lluvia y ella no podía echarlo de allí como si nada.

—Bueno, entonces, Jacobs, ¿porqué no me trae una silla y así podremos sentarnos los dos aquí?

Él no se movió. Se la quedó mirando fijamente.

Oh, Dios Santo, aquélla era una idea horrible. Jane se dio cuenta demasiado tarde, y se sonrojó. No debía haber sugerido tal cosa; aquel hombre era un mujeriego, y aquello parecía una invitación para una aventura...

—Es decir —tartamudeó—. Es decir...

Él sonrió.

—No se preocupe, milady. Sé lo que quería decir. Yo estaba a punto de ir a acostarme al establo. La dejaré esta bonita butaca y mañana le daré la mejor grasa de engranaje que tenga.

Ella exhaló un suspiro de alivio.

—Muy buena idea, Jacobs —le dijo con agradecimiento, mientras se sentaba en la butaca que él acababa de dejar vacante. Todavía estaba caliente de su trasero, y a Jane le pareció que todo aquello era indecoroso, pero ya no podía levantarse. Tenía que fingir que estaba perfectamente cómoda en mitad de aquel extraño encuentro. Había estado evitando mirarlo, y había mantenido los ojos fijos en su hombro cuando era necesario, pero en aquel momento lo miró, vio su preciosa cara, sus ojos azules, y lo supo.

Imposible. Era absolutamente imposible.

—Buenas noches, señorita —dijo él, con una reverencia.

Después salió de la habitación y desapareció en la oscuridad.

Demonios, había estado muy cerca, pensó Jacob mientras se dirigía hacia el establo, bajo la lluvia. Cuando ella le había dicho que hablaba de una manera diferente, él pensó que lo había reconocido. Sabía que era peligroso estar en su presencia, y debería haberse marchado en cuanto ella había entrado en el comedor, pero olía a violetas, y Jacob no había podido hacerlo.

Por lo menos, no sospechaba de él, pensó con alivio, y tuvo que ignorar la irritación que había sentido cuando ella mencionó a su prometido. No debería haber dicho que él también estaba rígido. Pero ella, pobre corderita, no sabía de qué estaba hablando. Qué lujurioso e indecoroso era, sobre todo cuando la señorita Jane estaba cerca.

Todavía la veía en la butaca, con los pies apoyados en el parachispas. Tenía unas piernas muy largas, y él se las imaginaba alrededor de su cuerpo. Le había visto los tobillos, y eran tan bonitos que Jacob había tenido ganas de ponerse de rodillas y comenzar su tarea desde ellos, con la boca.

Sin embargo, había hecho una reverencia y había salido de la habitación, a la lluvia y al frío, de nuevo.

Y así era mejor. No le sorprendería que la lluvia hirviera al contacto con su piel. No era para alguien como él. Tenía que llevarla sana y salva a casa, quitarle el maldito anillo del dedo y olvidarla, mientras ella seguía con su vida y se casaba con su noble prometido.

Pero no estaba seguro de que pudiera hacerlo.

El día había sido lluvioso y oscuro en Pawlfrey House. Miranda, después de sobrevivir al recorrido deprimente por la casa, se encargó de hacer un inventario de las tareas que había que realizar. Algunas de las habitaciones necesitaban, aparte de la limpieza, una capa de pintura; había que cambiar las cortinas, renovar la ropa blanca, arreglar las humedades de las paredes de los dormitorios, limpiar las chimeneas y ponerles cristales nuevos a algunas ventanas. Comenzó a limpiar, con ayuda de Bridget, su propia habitación. Para terminar la limpieza del resto de la casa haría falta un ejército de sirvientes.

Su captor no apareció a comer, ni tampoco a cenar. Cuando llegó la hora de acostarse, la doncella la ayudó a quitarse la ropa y a ponerse el camisón, y durante todo el tiempo Miranda canturreó despreocupadamente para demostrarse a sí misma que no estaba nerviosa. Si Lucien había decidido pasar la noche fuera de casa, por ella podía llevárselo el viento.

Esperó hasta que Bridget se hubo marchado, y después saltó de la cama y colocó una silla bajo el pomo de la puerta. Después volvió a acostarse y se quedó dormida.

La lluvia cesó un poco después de la medianoche. El silencio repentino la despertó, acompañado por el crepitar del fuego. Se quedó inmóvil, en la cama, observando la luz de las llamas.

—¿Creías que me ibas a impedir el paso con una silla?

Ella dio un grito y un respingo en la cama, y después se puso la mano sobre el corazón para intentar calmarse. Después miró a Lucien de Malheur con una expresión agria.

—¡Casi me da un ataque! ¡No deberías acercarte sigilosamente a nadie, de ese modo!

—No me he acercado sigilosamente. Llevo aquí cinco minutos, oyéndote roncar.

—¡Yo no ronco!

Él se encogió de hombros.

—Tal vez es algo más parecido a un ronroneo. Espero que no me tenga despierto por las noches.

—Lo dudo, ya que no es probable que estemos cerca el uno del otro mientras dormimos —soltó ella malhumoradamente. Y entonces recordó su estrategia. De mala gana, sonrió—. A menos que hayas cambiado de opinión en cuanto a casarte conmigo.

—¿Qué preferirías tú, preciosa mía? ¿Vivir en pecado, o casarte?

Miranda sabía perfectamente que él iba a hacer exactamente lo contrario de lo que ella eligiera. Ya había sobrevivido a una fuga contra su voluntad. La segunda no podía empeorar mucho más las cosas.

—Creo que me encantaría casarme, por encima de todo. Sé que no podemos celebrar una boda muy grande, seguramente sólo nosotros dos en la iglesia del pueblo, pero todas las muchachas sueñan con casarse. Además, así sería condesa, ¡y eso es estupendo! —dijo con una sonrisa resplandeciente.

Él la miró durante un largo instante.

—Pues nos casaremos —respondió, y después se echó a

reír–. No te pongas triste, Miranda. Tendremos nuestra ceremonia privada de matrimonio, pero después te prometo que lo celebraremos por todo lo alto, con muchos invitados.

—¿De verdad?

—Ya lo verás —le dijo Lucien de un modo encantador—. Ahora, hazme sitio. Y no me molestes con más mentiras sobre tu periodo. Sí, me causa admiración hasta dónde puedes llegar con tal de manipularme.

Miranda no se movió de donde estaba.

—¿Por qué? ¿No quieres esperar hasta nuestra noche de bodas?

—Tal vez. En este momento no sé si quiero algo más que probar. Sólo para asegurarme de que todavía estoy interesado.

—¿Y cómo lo vas a descubrir?

—Depende de lo mucho que desee continuar con lo que estoy haciendo. Si tus respuestas me aburren o me inspiran. Tengo curiosidad por ver si sigues tan atraída hacia mí como al principio.

—Vaya, tienes un concepto muy elevado de ti mismo. ¿Y por qué piensas que me siento atraída por ti?

—¿Quieres decir porque soy cojo y tengo cicatrices?

Ella se ruborizó.

—Lo siento, ni siquiera pensaba en eso. No me doy cuenta.

La expresión de Lucien fue indescifrable.

—Eso es conmovedor, querida. Si fuera tonto, te creería.

Ella consiguió recuperar la compostura.

—Y tú no eres nada tonto, por supuesto. ¿Qué es exactamente lo que quieres? ¿Otro beso?

—No, amor mío —dijo él—. Quiero meterme entre tus piernas.

Entonces, comenzó a apartar las mantas.

CAPÍTULO 17

Lucien de Malheur estaba divirtiéndose. Miranda lo miraba como si le hubieran salido alas y fuera a echar a volar. ¿De veras pensaba que la iba a dejar sola en la cama? Se preguntó si se enfadaría, o si iba a empezar a llorar.

En vez de eso, y para incomodidad de Lucien, ella se rió.

—Oh, Dios mío, me habías preocupado por un momento. No lo dices en serio —dijo, y tiró de las mantas hacia arriba.

Sin embargo, él era mucho más fuerte, y no tenía intención de permitírselo.

—Claro que sí, querida. ¿Tienes frío? Tal vez debiera alimentar más el fuego...

—¿Por qué?

—Porque no vas a llevar nada encima, salvo a mí.

Ella tragó saliva. Después sonrió.

—Eres extremadamente atrevido, querido mío. Me parece que no.

Él se alejó. Le dolía la pierna, pero no se molestó en disimularlo. Todavía estaba molesto por la afirmación de Miranda. Lo había dicho en serio. No veía sus cicatrices ni su cojera. De hecho, se había avergonzado de no verlo.

Cuando lo miraba, lo veía a él, no a sus cicatrices, lo cual le resultaba vagamente inquietante. Se sentía como si lo hubiera desequilibrado.

Era toda una impresión, cuando él estaba tan acostumbrado a mantenerse entre las sombras. Era muy consciente de su cojera, y nunca le habían gustado demasiado los espejos. No le gustaba recordar las marcas de su piel, aquellos recuerdos permanentes de lo que le había hecho una loca con un látigo. Su espalda era peor, un espanto. Incluso Jacob Donnelly se había quedado horrorizado la primera vez que lo había visto, y Jacob conocía pesadillas más allá de lo imaginable.

Lucien se levantó de la cama y puso un tronco en el fuego, mirándola por el rabillo del ojo para asegurarse de que no saliera corriendo. Sin embargo, ella no se había movido, y lo estaba observando con sus enormes ojos castaños.

—¿Por qué no empiezas a quitarte el camisón, querida? —murmuró mientras volvía a su lado—. Después de todo, no tiene por qué haber secretos entre nosotros. Vamos a ser marido y mujer. Tú vas a conseguir un título y un matrimonio muy ventajoso, teniendo en cuenta que tu reputación está destrozada, así que me gustaría ver lo que yo obtengo a cambio.

—Pues nada excitante, te lo aseguro. Es una pena. No soy nada extraordinario. Algunos incluso dirían que soy un poco regordeta, pero eso sería de mala educación.

—Yo nunca sería maleducado. Cuéntame más.

Se sentó a los pies de la cama, y ella soltó un gritito de consternación cuando él le apartó las piernas sin miramientos. Después se echó a reír y comenzó a parlotear.

—No soy alta ni baja. De estatura media. Tengo el pecho muy pequeño, las caderas demasiado generosas, excelente dentadura y, aunque mi pelo es de un color castaño muy aburrido, su textura y su longitud son admirables.

—Yo todavía no te lo he visto. ¿Por qué no te deshaces las trenzas y me lo enseñas?

Ella movió el dedo índice en el aire, a modo de regañina.

—Si lo hiciera, mi melena se convertiría en una maraña, y me pasaría todo el día de mañana deshaciendo los enredos. No es tan interesante. Sólo largo y castaño.

—¿Es lo suficientemente largo como para que te cubra, como a lady Godiva?

—No tengo ni idea. Nunca me ha apetecido cabalgar desnuda.

—Eso es una pena. A mí, la idea me parece muy apetecible.

Ella le lanzó una mirada fulminante, pero volvió a sonreír enseguida.

—En realidad, no entiendo por qué te molestas conmigo. Sé perfectamente que has conseguido a algunas de las mujeres más bellas del mundo, que han sido amantes tuyas.

—¿Y no te has preguntado el motivo?

Miranda frunció el ceño.

—¿Por qué? —le preguntó. Entonces, lo recordó—. Oh. Bueno, supongo que haces el amor a oscuras —dijo con ingenuidad—. Christopher St. John lo hacía así.

Él se echó a reír sin poder evitarlo.

—No, amor mío, mi futura esposa, no hago el amor a oscuras. Me gusta ver aquello de lo que disfruto. Si las mujeres tienen alguna objeción en cuanto a mi aspecto, pronto consigo que lo olviden.

—¿Lo ves? Antes, cuando te he dicho que yo había olvidado tus cicatrices, no me has creído. Pero te paseas por ahí como lord Byron, inquietante e interesante y romántico, y no es de extrañar que las mujeres caigan a tus pies como... como cosas que caen a tus pies. Y Byron cojea casi tanto como tú.

Él la miró con espanto verdadero.

—¿Romántico? ¿Inquietante? ¿Cómo ese idiota de Byron? Mi querida Miranda, tienes la lengua como un látigo.

Hizo aquella comparación deliberadamente, como si estuviera tirándose de una muela dolorida para ver si todavía dolía.

Dolía.

—Bueno, si no quieres ser un héroe romántico y misterioso, tienes que engordar algunos kilos y hablar de finanzas, y eructar. Tu ropa es demasiado dramática, además. Creo que te irían mejor otros colores, aparte del luto. Tal vez un color ciruela, o un granate claro. Y deberías cortarte el pelo. Es demasiado largo para las modas de hoy en día. El estilo a lo Bruto te haría mucho más ordinario.

—El pelo me tapa las cicatrices.

—Pero ya hemos llegado a la conclusión de que nadie ve tus cicatrices cuando están contigo. Cortejas a las mujeres como una araña gorda, negra y peluda, y por mucho que se resistan, están condenadas.

—No sé por qué, pero no me imagino a una araña cortejando —dijo él, sin molestarse en disimular su diversión—. Y no me ha parecido que tú estés muy indefensa. El primer botón del camisón, si eres tan amable.

—No soy amable, y hace frío, y todavía no estamos casados y...

—El primer botón, o lo haré yo mismo.

Entonces, Miranda se desabrochó el primer botón del cuello del camisón. Los botones eran pequeños y delicados, de madreperla, y había demasiados. Lucien iba a disfrutar con aquel proceso lento, a menos que ella discutiera demasiado. Entonces, se limitaría a arrancarle el camisón.

Cuando el primer botón se abrió, él vio el hueco que tenía Miranda en la base del cuello. Era muy erótico, pensó distraídamente.

—¿No te parece que es un poco tarde para hacer visitas sociales, querido?

—Esto no es una visita social. Es una visita conyugal. El siguiente botón.

—Ni hablar.

—El siguiente botón.

Hubo un pequeño conato de mirada torva, pero después, Miranda sonrió de nuevo y desabrochó el siguiente botón. Lucien pudo ver el precioso lugar donde se encontraban sus clavículas.

—Supongo que no eres un violador —dijo ella con calma.

—Supones correctamente.

—Entonces, por muchos botones que me desabroche, no me vas a forzar, ¿verdad?

—No. Puedes desnudarte completamente y bailar por toda la habitación como una hurí, y yo no te tomaré a menos que me lo pidas.

Miranda lo observó durante un momento.

—Me sentiría más segura si no recordara la ocasión de nuestra apuesta en la posada. Eres muy habilidoso a la hora de manipular a las mujeres.

—Es un arte que he estudiado minuciosamente —dijo él, y cruzó las rodillas—. Tírame una almohada, amor mío, antes de desabrocharte el siguiente botón. Quiero estar cómodo.

Le leyó el pensamiento con facilidad. Quería decirle que necesitaba todas sus almohadas, pero entonces le daría la excusa para acercarse a ella por la cama, y Miranda no quería que eso ocurriera. Le lanzó una de las almohadas, y después se abrió el tercer botón.

Él se apartó el pelo largo, al estilo de Byron, maldita fuera aquella muchacha, de la cara, y la observó.

—Otro más —le dijo suavemente.

Aquel botón le abriría el camisón blanco hasta la parte superior de los pechos, los que ella había dicho que eran pequeños. A él le parecían muy bonitos, y estaba deseando verlos completamente. Probarlos. Succionarlos mientras entraba y salía lentamente de su cuerpo.

—No me mires así —dijo ella, sin acordarse de disimular su nerviosismo.

—¿Cómo?

—Como un depredador —respondió. Y acto seguido, se rió—. ¡Vaya! Me he convertido en una criatura muy imaginativa. Sin duda es por culpa de esta mansión gótica, querido.

—Estás a punto de desabrocharte otro botón. Y deberías llamarme Lucien. Antes lo hacías.

Ella lo miró a los ojos durante un momento, sin artificios, y después pestañeó con coquetería.

—Me temo que ése era un hombre diferente. Tú no eres quien yo creía que eras.

No debería molestarle. No le molestaba. Ya era una pena que quisiera ser Calibán. Qué simple. Era un villano, y además sería un tonto si fingiera otra cosa.

—Siempre puedo desabrochar ese botón yo mismo.

Ella desabrochó el siguiente botón, y el camisón se le abrió entre los pechos. Eran pequeños, pero por lo que él veía, perfectos.

—Ábrete el camisón.

Miranda lo observó sin moverse.

—Vas a acostarte conmigo, ¿verdad?

—Ya te he dicho que sí, y no será una violación.

Ella suspiró.

—Está bien. Si te empeñas —dijo, en tono de aburrimiento—.

De veras creo que deberíamos esperar hasta que nos hayamos casado, pero si estás tan ansioso, no puedo negártelo.

Entonces, se bajó el camisón por los hombros y dejó a la vista el valle que había entre sus pechos.

—¿No vas a pelearte conmigo?

—Sería una pérdida de tiempo. Ya te he dicho que soy muy pragmática. ¿Por qué voy a hacer más desagradable algo que ya lo es de por sí?

—Creo que mi forma de hacer el amor no es considerada, generalmente, desagradable —murmuró él.

—Bueno, pero no te van a decir la verdad, ¿no crees?

¡Qué inocente! Una inocente que ignoraba todo lo que podía haber entre un hombre y una mujer. Era increíblemente deliciosa.

—Me parece que hay formas de saberlo, mi querida Miranda.

—Si tú lo dices... ¿Estás seguro de que no puedo hacerte cambiar de opinión sobre esto?

—Completamente seguro.

Entonces, comenzó a acercarse a ella por la cama.

Miranda pensó que podría romperle una jarra en la cabeza, pero no había ninguna a mano. Podría levantarse y decirle que tenía que ir al servicio, pero él se empeñaría en acompañarla. Había intentado discutir, había intentado engatusarlo, y no había funcionado.

Había tenido la esperanza de poder salir de aquello sin tener que soportar de nuevo las relaciones sexuales, pero también era consciente de que era algo improbable. Y en realidad no sería un desastre épico. Ya había perdido la virginidad y la buena reputación. Él podía hacer todo lo que quisiera con ella, y no habría ninguna diferencia.

Seguía acercándose a ella como un depredador, y Miranda se quedó tumbada en la cama, inmóvil, viendo cómo se acercaba. Podía hacerlo. Y claramente, iba a tener que hacerlo.

—¿Te importaría apagar las velas? —le preguntó—. Creo que estaría más cómoda a oscuras.

—Seguro que sí. Así podrías pensar que soy otro. Dime, preciosa, ¿hay alguien que te haya gustado durante estos años? ¿Algún joven gallardo con quien te habría gustado casarte si no hubieras caído en desgracia?

Miranda se preguntó si él sabía la verdad.

—Sólo tú, amor mío —dijo con una dulzura falsa, para disimular su sinceridad. Porque, en realidad, Miranda sólo había pensado en acostarse voluntariamente con él, en casarse con él, en amarlo a él.

Tenía una boca maravillosa. Algunas de las cicatrices le llegaban hasta una de las comisuras de los labios. Sin pensarlo, ella le acarició con las yemas de los dedos, muy suavemente.

—¿Qué te pasó? —le preguntó en un susurro.

Sus ojos claros se volvieron de hielo.

—¿Eso es para ahuyentarme, querida? Me temo que soy más duro de lo que piensas. Esto me lo hizo una mujer con un látigo.

Ella siguió acariciándole las cicatrices de la sien y de la frente, con dulzura, calmándolo. Quería liberarlo del dolor.

—¿Pero por qué? ¿Por qué iba a querer alguien hacerte tanto daño?

Él sonrió con cinismo.

—¿Tú no quieres?

Ella le tomó la cara con ambas manos y le acarició los labios con los pulgares.

—No. Algunas veces quisiera matarte. Pero nunca querría hacerte daño.

—¿Te das cuenta de lo absurdo que suena eso? —su voz era baja, hipnótica, y su boca estaba muy cerca de la de ella.

—Sí —susurró Miranda.

Después atrajo su cara y lo besó.

Notó que él daba un respingo de asombro, y por un instante temió que se apartara. Tal vez hubiera hecho algo mal, o tal vez a él no le gustaran los besos. Intentó alejarse de Lucien, pero él la sujetó y le devolvió un beso profundo, duro, completo, tan intenso que la dejó sin aliento, temblorosa. Así era como la hubiera besado si la quisiera. Y ella siempre podía fingir que era la verdad, ¿no?

La hizo girar sobre el colchón, sin apartar sus labios de los de ella. Miranda cerró los ojos, absorta en las caricias, en el sabor de su boca, abandonándose al placer.

Cuando él levantó la cabeza, le brillaban los ojos a la luz de las velas. Su pelo largo le cayó alrededor de la cara y ocultó sus cicatrices, y ella tuvo ganas de echárselo hacia atrás, pero tenía las manos atrapadas bajo sus cuerpos. Lucien deslizó los labios por su cuello, probándola y mordisqueándole la piel, y provocándole estremecimientos. Le besó el hueco de la base del cuello y ella notó el roce de su lengua. Después sintió su boca contra el pulso que latía a un lado de su garganta, mientras parecía que él estuviera inhalando los latidos, y después, Lucien hizo que giraran para tenderse bajo ella, sobre el colchón.

Entonces fue cuando Miranda advirtió que había terminado de desabrocharle el camisón y que se lo había quitado de los hombros. Sus pechos estaban expuestos al frío, y ella intentó tapárselos, pero él se lo impidió con una mano fuerte.

—No tienes por qué ser tímida, Miranda —le susurró—. Los dos sabíamos que esto iba a llegar tarde o temprano.

Miranda no respondió. No podía. No podía continuar con su parloteo alegre, y tampoco podía derramar las lágrimas que se le estaban formando en la garganta, sin motivo. No había llorado por Christopher St. John. Tampoco iba a llorar por Lucien.

Él tenía razón. Siempre había sabido que llegaría aquel momento, desde la primera vez que lo había visto. No, desde el primer momento en que había oído su voz y había sentido una atracción increíble, había sabido que aquel hombre sería algo diferente en su vida. Quería abrazarlo y tenerlo cerca mientras él se movía dentro de ella y llegaba al clímax. Quería darle todo lo que pudiera, cuando lo que debería querer era cortarle el cuello.

No tenía sentido, pero él había deslizado la mano por su cuerpo hasta sus pequeños pechos, y estaba acariciándole uno con delicadeza, reconociendo su textura y jugueteando con el pezón endurecido, y ella sintió una extraña respuesta abajo, entre las piernas.

Él se inclinó y posó la boca sobre uno de sus pechos, y succionó el pezón, y ella se arqueó sobre la cama sin poder evitarlo. Tuvo que hacer un gran esfuerzo para no gritar.

El tirón lento y constante de su boca le producía una sensación increíble, mientras Lucien jugueteaba con la otra mano sobre su otro seno. Ella había decidido que no iba a decir nada, pero no pudo evitar que se le escapara un suave gemido.

Entonces él apartó la boca y le lamió la piel, y ella necesitó desesperadamente que pasara al otro pecho, pero él no lo hizo. Estaba satisfecho besándole la clavícula, y ella volvió a gemir, pero no podía ser de necesidad, ¿verdad?

Él elevó la cabeza con una expresión fría, controlada, aunque sus ojos estaban llenos de calor.

—Pídemelo —le dijo.

Ella cerró la boca con fuerza. No iba a darle aquella satisfacción. No podía ganarla tan fácilmente.

Él bajó la cabeza y le acarició un pecho con la nariz.

—Sólo tienes que pedírmelo por favor, Miranda. Es todo lo que tienes que decir —insistió, y con la lengua, le lamió el valle de entre sus pechos, sin acercarse más, y ella tuvo que morderse el labio para no suplicárselo.

—Vamos, Miranda, pídemelo.

Lucien pasó la mano por su vientre, hacia abajo, para mantenerla quieta mientras ella se retorcía contra él, intentando conseguir más de él. Se le pasaron por la cabeza cientos de maldiciones que quería echarle, las cosas violentas y furiosas que quería decirle, pero él extendió la mano por su vientre y, al sentir sus dedos cálidos y largos, Miranda no pudo soportarlo más.

—Por favor —jadeó, y oyó su maldita y suave risa.

Sin embargo, eso no importó, porque él tomó en su boca el otro pezón, y ella volvió a arquearse mientras se lo lamía y se lo succionaba con fuerza. Deslizó los dedos más hacia abajo, y ella sintió una diminuta explosión que la atravesaba, y que la hizo moverse bruscamente contra su mano.

Cayó hacia atrás, jadeando, confusa, mareada. Él estaba quitándole el camisón, y no le importaba. Casi no podía moverse, pero podía verlo muy bien.

—Vaya, eres verdaderamente receptiva, preciosa... ¿Qué te gustaría después? Tengo muchas ideas interesantes.

Ella consiguió enfocar la vista de nuevo y lo miró con confusión. Él se estaba deshaciendo lentamente el nudo del pañuelo del cuello, y al quitárselo, miró la tira de seda durante un largo instante, pensativamente, y en sus labios volvió a aparecer aquella peligrosa sonrisa.

—Esto lo dejaremos para otro momento, si te parece

—murmuró, y lo envolvió cuidadosamente alrededor del poste de la cama—. Tienes unos pechos realmente extraordinarios, y seguiría lamiéndolos toda la noche, pero me temo que estoy demasiado excitado como para hacerlo. Me sorprende lo poco que me estoy controlando. Tal vez la venganza sea un afrodisíaco.

Ella lo había olvidado. Había olvidado que todo aquello era tan sólo un acto de venganza, no una elección por su parte.

Y lo peor de todo era que a Miranda no le importaba. Él tenía la mano en su vientre, y la movía hacia abajo, acariciándola. Tocó su triángulo de vello, y ella cerró las piernas con fuerza, de pura vergüenza.

—No es así, Miranda. ¿No te acuerdas? Vamos, abre las piernas, o te obligaré.

Ella consiguió hablar.

—Has dicho que no ibas a forzarme.

—Mentí. En este momento haría cualquier cosa por poseerte.

—¿Incluso violarme?

Él no se inmutó.

—Preciosa, te acabo de provocar un orgasmo succionándote el pecho. No será una violación —le dijo, y la tocó íntimamente, y ella sintió otra descarga de reacciones—. ¿O sí, amor mío?

En respuesta, ella abrió las piernas y cerró los ojos para no ver su sonrisa de triunfo.

CAPÍTULO 18

Lucien sabía exactamente lo que tenía que hacer. Ella estaba ante él, con las piernas abiertas, dispuesta... No, más que dispuesta. Ardiente. Había conseguido que llegara al clímax con tanta facilidad que estaba pasmado.

Debería alejarse. Debería levantarse y salir de aquella habitación por muchas razones, y la principal era que la deseaba demasiado. Tanto que se había vuelto vulnerable, y él despreciaba la vulnerabilidad. Sabía que no sería suficiente con poseerla una vez. Después querría más, y más.

Al final se cansaría de ella. Se cansaba de todo, no había nada que le importara de verdad. Pero antes de eso, se vería dominado por su deseo hacia ella, y eso lo odiaba.

Además, marcharse en aquel momento sería perfecto. La dejaría temblando al borde de la rendición sexual completa, y su frustración física la deprimiría. Se había ofrecido, y él podía rechazarla y causarle el mismo dolor que había empujado a su hermana al suicidio. Debería alejarse...

Ella abrió los ojos y lo miró a través de la penumbra, casi como si le estuviera leyendo el pensamiento. Entonces, sonrió.

–¿Has cambiado de opinión? Qué pena. ¿Puedes devolverme la manta cuando te levantes? Tengo un poco de frío.

Hablaba con la voz calmada, alegre, impertérrita, y él la felicitó mentalmente. Acababa de recuperarse de su primer orgasmo con aplomo, y estaba lista para batallar de nuevo.

Y él no podía irse, no podía alejarse de ella como no podía dejar de respirar.

Deslizó la mano por su monte de Venus, y dejó que sus dedos danzaran sobre su clítoris, y ella se arqueó de nuevo. Estaba caliente, húmeda y preparada para acogerlo, y él metió uno de sus largos dedos en su cuerpo, para probarla.

Estaba apretada, ceñida. Era lógico, llevaba dos años sin hacer el amor. Él sacó el dedo y metió dos, y ella emitió un rápido sonido de incomodidad que silenció rápidamente. No quería que él supiera nada de sus reacciones, y Lucien era consciente de que no iba a decir nada más. Sin embargo, él era muy capaz de leer perfectamente su cuerpo. Era experto en ello.

Se colocó sobre ella, y por un impulso, Miranda intentó sentarse para empujarlo, pero entonces recordó su plan y volvió a tenderse en el colchón. Como si fuera un sacrificio para un monstruo.

Liberó su miembro del pantalón, porque cada vez le resultaba más doloroso. Percibía el delicado olor de la excitación de Miranda, y quería hundirse en ella, embestir hasta obtener su propia satisfacción, pero sabía que si la tomaba en aquel momento le haría daño, y tenía que posponer su éxtasis unos minutos más.

Retiró los dedos y puso las manos en su cintura, y tiró de ella hacia abajo en la cama mientas se situaba entre sus piernas. Se dio cuenta de que a ella se le aceleraba la respiración porque estaba asustada, por mucho que quisiera disimularlo. St. John debía de haber hecho muy mal las cosas, y Lucien se alegró por ello. Para él tenía algo de afrodisíaco llevar al clímax a una mujer asustada. La tomó por las preciosas caderas e hizo que separara las piernas. Después, posó la boca en su cuerpo.

Entonces, ella emitió un sonido de protesta y horror, que se desvaneció en cuanto él comenzó a mover la lengua, reconociéndola, jugueteando con su clítoris y abriéndola para saborearla por completo. Metió la lengua en su interior y notó la humedad, oleadas maravillosas de deseo, y estuvo a punto de derramarse contra las sábanas mientras ella se retorcía bajo él. Deslizó los dedos en su cuerpo otra vez, con más facilidad en aquella ocasión, mientras la lamía, y la ensanchó delicadamente mientras ella estaba demasiado excitada como para darse cuenta, demasiado atrapada en las sensaciones que él le estaba provocando.

Su clímax lo sorprendió, porque Miranda se arqueó en la cama con un gemido amortiguado, y él alzó la cabeza y la vio tapándose la boca con la mano para silenciar sus sonidos de placer. Entonces, Lucien no pudo esperar más. Se secó la boca con la manga, puso su miembro donde habían estado sus dedos y empujó.

Ella estaba muy húmeda, tan excitada que él se deslizó en su cuerpo con facilidad, pero no tan profundamente como necesitaba llegar. Se movió sobre ella, y vio que tenía una mirada de terror en los ojos.

—No te voy a hacer daño —le susurró él, y se preguntó por qué sentía la necesidad de tranquilizarla—. Tu cuerpo se adaptará al mío.

Miranda movió la cabeza con angustia, y él supo que no lo creía, y notó que se tensaba a su alrededor, intentando echarlo.

Sin embargo, Lucien había llegado al punto álgido de su deseo y no podía jugar más juegos eróticos con ella. Si volvía a acariciarla, ella llegaría al clímax una vez más y lo estrecharía aún más.

La besó. Le dio un beso largo, duro, profundo, pero ella tenía un miedo demasiado grande, y él no podía alcanzarla así. Entonces, hizo lo mejor que podía hacer.

La mordió. Le mordió la carne suave de entre el hombro y el cuello, y el dolor la sorprendió tanto que se olvidó de mantener la tensión en su cuerpo, y él pudo entrar en ella completamente, y Miranda se arqueó y emitió un sonido ahogado de angustia y placer.

Él estaba al borde de la culminación, pero luchó para no alcanzarla, se mantuvo inmóvil con la frente apoyada en la de ella, mientras intentaba controlar la respiración.

—No te muevas —le susurró, temiendo que ella intentara moverse con brusquedad. Cualquier movimiento, cualquier roce por parte de ella desencadenaría su clímax, y él tenía que resistirse.

Tenía que llevarla al éxtasis. En aquel momento no pensaba con demasiada claridad porque estaba embriagado de su olor, de su sabor y de su contacto, pero sabía que si la dejaba sin experimentar el placer absoluto, su venganza no se consumaría. Se mantuvo quieto sobre ella, completamente vestido, esperando a que se relajara.

Pareció que pasaba una eternidad, pero lentamente, muy lentamente, los jadeos de miedo de Miranda se calmaron. Ella respiró profundamente, y él le colocó las piernas sobre sus caderas.

—Así te dolerá menos —le susurró al oído, y ella obedeció, dejó que sus manos la acariciaran y la situaran, que él hiciera lo que podía para aliviar la presión de su enorme invasión.

Y entonces, él ya no pudo esperar más. Le apartó las manos de la boca y se las colocó sobre la cabeza, entrelazó los dedos con los de ella y comenzó a moverse.

El primer gemido de incomodidad casi consiguió que él se detuviera. Casi. Salió de su cuerpo casi por completo y volvió a acometer, lentamente, y la humedad de ella los cubrió a los dos y facilitó el camino.

Tan ceñida. Tan dulce. ¿Dijo aquellas palabras en voz alta o sólo las pensó? No importaba. Estaba atrapado por su piel, por el perfume de su cuerpo, por la suave humedad de su respiración contra un lado de la cara. Lucien sentía cada uno de los cambios de su respiración cuando se movía bien, cuando rozaba aquel punto que volvía locas a las mujeres, y ella dejó escapar un gemido de satisfacción cuando sucedió. A él le habría encantado concentrarse en sus gemidos, pero notaba que se acercaba su propio clímax y no quería dejarla atrás.

Le susurró al oído palabras sexuales desinhibidas, y notó que sus pezones calientes se endurecían contra su pecho, y ella captó su ritmo y comenzó a moverse con dulzura. La vieja cama tembló bajo ellos, y Lucien le soltó las manos y se apoyó en el colchón para embestir con más fuerza, notando su tensión, las oleadas de respuesta, la impresión repentina del clímax de Miranda, y se dejó llevar, se vació dentro de ella en una liberación que no había sentido nunca.

Su cuerpo se puso rígido en la oscuridad, y notó en la piel cientos de pinchazos, y echó hacia atrás la cabeza y gritó.

Apoyó su peso sobre los codos mientras intentaba recobrar el aliento, mientras los escalofríos le recorrían el cuerpo. Tardó un momento en enfocar la visión, y cuando miró su cara, casi deseó no haberlo hecho.

Ella tenía los ojos cerrados, y las lágrimas se le derramaban por la cara. Eran lágrimas grandes, silenciosas, y él no sabía si lloraba por la fuerza de su éxtasis o por algo menos halagador. ¿Le había hecho daño, después de todo? Él apenas podía respirar, y ella también tenía la respiración entrecortada, y Lucien veía cómo le latía el corazón bajo la piel blanca.

Comenzó a salir de su cuerpo, pero de repente ella le rodeó el cuello con los brazos y lo estrechó contra sí. Rápidamente, él se colocó de lado con ella para no aplastarla, y su miembro todavía erecto permaneció en su cuerpo. Como si ninguno quisiera separarse del otro.

Miranda escondió la cara contra su hombro, y él notó que sollozaba en silencio. La abrazó con fuerza, lamentando no haberse quitado la ropa, lamentando haberla tomado como uno tomaba a una prostituta. Alzó la mano hacia sus trenzas. Una se le había deshecho, y el pelo se había soltado y había formado una cortina suave que se extendía sobre los dos. Le acarició la cabeza suavemente mientras ella mantenía la cara contra él. Estaba intentando esconderse de él, intentando esconder su rostro cubierto de lágrimas, y Lucien se lo permitió. Él también quería esconderse.

Debió de quedarse dormido. Cuando se despertó había luz, y estaba solo en la cama de Miranda, vestido. Ella no estaba por ningún lado.

Lucien soltó una maldición y se incorporó, y volvió a maldecir de nuevo porque no podía liberarse de aquella languidez.

Quería más. Había dormido profundamente, abrazado a ella, y todavía olía su piel, todavía percibía su esencia erótica. Y seguramente, ella estaba llorando en algún lugar de la casa.

Se abrochó los pantalones y se dirigió hacia su habitación por los pasillos fríos y oscuros, en un estado de ánimo muy extraño. Tenía intención de ir a Londres rápidamente, pero ahora tendría que perder el tiempo buscando a Miranda, que sin duda estaba ahogada en sollozos...

Oyó música al final de un pasillo. Alguien estaba tocando el piano, muy mal por cierto, y Lucien se estremeció al oír una nota incorrecta. Quien estuviera torturando el instrumento continuó sin inmutarse, y Lucien cambió de dirección, llegó a la sala de música y abrió las puertas de par en par.

Su prometida estaba sentada al piano, vestida con un traje rosa. Tenía el pelo castaño y brillante recogido alrededor del rostro, y Lucien vio la marca del mordisco en su cuello y se sintió excitado inmediatamente.

Ella lo miró sin una lágrima, sin una sola sombra de tristeza en los ojos. Le dedicó una sonrisa resplandeciente.

—Eso ha sido absolutamente delicioso, querido —dijo alegremente—. ¿Cuándo podemos hacerlo de nuevo?

Él se quedó inmóvil, observándola. Tenía muy buen color y estaba incluso más guapa que el día anterior, y tenía los labios ligeramente hinchados de la presión de sus besos. Sin embargo, fue la marca del mordisco en su cuello lo que le resultó más excitante, más inquietante. Lucien no podía creer que él hubiera perdido el control de tal manera. Era algo primitivo, animal, algo que nunca había sentido. Salvo cuando la miraba.

Tuvo la tentación de atravesar la habitación y tomarla allí mismo, sobre el piano. Sin embargo, no se movió y sonrió con frialdad para disimular el caos de emociones que tenía por dentro.

—Me alegro muchísimo de que hayas disfrutado, preciosa. Me temo que tendremos que esperar para repetirlo, al menos hasta que yo vuelva de Londres.

Ella hizo un mohín de desilusión.

—Oh, querido, ¿de veras tienes que irte?

—Eso me temo. Tengo pensado celebrar una fiesta muy especial, y debo encargarme de organizarla.

Ella arqueó las cejas.

—¿Una fiesta? ¿Aquí?

—No, esta vez no. No es mi turno de hacer de anfitrión. Sólo voy a encargarme de que el evento se organice según mis deseos. Nuestra boda, querida.

Ella pestañeó.

—¿Vamos a casarnos durante una fiesta? Creo que eso no es legal, ¿no? ¿Y quiénes van a ser los invitados? ¿Ladrones de joyas?

—Entre otros. En las fiestas que hacemos mis amigos y yo puedes encontrar todo tipo de invitados. Desde duques a anarquistas, de hecho. Creo que te resultará muy entretenido. En cuanto a los aspectos legales, nos encargaremos de eso después.

—Qué divertido —dijo ella—. ¿Y tenemos fecha prevista?

—El viernes que viene, amor mío. Yo estaré fuera hasta entonces. Me distraes demasiado. Sin embargo, en mi ausencia puedes hacer lo que quieras. La casa es tuya, y mis finanzas están a tu disposición. Tendrás que entretenerte como puedas sin mí.

Ella se levantó del banco.

—Voy a estar hundida sin ti, querido, pero supongo que tendré que sobreponerme.

—Seguro que lo conseguirás. Mi administrador es Robert Johnson. Él cubrirá los gastos que tú realices.

—Puedo ser muy cara, amor —ronroneó ella.

—Ya me lo imagino. Tengo muchísimo dinero —dijo, y después añadió—: Ven aquí a darle un beso de despedida a tu amante.

No era una sugerencia, y ella lo sabía. Atravesó la habitación fingiendo entusiasmo y se quedó ante él con una enorme sonrisa.

—¿Quieres que te bese yo, querido? ¿O vas a besarme tú?

Sin embargo, él ya no estaba interesado en jueguecitos. La estrechó contra sí y la besó con una exigencia cruda, elemental. Entonces se dio cuenta, con asombro, de que ella le había rodeado la cintura con los brazos y también lo estaba besando.

Seguramente no se había percatado de ello. Lucien percibió una mirada de angustia en sus ojos cuando se separó de él, pero Miranda la disimuló enseguida y dio un paso atrás.

—Adiós, Lucien.

Lucien. Lo llamaba por su nombre de nuevo, o tal vez sólo hubiera sido otro desliz. Sin embargo, ¿cómo iba a ser formal con un hombre después de haberlo tenido entre las piernas?

—Adiós, Miranda. Me alegro de que te agradaran mis pobres esfuerzos de ayer por la noche —respondió él, con la misma cortesía.

Después le dio un beso en la frente, rozándole con los labios la cara pálida, calmada.

«Pobres esfuerzos», pensó Miranda, observando cómo cerraba la puerta al salir. Si aquello eran unos pobres esfuerzos, no iba a sobrevivir.

No le había hecho daño, al menos no demasiado, aunque ella estaba preparada. Era mucho más grande que Christopher St. John, tanto, que ella pensó que tal vez tuviera una malformación. Sólo podía juzgar con el ejemplo de dos hombres, y ella había pensado que St. John era lo normal.

Volvió a sentarse al piano. No sabía qué le ocurría. ¿Por qué le había correspondido cuando la estaba besando? ¿Acaso no quería que se fuera? Sentía un cosquilleo en el pecho, y cuando juntaba las piernas, unos temblores le recorrían el cuerpo. ¿Qué le había hecho aquel hombre, por el amor de Dios?

No. No era por Dios. Más bien era el demonio. Él la había tocado de una manera que ella no imaginaba, le había puesto la boca entre las piernas, y cuando se había metido en su cuerpo, ella se había sentido... entera. Completa. Como si hubiera encontrado su otra mitad. Estaba desnuda, y él estaba vestido, y ella no había podido acariciarle la piel. Miranda ya se sentía completamente excitada, ¿qué ocurriría cuando él le hiciera aquellas cosas de nuevo? ¿Cuando también estuviera desnudo, y el placer no fuera nuevo, y ella no sintiera temor?

Debería alegrarse de que se fuera. Eso le daría tiempo para recuperar la compostura, el dominio sobre sí misma, para entender lo que él le había hecho a su cuerpo. No podía permitir que él la controlara de aquella manera.

Oh, claro que podía permitirlo, pensó con impaciencia. Si se casaba con él, tendría que complacerlo en el lecho, y sería tonta si no disfrutara todo lo que pudiera. Aunque eso la dejara débil, vulnerable y frágil. Era demasiado maravilloso como para negarse a ello. Lo que había sido hediondo con Christopher St. John, era glorioso con Lucien de Malheur.

Y Miranda quería más.

CAPÍTULO 19

La señorita Jane Pagett salió de la posada, al aire fresco de la mañana. Jacobs, el cochero, ya estaba sentado en el pescante, bien abrigado y con un sombrero calado hasta la frente. Por lo menos, aquel día no llovía, y la temperatura era más agradable. Si Jane fuera muy optimista, diría que incluso podía sentirse la primavera en el ambiente, pero estaba demasiado preocupada por lo que iban a decir su familia y el señor Bothwell cuando ella apareciera.

—Tiene aspecto de cansada, señorita —dijo la señora Grudge cuando se sentaron en el carruaje—. ¿No durmió bien anoche?

—No demasiado bien. Creo que pasamos demasiado tiempo en el carruaje. Me desperté a las dos y no pude dormirme de nuevo. Incluso bajé las escaleras y me quedé frente al fuego durante un rato.

—¿De veras? —preguntó la señora Grudge, que se inquietó un poco—. ¿Y dónde estaba el cochero? La última vez que vi a Jacobs, él también estaba junto a la chimenea. A lo mejor encontró compañía para pasar la noche.

Jane no sabía si defenderlo o no. Su compañera estaba

tan inquieta que pensó que era mejor no mencionarle su extraño encuentro.

Jane se había quedado durmiendo en la butaca durante unas dos horas, y había vuelto a su habitación cuando la posada comenzaba a cobrar vida. Cuando volvió a despertarse, se dio cuenta de lo absurdas que eran sus sospechas. Jacobs le recordaba al hombre misterioso que la había besado. Y la razón era muy sencilla: ambos eran hombres que sabían adular y seducir a las mujeres. Ella había experimentado el encanto del cochero y había reconocido su familiaridad.

En realidad, nadie la halagaba ni se mostraba encantador con ella en las fiestas a las que asistía. Ni siquiera el señor Bothwell, que se había dirigido a su padre antes de saber incluso si ella estaba interesada.

Simon Pagett era un hombre ilustrado, y le había dicho al pretendiente que eso era decisión de su hija. Algo que al señor Bothwell le había parecido de mal gusto, pero no lo suficientemente ofensivo como para rechazarlo. Y ella le había dicho que sí, aunque no estaba totalmente segura de por qué. Sólo sabía que quería una casa propia, y que quería tener hijos. Quería tener un marido, y el señor Bothwell era alto y guapo, aunque un poco severo. Así que había mentido.

Era asombroso lo que podían conseguir unos cuantos días lejos de todo, y también el hecho de que un hombre la hubiera besado con pasión de verdad, y que otro hombre hubiera flirteado con ella. Miró el diamante que llevaba en el dedo. Era maravilloso. Su madre tenía joyas muy valiosas, para adornar su gloriosa belleza. Sin embargo, aquel anillo tenía algo que ella adoraba. Tal vez porque se sentía como si fuera suyo. Cosa que, realmente, no era.

—¿Está segura de que quiere quitarse ese anillo, señorita Jane? —le preguntó la señora Grudge—. Debe de pesar por lo menos dos quilates.

La señora Grudge debía de haber sido guapísima en su juventud, porque incluso en aquel momento, con su ropa oscura, era muy atractiva. Jane no entendía cómo podía saber lo que pesaban las piedras preciosas, pero tal vez hubiera tenido una vida regalada antes de casarse con el difunto señor Grudge. No llevaba ninguna joya, pero Jane casi se la imaginaba vestida con un traje deslumbrante y luciendo un collar de rubíes.

Y entonces, se echó a reír. Su imaginación estaba desbocada últimamente. Volvió a mirar el anillo.

—Tengo mis razones.

—Su prometido debe de quererla mucho para haberle regalado un anillo como ése. Yo no me lo quitaría sin un buen motivo, desde luego.

Jane puso una mano sobre otra para ocultar el anillo y olvidarse de que, más tarde o más temprano, iba a tener que separarse de él.

—¿Cuándo cree que vamos a llegar a Londres?

—Todavía tenemos que pasar una noche más en el camino, y llegaremos por la mañana —dijo la señora Grudge agradablemente—. Intentaremos encontrar una posada mejor para esta noche. Jacobs ha estado conduciendo por caminos secundarios, pero voy a decirle que hoy encuentre un lugar más adecuado para una señorita de buena familia.

En el que ella no podría encontrarse con el guapo cochero a mitad de la noche.

—Oh, no se preocupe. Me gustan las posadas pequeñas.

Una noche más de libertad. Una noche más antes de tener que ver de nuevo al señor Bothwell y tomar una decisión.

—Se lo diré a Jacobs cuando paremos a comer —murmuró la señora Grudge, cerrando los ojos—. Yo también he tenido una noche inquieta, señorita. He dado muchas vueltas por la cama —dijo con una sonrisa vaga.

—Oh, entonces, tal vez debiéramos continuar el camino para llegar cuanto antes —dijo Jane.

—No, no hay por qué apresurarse, señorita Jane. A mí también me gusta estar un poco en el campo. Mañana llegaremos temprano, sanas y salvas. ¿Le parece bien?

Jane sabía que debía volver rápidamente a casa. Debía deshacerse del anillo; debía convertirse en la fiel esposa del señor Bothwell.

Y lo haría. Al día siguiente. Una noche más, se prometió. Una noche más para darle una satisfacción a la niña salvaje atrapada en aquel cuerpo tan poco atractivo, y después sería una vez más lo que la gente esperaba de ella.

El ejército de sirvientes llegó al día siguiente, y Miranda los puso a trabajar a todos, la señora Humber y Bridget incluidas. Ella misma se ató un pañuelo a la cabeza, se remangó y se puso un delantal. Podía quitar el polvo tan bien como cualquiera, y quería asegurarse de que la casa quedaba limpia después de tantos años de abandono.

Tardaron cinco días en barrer y fregarlo todo. Cada noche, Miranda caía en la cama, demasiado cansada como para pedir un baño y demasiado buena como para obligar a los sirvientes a subirle la bañera y los cubos de agua caliente a la habitación. Al quinto día, cuando todo estuvo limpio y olía a aceite de limón, se puso a girar sobre sí misma en el vestíbulo, con todas sus armas medievales, riéndose.

La señora Humber la observó con una expresión lúgubre. Se había tomado muy mal el zafarrancho de limpieza, pero después de dos intentos de intimidación, había cumplido las órdenes de Miranda, aunque de mala gana.

—Él ni siquiera se va a dar cuenta. Hemos hecho todo este trabajo para nada.

—Yo sí me doy cuenta —respondió Miranda con un tono tranquilo—. Lo siguiente que necesitamos son los pintores.

—¿Pintores, milady? ¿Quiere que le hagan un retrato?

—No. Quiero pintar el dormitorio de lord Rochdale. Es demasiado oscuro y sombrío. Me sorprende que vea algo cuando está allí. Y también necesitamos cortinas nuevas. ¿Dónde está la mercería más cercana?

—Al señor le gusta que su habitación sea oscura.

—Al señor le gusta que su vida sea oscura. Eso fue antes de cometer el error de pedirme que me casara con él —dijo Miranda, con la voz dulce que normalmente reservaba para Lucien. Decir que le había pedido que se casara con él era un poco exagerado, pero la vida con la señora Humber era una lucha continua, y tenía que mantenerla a raya—. Espero tenerlo todo terminado para antes de que él vuelva, así que no podemos perder el tiempo.

La señora Humber la miró fijamente.

—Creo que es un gran error alterar la habitación del señor. Ya le dije que ni siquiera debíamos limpiarla. Ha dado órdenes expresas de que nadie entre allí sin su permiso.

—Bueno, pues lo hemos hecho, y no hemos encontrado nada interesante ni romántico. No había cadáveres de siete esposas, ni nada parecido. Encuentre a los pintores y dígales que vengan mañana por la mañana, señora Humber —respondió ella con firmeza.

—¿Y de qué color quiere pintar la habitación del señor, milady?

Miranda lo pensó durante un largo instante, y después una sonrisa le iluminó la cara.

—Rosa.

Jacob se apoyó en la barra mientras bebía un trago de cerveza, pensando en la mujer a la que no podía ver. La posada, un establecimiento pequeño, pero limpio, con una posadera maternal y un posadero bromista, tenía una sala privada para los nobles, con una puerta cerrada por la que él no podía entrar.

Lo cual estaba bien. Llevaba mucho tiempo sin estar con una mujer, y él no estaba hecho para el celibato.

Sin embargo, a decir verdad, ya no deseaba a ninguna mujer que no fuera la señorita Jane Pagett. Se apartó de la barra y movió la jarra con brusquedad, derramando un poco de cerveza. Había bebido demasiado y lo sabía. Antes del mediodía de la jornada siguiente estarían en Londres, y nunca volvería a verla. Ella se casaría con su digno prometido, tendría hijos y una buena vida, y él continuaría dando problemas a los ricos.

Podría fingir que estaba borracho, entrar tambaleándose en el comedor privado y tal vez ella lo invitara a sentarse, tal vez le hablara con su voz suave y encantadora, con la que él soñaba a veces.

Podría...

Lo que tenía que hacer era volver al establo y olvidarse de la señorita Pagett. Sin embargo, sabía que no quería hacerlo. Sabía que no quería volver a Londres. Estaba harto de la ciudad, del mal olor, del humo, del ruido. Siempre le había gustado viajar, y echaba de menos el sol y el buen tiempo. Ansiaba escuchar voces distintas, ver tierras diferentes, poder elegir otras cosas. Ése era el motivo por el que no había puesto ninguna objeción cuando Long Molly le había dicho que iban a pasar una noche más en el camino. Jacob no tenía prisa por volver a Londres. Estaría dispuesto a seguir conduciendo aquel coche para siempre, y llevar a la señorita Pagett adonde ella le pidiera.

Apuró la cerveza y dejó la jarra en el bar. Ella ya estaría acostada, ¿verdad? Podía hacer un trato consigo mismo. Iría a ver si estaba en el comedor privado. Seguramente ya se habría ido a su habitación, y en ese caso, él se iría a la cama del establo sin más. Si la señorita Pagett estaba en el comedor, charlaría un poco, flirtearía un poco con ella. Iba a decidirlo el destino.

El comedor privado estaba a pocos pasos. Jacob se tropezó y soltó una imprecación. Abrió la puerta, pero la habitación estaba vacía, y el fuego ya se había apagado. Cerró la puerta y se apoyó en ella, diciéndose que sólo sentía alivio, y nada más.

Y entonces vio las escaleras.

Era una posada muy pequeña. Sólo había una habitación para los nobles. Los sirvientes, incluida Long Molly, estaban alojados en habitaciones junto a la cocina, y todos estaban ya acostados. Todos salvo el lujurioso Rey de los Ladrones disfrazado de cochero, en busca de...

No quería pensar en qué estaba buscando. En realidad, tenía el cerebro demasiado embotado como para saber lo que quería, aunque la mitad inferior de su cuerpo le sacara de dudas. Se dirigió hacia las escaleras.

¿Estaría dormida? ¿Habría cerrado la puerta con llave? Cualquier mujer sensata lo haría en una posada pública, pero él no estaba muy convencido de que Jane tuviera sentido común. Al fin y al cabo, había permitido que la besara, y le había invitado a que se sentara junto a él, ante el fuego. No tenía mucho sentido común en lo relativo a defenderse de lobos como él.

Miró hacia arriba. Había una ventana en el descansillo de la escalera, y a través de ella, la luna le alumbraba el camino. Claramente, aquello era una señal. Cuando llegó a la puerta de su habitación, se quedó inmóvil, contemplándola. ¿Qué ocurriría si él abría la puerta y ella sonreía y le pedía que entrara? ¿Y qué ocurriría si ella se asustaba?

Se quedó inmóvil. Al día siguiente, ella estaría lejos de su vida para siempre. Aquella noche era su última oportunidad, y había tenido que emborracharse para atreverse a subir aquellas escaleras. Apoyó la frente contra la puerta y cerró los ojos. Casi creía que podía oler a violetas a través de la madera, pero eso tenía que ser su imaginación. La imaginación que se había convertido en su peor enemigo.

Susurró su nombre con tanta suavidad que podría haber sido el sonido del viento a través de las hojas de los árboles. Y entonces se echó a reír en silencio por ser tan idiota. Parecía que la luna llena lo había vuelto loco.

Se apartó de la puerta. Lo primero que iba a hacer cuando la dejara en casa de su familia era ir directamente a Beggar's Ken, tomar de la mano a la camarera que siempre era tan solícita con él y poseerla contra la primera superficie sólida que encontrara. Y después iría en busca de alguna de sus amantes aristócratas y haría lo mismo. Se acostaría con todas las mujeres que pudiera para quitarse aquel deseo irracional del cuerpo.

Se dio la vuelta en silencio y exhaló un largo suspiro,

aunque no supo si era de alivio o de pena. Y bajó las escaleras de nuevo.

Jane se quedó tumbada en la cama, inmóvil, sin aliento. Había oído los pasos, lentos y un poco inseguros, subiendo por las escaleras, y supo enseguida quién era. Él había bebido mucho, según le había dicho la señora Grudge con desaprobación, antes de excusarse para ir a verlo. Jane había cenado sola, esperando a que alguien apareciera en el comedor. Incluso había abierto la puerta, tan sólo una rendija, pero no había oído ningún ruido que proviniera del bar, aparte del sonido amortiguado de las voces, y finalmente el silencio.

Así que había cerrado de nuevo la puerta y había subido a su habitación para quitarse la ropa con sus habituales dificultades. En toda su vida, había estado sin doncella, y aquellos días estaba apreciando el trabajo de sus sirvientes más que nunca.

¿Qué sería de la doncella de Miranda, Hester, y qué estaría pensando de la repentina desaparición de su señora? Jane ni siquiera había pensado en eso.

Iba a averiguarlo muy pronto. Al día siguiente, de hecho, cuando volviera a su antigua vida, y Jacobs, el mujeriego, hubiera desaparecido después de dejarla en la seguridad de su casa. Seguridad.

Si dejaba que Jacobs la sedujera, pensó con un resoplido, por lo menos él sabría cómo quitarle la ropa en segundos.

Después de acostarse, Jane estuvo dando vueltas por la cama durante horas. Incluso durmió un poco, y después se despertó de nuevo, salió de un raro sueño en el que su misterioso ladrón de joyas la besaba otra vez, la abrazaba y la sacaba a la luz, y ella miraba su preciosa cara y veía a Jacobs.

Absurdo. Si un hombre era lo suficientemente listo como para ser ladrón de joyas, no estaría conduciendo un carruaje para deshacerse de una mujer a la que no deseaba.

Porque así se sentía Jane. No deseada, torpe, sin ningún atractivo. Y no porque sus padres la hubieran hecho sentirse así. Ellos la adoraban, y su hermano mayor también. Sin embargo, Jane sabía cómo se miraban sus padres, conocía la profunda pasión que había entre ellos, una pasión que no estaba contemplada en su propio futuro. Y sabía que tenía que dejarlos solos, tranquilos.

Al oír los pasos en la escalera, se le había acelerado el corazón. No había cerrado la puerta con llave, aunque conociera las historias de los huéspedes robados y asesinados en su propia cama. Sin embargo, sabía de quién eran aquellos pasos. Sólo podía ser Jacobs.

Cuando llegó a la puerta, Jane contuvo la respiración y esperó a que se moviera el pomo. Oyó un ligerísimo golpe, y pensó en llamarlo. Sin embargo, se mantuvo en silencio, y el pomo no se movió. Seguramente él iba a llamar para no asustarla. No querría asustarla, sobre todo teniendo en cuenta que si no sabía que ella lo estaba esperando, pensaría que iba a gritar y a despertar a toda la posada.

Pero Jane no iba a gritar. Cerró los ojos, y lo sintió al otro lado de la puerta, y esperó, sin respirar.

Hasta que oyó cómo se daba la vuelta y bajaba las escaleras de nuevo, dejándola sola en su cama virginal.

Sana y salva. Intacta. Y llorando.

CAPÍTULO 20

El sol salió el sexto día de Miranda en Pawlfrey House, y durante un momento, ella se quedó mirando por la ventana con un absoluto asombro. Los rayos convertían en brillantes las gotas de lluvia que quedaban en los cristales, y de repente, hacía calor.

Miranda se puso un sombrero y un abrigo y bajó corriendo las escaleras. Al salir por la puerta de la casa, sintió un auténtico placer.

El aire era cálido, demasiado para el abrigo. Se lo quitó y se lo puso en el brazo. El suelo todavía estaba húmedo, pero cuando pasó más allá de las malas hierbas que rodeaban la vieja casa y veía cada vez más del cielo azul, sintió que podía respirar de nuevo.

Había una gran extensión de césped alto frente a la casa, y un camino que se perdía a lo lejos, y para su asombro, la vasta quietud de un lago, vacío y calmo, y unas montañas que se erguían tras él. No debería sorprenderla aquello. Después de todo, estaban en el Distrito de los Lagos, ¿no? Pero parecía que Lucien tenía su propio lago. Era lógico, porque según él mismo le había dicho, con su habitual actitud blasfema, tenía más dinero que Dios. El campo que llevaba hasta el lago era una masa de miles y miles de narcisos amarillos, y su perfume impregnaba el aire. Todo brillaba bajo el sol, y cuando miró hacia atrás, hacia Pawlfrey House, Miranda se dio cuenta de que era incluso más grande de lo que ella hubiera pensado. Se complació al ver que el tejado tenía un buen estado, como las ventanas, y que la vegetación desbocada que rodeaba a la edificación no era nada que un ejército de jardineros no pudiera arreglar.

Miró bien la casa. Su casa. Podría ser feliz allí, lo cual volvería loco a Lucien. Sería feliz si él estuviera allí, para combatir con él, para dormir con él. Y si él se marchaba, sería incluso mejor. Acostarse con él la alteraba, agitaba mucho su mente, hacía que quisiera reír, llorar, bailar y gritar. Era inquietante, y ella prefería la calma. No quería anhelar sus besos, ni sus caricias, ni sus labios. Con sólo pensarlo se echaba a temblar otra vez, y se lo quitó de la cabeza. Debía de haber una rosaleda en algún lugar, así que dedicaría al jardín sus esfuerzos.

Caminó hasta el lago. El agua era clara y estaba muy fría, y había un viejo muelle que se adentraba casi hasta el centro de su superficie.

Dejó el abrigo sobre una gran piedra y comenzó a subir los peldaños de madera. Estaba resbaladizo del musgo, y no tenía barandilla. Miranda quería ver hasta dónde llegaba el lago, y si había algún vecino cerca, por si tenía que huir una noche.

Recorrió el muelle con cuidado, cuando la voz que más temía, que más ansiaba oír, dio al traste con su concentración.

—¿Qué demonios estás haciendo? —le gritó él, y la asustó tanto que Miranda se volvió bruscamente y se resbaló en la madera.

Cayó sobre una rodilla y consiguió sujetarse antes de

precipitarse al agua helada. Entonces se quedó inmóvil, intentando recuperar el aliento. Le latía el corazón desbocadamente. La mezcla del susto que él le había dado y de su reacción al saber que había vuelto le hacían imposible recobrar el sosiego.

Lo miró, y se quedó helada.

Nunca lo había visto a la luz del día. Iba vestido de luto, como siempre, con el pelo negro recogido hacia atrás, y Miranda vio bien sus cicatrices. Llevaba su bastón, pero aparte de eso, era alto, delgado, y sí, ella tenía que admitirlo: era guapísimo. Todo en él le parecía bello, más todavía bajo el sol, aunque él la estuviera fulminando con la mirada.

—¡Me has dado un susto de muerte! —le gritó—. ¿Es que siempre tienes que acecharme?

—¿Y es que tú tienes que arriesgar la vida en un muelle de madera podrida? Vuelve aquí inmediatamente. No. Mejor dicho, no te muevas. Le ordenaré a alguien que traiga un bote para sacarte de ahí.

—Me parece que el agua sólo llega por la cintura, y si me cayera, no creo que corriera mucho peligro.

—No harías pie. ¡No mires abajo! —añadió él con impaciencia—. Puedes caerte.

—No soy tan torpe —dijo ella, y se inclinó al borde del lago para mirar. Rápidamente, se alejó mareada—. Tienes razón, el agua es muy profunda.

—¡Claro que tengo razón! —dijo él con enfado—. ¿Por qué te iba a mentir?

—Tienes la costumbre de mentirme, y se te da muy bien. Yo tengo muchos motivos para dudar de tu veracidad.

«Maldita sea», pensó ella de repente. No iba a mostrarle su irritación. Se echó a reír.

—¡Ah, mírame! Qué tonta soy. Bienvenido a casa, mi adorado... ¿cómo debo llamarte? ¿Mi amante? ¿Mi futuro marido? Si soy una mujer mantenida, eso te convierte en mi... ¿cuidador? ¿Como si estuviera en un zoológico?

La expresión de Lucien se hizo sardónica.

—Eso parece adecuado.

—Eres muy gracioso —le dijo ella. Entonces se puso en pie y comenzó a caminar hacia él.

—¡Quédate ahí! —repitió él.

—Sé que te quedarías destrozado si me cayera y me ahogara, pero no voy a esperar a que consigas traer a alguien con un bote. Me he dejado el abrigo en una piedra, y tengo frío aquí, en medio del agua. Quiero entrar en casa y darle una bienvenida apropiada a mi... cuidador.

—Voy a salir a buscarte.

Miranda arqueó una ceja.

—¿Por qué? ¿No es más peligroso que anden dos que uno por este muelle podrido?

—Me da más miedo que te resbales —dijo él, y comenzó a subir las escaleras apoyándose en el bastón.

—Pero, si intentaras sujetarme, nos caeríamos los dos.

—¿Sabes nadar?

—No.

—Yo sí. Si nos caemos los dos, seguramente podré salvarte. Aunque el agua es muy profunda, no estamos muy lejos de la orilla, y aunque esté tan fría, yo conseguiría llegar a tierra firme.

—¿Y si soy demasiado para ti?

—Entonces me salvaré yo y dejaré que te ahogues —respondió él.

Estaba caminando hacia ella lentamente, sin apenas cojear. Y ella caminaba hacia él.

Miranda debió de pisar una tabla que antes no había

visto. Hubo un crujido ominoso, y después, la madera se partió bajo su pie. Comenzó a caer hacia el agua helada, pero él apareció de repente y la agarró, tirando de ella hacia arriba, hacia sí. Con el otro brazo la rodeó, y su bastón cayó al muelle y después al agua.

Miranda lo miró, sin aliento de nuevo.

—Gracias —dijo, aunque no pudo hacerlo con ningún desparpajo—. Creo que no me habría gustado el chapuzón.

Lucien no se movió. Se limitó a sujetarla, mirándola fijamente con sus ojos pálidos, con una expresión rara.

—Maldita sea, he perdido mi mejor bastón.

Estaba flotando fuera de su alcance. Era un bastón de ébano con la empuñadura de oro.

—Podríamos pedirle a uno de los sirvientes que viniera a buscarlo.

—Pueden intentarlo. Pero ahora tenemos otro problema. Para rescatarte de las consecuencias de tu tontería, he tenido que apoyarme en la pierna mala. Ahora no creo que pueda volver a casa solo —dijo, sin dejar de mirarla—. Me temo que voy a necesitar tu ayuda.

—Por supuesto —dijo ella—. Apóyate en mi hombro.

—Antes tenemos que bajar del muelle. No quiero que te ahogues por mi culpa.

Ella le lanzó la sonrisa más descarada que pudo.

—¿No? ¿Y por qué? ¿Acaso te has enamorado locamente de mí y te has olvidado de tu preciosa venganza?

—A mí nunca se me olvida la venganza —dijo él con frialdad.

—No, claro que no —dijo Miranda. Le tomó el brazo y se lo colocó sobre los hombros, y cuando él intentó quitarlo, ella le clavó el codo en el estómago. Suavemente—. Pórtate bien, o nos caeremos al agua los dos. Ve despacio.

Él no podía luchar contra ella. Dejó que lo ayudara a

recorrer el resto del muelle, y consiguió bajar los peldaños con su elegancia de siempre. El camino hasta la casa fue más difícil, y Miranda se dio cuenta de que Lucien había evitado apoyar su peso en ella cuando todavía estaban en peligro. Eso le dio algo en lo que concentrarse, en vez de pensar en lo grande que era, en lo cálido que era, ceñido contra ella.

Sentía los latidos de su corazón. Lo miró, pero él tenía el rostro ladeado. Ella estaba en el lado menos marcado de su cara, y al dar un paso, se tropezó de asombro.

Él también se tropezó, y la miró con el ceño fruncido.

—¿Qué pasa?

—Eres muy guapo —dijo ella con sinceridad. Entonces, se dio cuenta de lo que había dicho—. Pero claro, eso es lo que pensaría una prometida, si eso es lo que soy. Siento que estés de tan mal humor, amor mío. ¿No lo has pasado bien en Londres?

—Me duele mucho la pierna —dijo él, pero después debió de darse cuenta de que estaba admitiendo una debilidad, lo cual era incluso peor que pedirle ayuda. Su sonrisa sardónica volvió a aparecer—. Pero los días que he pasado en la ciudad han sido muy provechosos, así que no voy a quejarme. Mañana nos vamos a la fiesta en casa de uno de mis amigos. Su finca está a las afueras de Morecambe, así que tardaremos pocas horas en llegar. Allí formalizaremos nuestros votos matrimoniales, y te prometo que habrá una auténtica orgía de placer.

—Parece maravilloso.

«Maldición», pensó Miranda. Lucien no usaba las palabras a la ligera, y «orgía» no era una buena palabra.

—Estoy deseando conocer a tus amigos.

—Seguro que les vas a parecer... deliciosa, como a mí.

—¿Como a ti, Lucien?

Él sonrió fríamente.

Cuando los sirvientes los vieron llegar, los rodearon y se los llevaron a cada uno por su lado. Ella continuó hacia el interior de la casa con Bridget, intentando quitarse de la cabeza un presentimiento angustioso.

Se encontró con la señora Humber en el vestíbulo.

—Ya ha vuelto, ¿lo sabes?

—Sí, lo sé —respondió Miranda—. Ha venido a recogerme al lago —no había sido una reunión muy alegre, pero no iba a explicárselo al ama de llaves—. ¿Cree que a él le gustaría esa manera de dirigirse a mí?

A Bridget se le escapó una risita ahogada, pero afortunadamente la señora Humber estaba demasiado furiosa como para darse cuenta. Al final, la mujer consiguió dominarse.

—No sé de qué está hablando, milady —dijo con tirantez.

—Mejor —murmuró Miranda—. Vamos, Bridget.

Lucien fue directamente a su estudio, apoyándose en el bastón que le había dado su ayuda de cámara. Entró en la sala y cerró las puertas para aislarse de todo y de todos, y se dejó caer en una silla, maldiciendo.

Aquella habitación le resultaba viciada, fría y húmeda. Había dado órdenes expresas de que nadie entrara allí, aunque había dejado la biblioteca abierta. Todavía no quería que ella se volviera loca de aburrimiento. Había otro acto del drama por representar.

Si hubiera estado cerca, habría roto una ventana con el bastón para que entrara aire fresco. Odiaba su pierna, odiaba la debilidad. Las cicatrices las llevaba con un orgullo perverso, pero cuando le fallaba la pierna, el cuerpo, se enfurecía. Miranda tenía suerte de que no la hubiera ahogado sólo por el mal humor.

Entonces se echó a reír por ser tan absurdo. Era como un niño con una rabieta, y sería mejor que la superara pronto. Odiaba mostrar su debilidad, y más delante de ella, y la ira era una debilidad.

¡Maldita boba! ¿Qué quería conseguir paseándose por aquel muelle podrido? Podría haberse caído al agua y se habría ahogado, y nadie habría sabido nunca dónde estaba, ni lo que le había ocurrido.

Con sólo pensarlo, volvía a enfurecerse. Hizo un esfuerzo por controlarse. Ella no le importaba, se dijo. Pero si moría accidentalmente, el dolor de su familia tendría un final algún día. La llorarían, pero después tendrían que continuar con su vida, sabiendo que ella estaba en paz.

No quería una venganza fugaz; quería que sufrieran sabiendo que ella estaba atrapada allí, sujeta a sus caprichos, y quería que supieran lo retorcidos que podían ser sus caprichos. Quería que pasaran años preocupándose por ella, preguntándose por ella, sin poder hacer nada por salvarla.

Ninguna venganza era lo suficientemente cruel para aquella familia. Cuando estuviera satisfecho, dejaría en paz a Miranda, para que ella pudiera pasar los días en aquel lugar decrépito y sombrío.

Aunque ya no parecía tan sombrío. No había prestado mucha atención cuando entraba en la casa, pero había algo como una... ligereza en el ambiente. Maldita Miranda, ¿qué había hecho? Antes de que él se diera cuenta, lo habría llenado todo de flores. Lucien se estremeció al pensarlo.

Se quedó en su estudio toda la tarde, ladrándole a todo aquél que llamara a la puerta para intentar hablar con él, incluido su ayuda de cámara. Aunque en Pawlfrey House había pocos asuntos que atender, porque no tenía arrendatarios de granjas ni ningún ingreso, había que pagar a los sirvientes, cuyo número había aumentado exponencialmente de repente, así como los gastos de comida, alojamiento, uniformes y productos de limpieza, y su administrador le llevó las cuentas, que eran tediosas en extremo. El dinero no era el problema. Lucien le había dicho la verdad a Miranda; tenía más dinero que Dios, y no tenía cosas suficientes en las que gastarlo. Lo que ocurría era que no le gustaba gastarlo en cosas que no deseaba, y los confines oscuros y lúgubres de Pawlfrey House estaban a la altura de su alma oscura y lúgubre. Había pasado menos de una semana fuera, y no pensaba que Miranda pudiera haber avanzado mucho en su carrera contra los años de descuido.

Claramente, la había subestimado. Menos mal que no se había ausentado por más días. Seguramente, se disponía a atacar los jardines, y aquella selva de maleza agradaba a Lucien.

Trabajó sin descanso, para no pensar en la ceremonia que iba a celebrarse en dos días, a medianoche. Había dejado a los otros que lo organizaran todo; les había dicho que no le importaba la manera en que humillaran a su nueva esposa, pero que quería que atormentara a los Rohan cuando tuvieran noticia de ello. Cuando se levantó con intención de vestirse para la cena, su rodilla estaba mejor. Podía moverse bien con el bastón, y su insípida prometida nunca iba a saber el dolor que había padecido.

Bueno, no precisamente insípida, por mucho que ella estuviera intentando convencerlo de lo contrario. Su vida sería mucho más fácil si Miranda Rohan fuera insípida.

Su ayuda de cámara se acercó por el pasillo cuando él iba hacia su habitación, y lo miró con el semblante pálido.

—Milord —dijo—, quería informarle de que...

—Puede esperar —respondió Lucien bruscamente—. Supongo que tendré el baño preparado.

—Yo... no estaba seguro...

—¿No estabas seguro de que querría tomar un baño? ¿Cuánto tiempo llevas a mi servicio? Siempre quiero tomar un baño cuando vuelvo de viaje. Ocúpate de ello inmediatamente.

—Por supuesto, milord. Habrá un ligerísimo retraso, milord, y...

Lucien se detuvo con la mano en el tirador de la puerta.

—¿Y por qué va a haber un retraso?

Si su criado estaba pálido antes, en aquel momento estaba blanco como la nieve.

—La señora ha pedido un baño, y los sirvientes le están llevando el agua.

—¿De veras?

Bien, podía permitirse ser generoso. Sabiendo que él estaba esperando, los criados se apresurarían para poder llenarle la bañera a él también, y el retraso sería mínimo.

—Diles que se den prisa.

Abrió la puerta de su habitación y entró.

CAPÍTULO 21

Jacob Donnelly sabía beber, y apenas tenía resaca al día siguiente, pese a todo el alcohol que había ingerido. Después de bajar las escaleras se había metido de nuevo en el bar, se había servido un vaso de whisky y había terminado la noche completa y alegremente borracho.

La mañana llegó demasiado pronto, pero él estaba levantado y en marcha al amanecer, comprobando que los caballos comían y estaban listos para el viaje, y que los mozos sacaban el carruaje al patio. Cuanto antes se librara de la señorita Jane Pagett, mejor.

Cuando Long Molly salió a desayunar, él le dijo que urgiera a la muchacha para ponerse en camino enseguida. La señorita Jane salió de la posada comiendo todavía un poco de tostada. Él debería haberse sentido culpable por meterle tanta prisa, pero aquélla era la última parte del trayecto, no tendrían que parar hasta que llegaran a Londres, y no quería esperar más.

Uno de los mozos estaba sujetando al primer caballo del tiro, y Long Molly subió al carruaje. Jane la siguió. Como era una chica alta, no estaba acostumbrada a subir a los coches sin la ayuda de un mozo, así que él se le acercó por la espalda, la tomó por la cintura y la subió a la cabina.

Ella intentó darse la vuelta, y terminó cayendo al asiento como un saco.

—Disculpe, señorita —dijo él, inclinando la cabeza solícitamente—. No quería asustarla.

Jane lo estaba mirando como si hubiera visto un fantasma. Estaba pálida, muda, y Long Molly la ayudó a apoyarse en el respaldo y la tapó con una manta, aunque el día prometía ser cálido.

—Vamos —dijo la señora con su perfecto acento de Yorkshire—. No deje que el muchacho la asuste.

Jane consiguió responder mientras él cerraba la puerta.

—No me asusta —dijo con la voz ahogada.

Él todavía estaba pensando en ello cuando se subió al pescante y tomó las riendas de manos del mozo. La señorita Pagett lo había mirado como si lo reconociera, pero eso era imposible. Ella no podía saber quién era él tan sólo al sentir sus manos en la cintura. Por el amor de Dios, llevaba cuarenta capas de ropa y él tenía puestos los guantes de cuero. Era imposible que lo hubiera reconocido.

Pero lo había mirado así, exactamente.

Long Molly era muy lista. Seguramente la distraería y conseguiría que olvidara sus sospechas. Y sólo quedaban unas cuatro horas para llegar a Londres. Entonces, él la dejaría en su casa y se habría librado de ella. A Dios gracias.

Ella no era para alguien como él. Jacob lo sabía, y siempre lo había sabido. Sin embargo, había sido muy fácil olvidarlo al mirar sus preciosos ojos, al permitir que lo envolviera su olor a violetas.

Cuanto antes llegaran a su destino, mejor.

Jane se sentía aturdida. La señora Grudge la había tapado bien con una manta, cosa que no era necesaria, y

Jane se había quedado mirando por la ventanilla cuando el coche se puso en marcha con un tirón.

Un buen cochero arrancaría de manera más fluida, pero claro, el hombre que iba al pescante era tan conductor como ella. Era el ladrón de joyas, Jane no tenía ninguna duda.

Por increíble que pudiera parecerle, al sentir sus manos en la cintura había recibido una descarga eléctrica, como un rayo del cielo. Lo había reconocido por fin, y no podía convencerse de lo contrario. Nada ni nadie podría convencerla de lo contrario.

Ni siquiera la señora Grudge, que inmediatamente se puso a contarle divertidas historias sobre Jacobs el mujeriego y sus aventuras en la casa del conde de Rochdale. Los cuentos eran muy entretenidos, y Jane se había reído justo cuando era necesario, pero no se había creído ni una sola palabra.

Jacobs, si aquél era su nombre, no era sirviente de nadie. Ni tampoco la señora Grudge era quien decía ser; si aquella mujer mentía tan bien sobre una cosa, sin duda mentía bien sobre todo lo demás. Jane mantuvo las manos bajo la manta de lana, haciendo girar el diamante, jugueteando con él. ¿Se atrevería a decir algo, o esperaría con la cabeza agachada a que su vida retomara el ritmo normal?

¿Se enfrentaría al falso cochero, le diría que sabía quién era? Tal vez incluso se atreviera a besarlo, para comprobar si el efecto de sus besos era tan poderoso como antes. No. No iba a besarlo. Cuando la dejaran en casa de sus padres entraría por la puerta sin mirar atrás, y se olvidaría de él.

Se quitó el anillo y lo envolvió en un pañuelo que sacó de su bolso, todo ello bajo la manta, para que la señora Grudge no viera nada. Después intentó dormir y no pensar en el señor Bothwell, y en si él iba a romper su compromiso. Si lo hacía, ella respiraría con alivio por haberse librado de él.

No había dormido bien la noche anterior, y se quedó adormilada oyendo la voz tranquila de la señora Grudge. La última vez que se despertó, de un pequeño tirón, miró por la ventanilla y se dio cuenta de que habían parado. Estaban frente a la puerta principal de la casa de sus padres, en Londres.

El carruaje se ladeó un poco cuando el cochero bajó del pescante, y para consternación de Jane, él llegó a la puerta antes que el mozo y la abrió, mientras dejaba caer la escalerilla.

—Señorita Pagett —dijo, con la misma voz del dormitorio oscuro en el que la había besado, oscura y sensual. Ya no tenía acento de Yorkshire.

Él la tomó de la mano para ayudarla a bajar, y una vez en el suelo, Jane irguió los hombros y lo miró a los ojos.

—Ha sido usted muy amable, Jacobs —dijo formalmente—, aunque su conducción deja mucho que desear. Tenga, como agradecimiento.

Y le entregó el pañuelo anudado que contenía el anillo.

Él sonrió y se lo metió al bolsillo sin mirarlo. ¿Habría supuesto de qué se trataba? No tenía importancia. Cuando comprobara lo que había en el pañuelo, ya no tendría remedio.

Jane comenzó a subir las escaleras para saludar a sus padres, pero la sonrisa se le borró de los labios. No eran sus padres quienes estaban allí para darle la bienvenida.

Era su prometido, que aguardaba con cara de desaprobación.

Ella vaciló durante un instante, y Jacobs la miró.

—No dejes que vea tu miedo, amor —le susurró, tan suavemente que Jane casi no lo oyó.

Siguió caminando, apenas consciente de lo que acababa de oír, y subió hacia la puerta como Maria Antonieta al patíbulo, con la espalda recta y una sonrisa tímida.

—Vaya, señor Bothwell, qué amable por su parte esperarme en casa —dijo con la voz ahogada.

—Entre, señorita Pagett —le ordenó él con la voz tensa—. Ahora mismo.

Los sirvientes los estaban mirando con curiosidad, y ella no tenía duda de que Jacobs se estaría divirtiendo con la escena. La espantapájaros y su prometido bravucón. Respiró profundamente y siguió al señor Bothwell al vestíbulo, muy consciente de que él no le estaba mostrando la cortesía de permitir que ella lo precediera. Debía de estar verdaderamente enfadado para exhibir tanta rabia ante el servicio.

—Al salón principal —dijo él.

En aquella ocasión dejó que lo precediera, y apenas habían llegado al centro del salón cuando él comenzó a despotricar. Ella se sentó.

—¿No deberías entrar, Molly? —preguntó Jacob cuando ella bajaba del coche—. Después de todo, tú eres la garante de su respetabilidad, y su prometido estaba furioso.

—No puedo, cariño. Conozco a ese caballero. Es uno de mis clientes, y tiene costumbres muy desagradables. He tenido que darle uno o dos avisos, y se acordará de mí. Espero que la chica no se case con él. Es malo. Pero de todos modos, tú ya has hecho tu trabajo, Jacob, cariño. ¿A qué estás esperando?

—Me ha reconocido.

—No digas tonterías. Y aunque la chica hubiera sospechado algo, le conté tantas mentiras que tiene que haberse convencido de que estaba equivocada.

Jacob cabeceó.

—Lo sabe —dijo, y miró hacia la elegante mansión, cuya puerta se había cerrado contra los intrusos—. Tengo más cosas que hacer aquí —añadió.

—Jacob...

—¿Quieres que te pare un coche, Molly, nena? Si no, te llevaré a casa cuando termine lo que tengo que hacer.

Ella lo miró con frustración. Después sonrió.

—Eres un idiota, Jacob. Quién habría pensado que King Donnelly iba a enamorarse como un burro. Me revolvería el estómago si no fuera tan dulce —dijo, y se estiró—. Iré andando. No está lejos, y el trasero me está matando después de pasar tanto tiempo dando tumbos. La chica tiene razón, no naciste para cochero.

—Quién sabe para lo que nací —murmuró Jacob—. ¿Me prestas el baúl? —preguntó, señalando el equipaje de Long Molly, que estaba atado en la parte trasera del carruaje.

—¿Me lo vas a devolver? Aunque siempre puedes darme el anillo a cambio, si no lo va a usar nadie.

—Yo lo voy a usar. Además, tú no ibas a ponerte uno de esos vestidos nunca más.

—Eso es cierto —dijo Long Molly—. Buena suerte, Romeo. Salva a tu dama en aprietos.

Él se puso el baúl al hombro con relativa facilidad.

—Has mezclado las historias.

Molly se encogió de hombros.

—Tú eres el que sabe leer. Cuéntame cómo te va, ¿de acuerdo?

—Te enterarás, nena —dijo él, y comenzó a subir las escaleras hacia la puerta.

Los sirvientes no querían dejar que entrara, por supuesto. Por la puerta principal no. Uno de los lacayos intentó quitarle el baúl, pero como él era más alto que todos los demás, no pudieron hacer nada.

—¿Dónde está la señorita? —preguntó—. Le prometí que le entregaría este baúl a ella, y a nadie más.

—No creo que ése sea el baúl de la señorita Pagett —dijo el mayordomo, pero Jacob fue directamente hacia él y lo miró fijamente:

—Le prometí a la señorita Pagett que le entregaría este baúl a ella —dijo en su mejor irlandés—. ¿Quiere impedírmelo?

El mayordomo se apartó rápidamente de su camino, y Jacob continuó hacia el interior de la casa.

Olía a cera y a aceite de limón, y a dinero de toda la vida. Jacob respiró profundamente, intentando no fruncir los labios con desprecio. No necesitó que nadie le indicara el camino. Oía perfectamente al prometido de Jacob, reprendiéndola en voz alta, y se dirigió hacia el sonido de su voz.

Subió los escalones de dos en dos, con ligereza, pese a que llevaba el baúl al hombro. Ellos estaban en un gabinete que había en el segundo piso, y él se detuvo en la puerta.

Jane estaba sentada en una silla, con los hombros hundidos y la cabeza agachada, y su prometido estaba sobre ella, acobardándola, gritando.

—No puedo creer que hayas perdido de tal forma el sentido del decoro. Te has marchado con uno de los hombres más infames de Londres, y por toda explicación sólo se ha recibido una nota suya. Y el hecho de que quisieras acompañar a esa perdida de lady Miranda es incomprensible. Pese a todos los títulos de su familia, yo habría impedido que siguierais en contacto en cuanto nos hubiéramos casado, pero pensaba que tendrías la delicadeza de ser discreta en cuanto a tu amistad con ese personaje. Pero no, tenías que escaparte con ella al final de la tierra, diciéndoles a tus padres que ibas a ayudarla a preparar su boda con un hombre con cuyo nombre no me voy a ensuciar los labios. ¿Cómo has podido ser tan irrespetuosa conmigo, tu prometido, y hacer tal cosa? Debes de ser muy obtusa para no entender lo que parece todo esto.

—Señor Bothwell, le pido perdón. Lo lamento... —intentó decir Jane entre lágrimas, y Jacob sintió una rabia que lo cegó.

—¡Silencio! —gritó el señor Bothwell—. ¿Es que no sabes quién es la gente con la que has pasado los últimos días? Ese... ese hombre es miembro del Ejército Celestial, ¿y sabes quiénes son? Satanistas. Adoradores del diablo que sacrifican niños y practican el comportamiento más obsceno posible. ¡Él está organizando una orgía para celebrar su boda con esa prostituta! Dios sabe lo que le ocurrirá a ella, pero sólo está cosechando los resultados de su horrible comportamiento. ¡Un comportamiento que tú has emulado! No entiendo cómo he sido tan tonto de comprometerme con una mujer que no tiene idea de lo que es el decoro y el buen comportamiento. No puedo romper el compromiso, pero hablaré con tu padre y, sin duda, encontraremos un modo de cortar esta relación de mal gusto sin que afecte a mi reputación. Me temo que la tuya está destrozada y...

—Disculpe —dijo Jacob, que ya había oído suficiente, mientras entraba en el salón—. ¿Dónde quiere que deje esto, señorita Pagett?

Jacob alzó la cabeza. Tenía la cara llena de lágrimas, y Jacob le habría dado un puñetazo a Bothwell para terminar rápido, hasta que vio que ella lo miraba con alegría y todo encajó como las piezas de un rompecabezas. Jacob supo lo que quería, lo que necesitaba, y de repente, todo le resultó muy fácil.

—¿Cómo te atreves a interrumpir a tus superiores? —le gritó Bothwell—. ¡Sal de aquí o haré que te echen inmediatamente! —dijo, y después se volvió de nuevo hacia Jane—. En cuanto a ti, quiero que me devuelvas el anillo.

—Disculpe —dijo Jacob.

Se dio la vuelta con un movimiento calculado a la perfección, y golpeó la cabeza del señor Bothwell con el extremo del baúl. El señor Bothwell cayó al suelo como una piedra.

Jacob dejó el baúl en el suelo y se inclinó sobre el hombre. Le dio una patada no demasiado suave, pero el hombre no se movió.

—Es una pena —dijo con su acento normal—. No quería dejarlo inconsciente.

Jane se había puesto en pie de un salto.

—¿No?

Él la miró con una sonrisa.

—No. Quería golpearlo unas cuantas veces más —dijo—. Muchacha, creo que le has devuelto el anillo al hombre equivocado.

Ella se ruborizó. Vaciló, pero después se quitó el anillo patético y se lo tiró al señor Bothwell.

—Buena chica. Y ahora, ¿adónde quieres ir?

Jane se secó las lágrimas de las mejillas.

—Tengo que ir a buscar a Miranda.

No era la respuesta que él hubiera preferido, pero era mejor que otras que se temía.

—En eso puedo ayudarte —le dijo, y le tendió la mano.

Ella no se movió.

—Primero dime quién eres y cómo te llamas.

«Ah, llegó el momento», pensó Jacob. Una cosa era un hombre misterioso, un beso en la oscuridad. La verdad era menos atractiva.

—Ya sabes quién soy. O por lo menos, lo que soy. Me llamo Jacob Donnelly, King Donnelly en algunas partes de Londres, porque dirijo a un grupo de individuos que son, a falta de mejor palabra, ladrones.

Ella no se inmutó.

—¿Y quién es la señora Grudge?

—Tiene un burdel en Brunton Street, pero le gusta vivir aventuras de vez en cuando. Se llama Long Molly, y quería ayudar. Le tiene mucho cariño a Scorpion.

La señorita Pagett se lo tomó bastante bien.

—¿Y me vas a llevar con Miranda?

—Sí. Pero primero necesito ir a ver a mi gente. Después podemos marcharnos, si no te importa viajar.

—Me gusta viajar —dijo ella con firmeza—. ¿A qué estamos esperando?

CAPÍTULO 22

Miranda se metió en la bañera y cerró los ojos mientras inspiraba la fragancia de rosas que la rodeaba. Había pétalos secos flotando en el agua, y casi podía imaginarse que era verano. Continuaría con sus exploraciones al día siguiente, para conocer bien los jardines que había en la parte posterior de la casa. Era primavera, y los narcisos habían florecido por todas partes, y seguramente, los tallos leñosos de los rosales estarían asomando por la tierra húmeda. Miranda estaba impaciente por encontrarlos.

Cerró los ojos y se deslizó hacia abajo. Si se concentraba, tal vez pudiera olvidar que él había vuelto. No había hecho ademán de acariciarla ni de besarla. Ya la había poseído, y tal vez eso era lo único que quería.

Le resultaba fácil ser sensata cuando estaba vestida y caminando por la casa o por el campo. Pero allí, desnuda en una bañera de agua caliente con olor a rosas, sus sentidos se excitaban debido a los recuerdos. La boca de Lucien en sus pechos, y su invasión gruesa y dura que, al principio, había sido incómoda, pero después se había convertido en algo... maravilloso.

No debería desearlo. Debería apartárselo de la cabeza.

Sin embargo, Lucien había vuelto, y ya no era tan fácil. De repente lo deseaba otra vez.

Oyó sus gritos en la distancia, y sonrió. Debía de haber descubierto su habitación. Miranda llevaba todo el día esperando aquel momento. No había salido de casa para no perdérselo. Hasta el último centímetro de su dormitorio, su vestidor y el salón contiguo estaban pintados de rosa claro. No había tenido tiempo suficiente para encontrar unas cortinas del mismo tono, pero los visillos de encaje de algodón blanco le daban un toque alegre y agradable, como la colcha y los almohadones. Incluso había podido pintar varias sillas del mismo rosa para conseguir el efecto deseado.

Si Lucien fuera una niña de dieciséis años, le encantaría.

Se echó a reír. Debería pintar también su propia habitación; en aquel momento era de un verde descolorido, y su vestidor, que no tenía ventanas, quedaba completamente a oscuras a menos que la puerta estuviera abierta.

Miranda sabía lo que iba a hacer Lucien. Hecho una furia, le ordenaría a su ayuda de cámara que le buscara otra habitación en aquella casa decrépita, y a ella no le diría una palabra. Era parte de su plan de ataque, y él no iba a permitir que ella supiera que había conseguido una victoria.

Se equivocaba. La puerta de su habitación se abrió de par en par, y en el umbral apareció Lucien, con una expresión de furia en el rostro. Bridget, que estaba sacando la ropa de aquella noche del armario y colocándola cuidadosamente en la cama, miró a su señor con espanto.

—Sal —dijo él.

Bridget salió corriendo.

Él avanzó hacia Miranda. El agua estaba llena de burbujas de jabón, y ella se deslizó todavía más hacia abajo, observándolo con cautela, pensando que él iba a saltar sobre ella. Entonces, le lanzó una sonrisa encantadora.

—¿Te gusta tu habitación? Quería decorarla en primer lugar. Una buena esposa siempre se ocupa primero de las necesidades de su marido, antes que de las suyas, y creo que he hecho un trabajo excelente. Todavía no está todo terminado, pero creo que da una sensación de calma y de paz, ¿verdad? A mí siempre me ha parecido muy relajante el color rosa.

Parecía que a él no.

—Sal de la bañera.

—Todavía no he terminado de bañarme, querido. Vuelve dentro de media hora si quieres que hablemos. Me da la sensación de que estás un poco enfadado conmigo, y no entiendo por qué, a menos que me digas que por algún extraño motivo no te gusta el rosa.

—No me gusta el rosa.

—Vaya, ¿y cómo iba a saberlo yo? —preguntó ella, moviendo las manos con exasperación—. ¿Tal vez prefieres el lila?

Lucien estaba verdaderamente enfadado, y Miranda tenía ganas de reírse de pura satisfacción. Lucien de Malheur, conde de Rochdale, el Scorpion, el intocable que nunca mostraba sus emociones, estaba furioso.

—Entonces, ¿quizá el azul claro?

En cuanto hizo la última pregunta, Miranda supo que había cruzado el límite. Él se acercó en dos zancadas y metió los brazos en el agua, hasta los codos, sin preocuparse de su elegante chaqueta de lana. La sacó de la bañera con tal fuerza que el agua chapoteó por todas partes.

Ella se resistió instintivamente, pero él era muy fuerte. La llevó con facilidad hasta el vestidor, y la dejó en el suelo. Un instante después, la puerta se cerró de golpe, y todo quedó a oscuras.

Miranda estaba sobre la alfombra, y se sentó rápidamente, acurrucándose en la oscuridad y esperando el sonido de la cerradura.

No lo oyó, y comenzó a ponerse en pie. ¿Por qué la dejaba en el vestidor, si después iba a permitir que saliera?

Entonces, oyó el sonido de una prenda de ropa tirada al suelo, y supo que no estaba sola.

—Lucien —dijo en tono conciliador—, siento haberte molestado. De verdad, querido, no tienes sentido del humor... —su frase terminó en un gritito, porque él la abrazó y colocó su cuerpo húmedo contra la pared, y la presionó allí.

Lucien no dijo nada, pero ella notó los latidos de su corazón a través de la camisa que llevaba. Sintió sus piernas largas contra las de ella en la oscuridad, los pantalones contra la piel desnuda, y se retorció. De ese modo, accidentalmente, permitió que él metiera una de sus piernas entre las de ella y la aprisionara.

Entonces, la agarró por las mejillas e hizo que volviera la cara hacia él.

—Arpía —dijo suavemente—, tienes suerte de que no te dé una paliza.

—Tú nunca harías eso —respondió ella en voz baja—. Sabes que me adoras.

—Arpía —repitió él. Y la besó.

Miranda sabía que iba a hacerlo. Sabía que aquello iba a ocurrir, hiciera lo que hiciera, dijera lo que dijera. Si fingía que lo deseaba, él lo haría de todos modos. Y si fingía que lo detestaba, también continuaría. Porque Lucien le había dicho que conocía su cuerpo mejor que ella misma, y su cuerpo no podía mentir.

Sus labios eran duros, furiosos, y durante un instante le hicieron daño. Miranda se apoyó en la pared mientras él la besaba. Deseaba su boca, pese al dolor. Y entonces, él se suavizó, abrió los labios y la acarició con la lengua, y fue como si toda su ira se hubiera esfumado. Miranda posó las manos en sus hombros y se colgó de él.

Besaba como un ángel; besaba como el mismo demonio. Su boca era oscura, dulce, un recuerdo que la excitaba de un modo que debería avergonzarla. No le importaba. Las mangas largas de su camisa estaban húmedas, y ella las notaba en el cuerpo. Agarró el bajo de su camisa y se lo sacó de la cintura de los pantalones.

Él se la sacó por la cabeza y estrechó su pecho desnudo contra el de ella. Por primera vez, Miranda sintió sus músculos fuertes y el vello de su torso. En la oscuridad, él la rodeaba, y ella lo abrazó.

Notó las cicatrices de su espalda, el tejido destrozado, y por un instante, él se quedó inmóvil, su boca sobre la de ella, y Miranda tuvo miedo de que la dejara.

Entonces, Lucien se movió.

—Soy un monstruo lleno de cicatrices —le susurró al oído—. Y estás atrapada.

Ella apartó los brazos de él, y él se quedó helado, esperando. Miranda no sabía qué esperaba. ¿Que ella lo apartara con horror?

Encontró su cara en la oscuridad, la tomó con ambas manos.

—Tú no eres un monstruo —le susurró contra los labios—. Y también estás atrapado.

Lo besó, en la boca, en la mandíbula, en el cuello.

Entonces él capturó sus labios e hizo que abriera la boca de nuevo, y ella le devolvió los besos, con falta de experiencia, seguro, pero con todo su corazón.

Él bajó la mano y la deslizó entre las piernas de Miranda, y ella notó la humedad que había allí, que no provenía del baño, una humedad que él extendió con los dedos. Ella quería que siguiera acariciándola, y separó las piernas para darle mejor acceso, aferrada a sus hombros.

Ella no lo había acariciado la noche anterior. Sólo había

sentido su invasión. Él le colocó la mano sobre su erección, y ella movió los dedos por su longitud, asombrada por lo duro, lo grueso, lo grande que era.

—Libérame —le susurró él con la voz ronca—. Desabróchame los pantalones —le rogó, y le colocó las manos a ambos lados de la cintura del pantalón, donde estaban ocultos los botones. Ella desabrochó los cuatro, y él siguió—: Ahora bájame los pantalones.

Ella obedeció y le bajó los pantalones por los muslos, y sintió su miembro contra el cuerpo, endurecido.

Él apartó la ropa con los pies y quedó tan desnudo como ella, a oscuras, ceñido contra Miranda.

Ella bajó las manos y lo acarició, y emitió un suave jadeo al notar aquella suavidad de seda en las yemas de los dedos.

—Esto es absurdo —dijo con un susurro ahogado—. Esto no puede caberme.

Sintió la risa de Lucien, más que oírla.

—Ya verás como sí —respondió él.

Entonces, le pasó los brazos bajo las piernas y la alzó, apoyándola contra la pared. Con una mano, tomó el extremo de su miembro y lo deslizó contra ella, y quedó mojado también mientras seguía extendiendo la humedad por su hendidura, hacia abajo, y después hacia arriba otra vez. Ella gimió sin poder evitarlo, de decepción, y él volvió a reírse.

—Agárrate a mí, Miranda —le dijo.

Y ella lo hizo. Se aferró a su cuello y él la levantó, y Miranda lo sintió a la entrada de su cuerpo. Él la embistió y se deslizó en su interior, y ella gritó, pero no de dolor, sino de puro placer. Él la elevó más, sujetándola con ambos brazos, apoyándola contra la pared, y comenzó a moverse.

Miranda emitió un sonido ahogado y apoyó la cara en

su hombro, y lo acarició con las palmas de las manos, acarició las gruesas cicatrices de su espalda. Parecía que a él ya no le importaba, que estaba demasiado concentrado en los movimientos sinuosos de sus caderas, que empujaban hacia dentro, que se retiraban, que se hundían más profundamente cada vez, y cada vez ella gemía de placer ciego, sin poder evitarlo.

Miranda sintió la primera de las convulsiones y se aferró a él con fuerza, intentando apresurarlo porque necesitaba más, más fuerza y más rapidez, pero él debió de sentir las contracciones y en vez de hacer lo que ella quería, se hundió por completo y la mantuvo inmóvil, mientras las oleadas la recorrían de pies a cabeza. Ella luchó contra él, contra su control férreo. Necesitaba más, pero él fue implacable y se negó a moverse, hundido tan profundamente en ella, contra ella, que lo único que pudo hacer Miranda fue clavarle las uñas mientras su cuerpo temblaba.

Cuando pasó la primera oleada, él comenzó a moverse nuevamente, y ella murmuró una protesta ahogada, pero él no escuchó, y en aquella ocasión, cuando llegó el clímax, para Miranda fue incluso más intenso, y gritó, rogándole, pero una vez más él se mantuvo hundido en su cuerpo, clavándola contra la pared.

Para entonces Miranda ya estaba sollozando porque no podía controlarse, y cuando él comenzó a moverse otra vez, le suplicó.

—Ya no más —jadeó temblando—. No puedo soportarlo más.

—Sí —dijo él, embistiéndola—. Puedes.

Se estaba moviendo más deprisa, y Miranda aceptaba su ritmo, su dominación, en aquello al menos, y sabía que ya no podía luchar más. Se rindió, le acarició la espalda anudada, apretó las piernas alrededor de sus caderas y se dijo que aquella vez era para él. Lo último que quedaba de ella había ardido en una tormenta de deseo, y no quedaba nada.

Nada salvo sus acometidas duras, nada salvo su embestida final y poderosa. Sintió su éxtasis, sintió cómo la llenaba con su simiente, y escondió la cara contra su cuello para amortiguar su grito cuando se perdió una vez más.

Lucien estaba temblando. Todos los músculos de su cuerpo se habían debilitado de repente, y se alegraba de poder apoyarse en la pared, porque de lo contrario los dos habrían caído al suelo en un enredo cómico de brazos y piernas. Sentía su cara contra el hombro, el aliento cálido de su respiración, la humedad de sus lágrimas, y se preguntó vagamente cómo iban a desenredarse. Cuando, en realidad, él no quería hacerlo.

Quería quedarse enterrado en ella. Su miembro todavía estaba erecto, y Lucien sabía que si se quedaba así volvería a endurecerse de nuevo. Porque, pese a la fuerza con la que le había hecho el amor, todavía deseaba más de ella. No sabía si podría obtener lo suficiente.

Sin embargo se liberó, porque no quería que ella supiera lo mucho que la necesitaba. Aunque ella no iba a saberlo, de todos modos. Para ser una mujer deshonrada, tenía la sofisticación de una monja.

Dejó que apoyara las piernas en el suelo, cuidadosamente, y la sujetó, porque le fallaron. Se agachó con ella y dejó que cayera sobre su cuerpo, y la abrazó mientras Miranda lloraba silenciosamente. Sus lágrimas eran calientes, las notó en la piel, y se dio cuenta de que estaba acariciándola para consolarla, aunque no sabía por qué. Aquello debía de haber sido tan demoledor para ella como había sido...

casi como había sido para él. Miranda estaba temblando ligeramente, aunque no de frío. Él lamentó no tener un chal a mano, algo con lo que taparlos a los dos. No pensaba con claridad cuando había cerrado la puerta del vestidor.

Estaba tan enfadado con ella... Se había pasado todo el día intentando no recordar el contacto de su cuerpo, no recordar el olor de Miranda en el aire de la primavera, y entonces, al ver su espantosa habitación, algo se le había removido por dentro. Había ido a buscarla hecho una furia, y la había encontrado, suave, rosada, dulce, en su baño caliente. Sólo sabía que tenía que estar desnudo con ella. Inmediatamente.

Tuvo conciencia de que todavía había luz, y no quería que nadie viera su espalda, el daño que le habían hecho.

Ya era lo suficientemente malo que ella pudiera notarlo, e intentó apartarse de ella entonces, cuando Miranda le había acariciado. Sin embargo, sus caricias habían sido tan gentiles, su boca tan dulce, que le había permitido que lo acariciara, que lo abrazara mientras él embestía en su cuerpo, que le hundiera las uñas en la piel mientras llegaba al éxtasis.

Él apenas podía sentirlo. El tejido cicatrizado era tan grueso que las capas superiores de su piel eran insensibles. Aunque, extrañamente, sus caricias dulces habían sido inconfundibles.

La abrazó con fuerza. Normalmente no se quedaba dormido después de mantener relaciones sexuales. Estaba siempre demasiado deseoso de escapar. Sin embargo, en aquel momento tenía la sensación de que podría cerrar los ojos y dormir fácilmente.

Eso no iba a suceder. Sentía sus lágrimas, sentía cómo su cuerpo iba relajándose hacia el sueño, y con sumo cuidado se desenredó de ella, conteniendo un gruñido. No quería hacerlo.

Tardó unos minutos en encontrar toda su ropa a oscuras. Se vistió rápidamente, en silencio, y abrió la puerta de la habitación. Entró un poco de luz.

Ella estaba fingiendo que dormía, pero las lágrimas que tenía en las mejillas eran nuevas. Él no se paró a pensar en lo que significaban. Se agachó, la tomó en brazos, dando gracias a Dios de que ella no fuera muy grande y su pierna no fuera tan débil. La depositó sobre la cama y la tapó con la manta. Ella seguía llorando, fingiendo que estaba dormida, pero él había sentido el calor y la humedad en la piel.

La miró fijamente, sin saber qué hacer. Podría burlarse de ella. Ella se levantaría y le respondería, olvidaría las lágrimas. Tal vez.

Pero, ¿y si lloraba más? Normalmente, a él le dejaban impertérrito las mujeres que lloraban. Cualquier mujer que pasara tiempo con él acababa llorando, porque Lucien de Malheur no estaba interesado en sus jueguecitos.

Sin embargo, por algún extraño motivo, las lágrimas de Miranda le molestaban, tal vez porque en el resto de las cosas ella era tan valiente. Abrió la boca para reprenderla, pero la cerró de nuevo. Sólo pudo apartarle los mechones de pelo mojados de las lágrimas.

¡Dios Santo, si se quedaba allí iba a terminar por acostarse a su lado para consolarla!

Se dio la vuelta rápidamente, preguntándose dónde demonios había dejado el bastón. No lo veía por ninguna parte, y era demasiado peligroso quedarse allí. Salió cojeando de la habitación, tan rápidamente como se lo permitía su pierna dolorida, y cerró la puerta.

CAPÍTULO 23

Jane le permitió que la ayudara a subir al carruaje. Él no había hecho más que ofrecerle ayuda cuando la había necesitado, y ella tuvo un momento de desánimo después de la euforia de ver al señor Bothwell cayendo al suelo como un saco. Se sentó con las manos en el regazo, mientras el coche se ponía en marcha con un brusco tirón. Ella sonrió suavemente, con melancolía. Realmente, él no era un cochero muy experto.

Sin embargo, era mucho más caballeroso que su antiguo prometido. No era de los que se quedaban de brazos cruzados mientras alguien acosaba a una mujer, y la había llevado a casa sana y salva, cuando un rey de los ladrones tendría cosas más importantes que hacer. Claro que, seguramente, lo que quería era recuperar el anillo que le había puesto en el dedo en un momento de irreflexión. Sin embargo, aquello había sucedido a oscuras, y él no había podido verla bien. Desde que la había visto a plena luz se había comportado con todo el decoro posible, porque sin duda se arrepentía de aquel beso abrasador a medianoche.

Bueno, abrasador para ella, pensó Jane con gran pragmatismo. Seguramente, para los ladrones los besos a medianoche eran algo de rigor.

Tenía que llegar junto a Miranda. Si su marido tenía pensado de verdad llevarla a una de las reuniones del Ejército Celestial, su amiga estaba en peligro. Todo el mundo conocía las historias de las misas negras en las que bebían sangre, de las orgías y de los sacrificios humanos. Salvar a Miranda era mucho más importante que pasarse el día soñando por un hombre.

El coche se detuvo con la brusquedad habitual y Jane salió impulsada hacia delante. Tuvo que aferrarse al agarradero antes de caer de bruces en el asiento opuesto. Hubo una conversación fuera, que ella no pudo entender, y después, la puerta se abrió y apareció Jacob Donnelly.

Ella se giró hacia la puerta automáticamente, pero él hizo un gesto negativo con la cabeza.

—Aquí no, señorita Jane. He dejado a dos de mis hombres vigilando los caballos, y a otros cuatro vigilando el coche para que nadie la moleste. Pero no puedo dejar que salga entre estos bribones —dijo con seriedad. Claramente la palabra «bribones» era un eufemismo—. Esto es Beggar's Ken. Ha sido hogar de vagabundos y ladrones durante los últimos setenta y cinco años, y no es sitio para una dama. Intentaré resolver mis asuntos rápidamente y después nos pondremos en camino.

—Sí, pero... —Jane se interrumpió. No quería quejarse.

—¿Sí, pero qué?

—¿Hay alguna manera de que pudiera conseguir ropa limpia? ¿Y tal vez algo de comer?

—Me ocuparé de ello —dijo él, e hizo una pausa—. Puedo llevarte a casa de tus padres, en el campo. No tienes que quedarte conmigo si no quieres. Te prometo que no permitiré que tu prometido vuelva a acercarse a ti —dijo con desprecio.

Estaba buscando la manera de librarse de ella, pensó Jane con el corazón encogido.

—No tienes que llevarme a ningún sitio —le dijo—. Yo puedo parar un coche de alquiler y volver a mi casa de la ciudad. El señor Bothwell ya se habrá ido, y yo les diré a los criados que no lo dejen entrar más. No tienes ninguna responsabilidad hacia mí. Seguro que habrá otras muchas cosas que prefieras hacer...

Él puso un pie en la escalerilla, se inclinó hacia delante y entró en el carruaje, y a Jane se le escapó un gritito de nerviosismo. Un grito que él silenció con sus labios, besándola mientras la sujetaba por la nuca.

Fue un beso breve, pero muy intenso, y cuando se terminó, él volvió a soltarla y Jane se quedó aturdida en el asiento.

—No hay ninguna otra cosa que prefiera hacer. Y no te preocupes, no te voy a molestar. Te llevaré a Ripton Waters sana y salva, y tú pondrás las normas. Pero te trataré como a una dama. Sólo quería dejar las cosas claras.

Ella todavía estaba embobada por su beso, pero intentó pensar.

—¿Ripton Waters? ¿Están allí?

Jacob asintió.

—Están en el Distrito de los Lagos. Tardaremos dos días en llegar, si nos damos prisa. O tal vez tres. Pero yo estoy dispuesto a ir si tú quieres, muchacha.

Jane no tenía ningún motivo para ello, pero adoraba que la llamara así. El corazón se le aceleraba y sentía un cosquilleo en el estómago.

—Yo también estoy dispuesta —dijo—. Si no es demasiada molestia.

Él sonrió con picardía, con alegría.
—Ningún problema.

Lucien cenó solo en el espléndido comedor. Todo estaba endemoniadamente limpio. Y había flores por todas partes, jarrones y jarrones llenos de narcisos. Afortunadamente, el invernadero estaba en desuso, o ella habría perpetrado un crimen mayor por toda la casa. Los narcisos ya eran lo suficientemente agobiantes, porque su color amarillo y alegre era exactamente lo contrario de su estado de ánimo. Tuvo la tentación de tomar el bastón y romper todos los jarrones, pero se contuvo. Tenía sensación de culpabilidad, y por eso quería comportarse de una manera pueril y petulante, y quería también que Miranda bajara las escaleras con su sonrisa resplandeciente y comenzara a provocarlo como siempre.

Pero ella no bajó. Lucien no la vio hasta el día siguiente. Miranda entró en su estudio con un vestido de color cereza ribeteado en un color más claro, y él, inmediatamente, se preguntó cuánto tardaría en sacarla de aquel traje en concreto. Y a qué lugar oscuro podría llevársela.

—Buenos días, Lucien —dijo ella en su tono burlón de costumbre—. Vaya, vaya, tienes el hábito de encerrarte en tu estudio, ¿eh?

—Me resulta calmante —respondió él, recorriendo su figura con la mirada—. ¿A ti no?

Ella miró a su alrededor.

—A mí me resulta lúgubre. Podríamos pintarlo de un suave color...

—Si tocas esta habitación te sacudo.

—Amenazas vanas, querido —dijo Miranda mientras se sentaba—. Quería saber más sobre la visita de la que me has hablado. ¿Qué ropa tengo que llevar? Has sido muy generoso con mi guardarropa, y tengo más de lo que necesito, pero Bridget quiere saber lo que ha de poner en el equipaje. ¿Va a haber gente que yo conozca?

—¡Cuántas preguntas! —dijo él, y se apoyó en el respaldo de la silla—. Voy a responderlas por orden. La ropa no tiene importancia en nuestras reuniones. He encargado una vestimenta adecuada a un sastre especializado en ese tipo de cosas.

—¿Un sastre diferente? —preguntó ella con la voz entrecortada. Enseguida sonrió—. ¡Oh, maravilloso! ¡Más ropa! Eres el mejor de los amantes.

—Me alegro de que te guste, amor mío. Y, en cuanto a si conoces a los demás invitados, creo que lo dudo.

—Se te olvida que he vivido en Londres durante muchos años, y que he conocido a mucha gente.

—A estas personas no. Ni siquiera una muchacha caída en desgracia como tú podría frecuentar el trato de estos hombres.

—¿Sólo habrá hombres en esa fiesta? ¿Acaso es una fiesta de juegos de azar?

—Algunos llevarán a sus amantes. Otros llevarán incluso a sus hermanas y a sus esposas, si son especialmente perversos. Sin embargo, creo que para la mayoría Long Molly enviará a una docena de sus mejores chicas, para que los entretengan.

—Supongo que estás hablando de prostitutas.

—¿Quién mejor para agradar al Ejército Celestial?

Ella no se estremeció, eso tenía que concedérselo. Sin embargo, Miranda era una mujer inteligente, tal vez demasiado para su propio bien. Seguramente, ya lo había entendido todo.

—¿Y vamos a casarnos en compañía de este grupo de amigos tuyos tan especial? —preguntó con calma—. No es que tenga ningún problema. Todo parece maravilloso. Sin embargo, tenía entendido que las bodas tienen que celebrarse en una iglesia para que sean legales.

—Tú te refieres a las bodas arregladas en el cielo, o más bien en los salones. La nuestra será una boda del infierno, y la ceremonia lo va a reflejar. Después habrá una fiesta que estará a la altura —explicó Lucien. La estaba mirando con suma atención, a la espera de cualquier reacción por su parte—. Una absoluta orgía de gozo.

—¿Y cuándo se celebrará esta fiesta excepcional? —preguntó ella.

—Nos marcharemos mañana. No está lejos, así que saldremos por la tarde.

—Muy bien. Imagino que tendrás muchas cosas que hacer, después de haber estado fuera tantos días. ¿Nos veremos durante la cena?

—Tal vez —respondió él, sin dejar de mirarla para detectar algún indicio de angustia. No hubo ninguno—. Buenos días, amor mío.

Lucien se quedó pensativo cuando ella se marchó. Se sentía melancólico, pero seguramente era por la llegada de la primavera. Siempre se ponía taciturno cuando comenzaba la primavera, aunque nunca había entendido por qué. Tal vez fuera sólo por su naturaleza malvada. El sol no era adecuado para un villano. Él prefería la oscuridad y las sombras.

Se echó a reír. Estaba comportándose como un adolescente, como aquel burro de Byron con el que ella lo había comparado, haciendo poses y mostrándose alicaído. Las cosas iban muy bien, así que no tenía motivo para deprimirse. Pese a todos los recursos que tenía Miranda, lo único que él tenía que hacer para sumirla en el silencio era acostarse con ella. En realidad, las cosas estaban sucediendo tal y como las había planeado. La extraña ceremonia ya estaba organizada, y cuando terminaran los deleites, él llevaría a Miranda a la iglesia y se casaría con ella legalmente, ante un sacerdote, para cerrarle cualquier vía de escape. Y que los Rohan sufrieran. Lo único malo era que los nietos de Francis y los hijos de Adrian Rohan no formaban parte del Ejército Celestial. Habría sido perfecto si estuvieran presentes al aparecer su hermana.

Sin embargo, seguramente interrumpirían la fiesta. No. Así era mejor; se enterarían de todo cuando fuera un hecho consumado, y sufrirían.

Lucien sólo pudo preguntarse por qué no estaba más satisfecho con todo aquel asunto.

Comenzó a caer una lluvia ligera sobre el techo del carruaje. El día se había oscurecido. Jane se envolvió en la manta. Había olvidado el abrigo con las prisas, lo había olvidado todo cuando él le había tendido la mano.

La había aceptado y había salido de casa sin mirar atrás, sin pararse a pensar que tal vez el señor Bothwell estuviera muerto. Si había muerto, entonces Jacob corría un grave peligro, y cuanto antes salieran de Londres, mejor. Incluso así, golpear a alguien como el señor Bothwell era peligroso, porque él avisaría rápidamente a la policía para que los persiguiera. El señor Bothwell era el tipo de hombre que estaría dispuesto a perseguir a una persona, y ella no podía soportar que su ladrón de joyas corriera riesgos por su culpa. Cuanto más tardaba, más nerviosa se ponía Jane, y después de un largo rato, abrió la puerta del carruaje para ir en su busca.

Mala idea. La zona era espantosa. La suciedad, la pobreza, la gente andrajosa que pasaba por allí. Inmediatamente apareció un hombre enorme en el hueco de la portezuela y, aunque no parecía que estuviera muy limpio, tenía una sonrisa dulce, pese a que le faltaban varios dientes.

—Tiene que quedarse en el coche, señorita. El rey dice que nadie puede acercarse, y que usted no puede poner un pie fuera. Es demasiado peligroso para alguien como usted. Hay gente mala por aquí.

Jane asintió y volvió a sentarse con inquietud. A los pocos minutos apareció una mujer con una cesta de comida. La dejó en el suelo del coche y volvió a marcharse, y Jane comenzó a mirar en el interior. El pan y el queso no eran igual que a los que ella estaba acostumbrada, pero tenía tanta hambre que no le importó. El pan era denso y oscuro, y el queso fuerte, y Jane se lo comió todo con gusto.

Fuera cada vez estaba más oscuro, y cuando volvió a oír a alguien acercándose y vio la cabeza de Jacob Donnelly por la puerta del coche, suspiró de alivio.

—Podemos irnos ya, muchacha, si todavía quieres.

La sonrió con aquella expresión de picardía encantadora, a la altura de sus besos. Jane no debería estar pensando en eso.

—Sí —dijo con firmeza—. Tengo que salvar a Miranda.

—Bueno, no creo que necesite que la salves, pero estoy a tu servicio. Tengo un coche más pequeño y más ligero esperándonos, y como has expresado tus dudas en cuanto a mi habilidad en el pescante, también tengo un conductor profesional para que nos lleve. Si quieres venir conmigo.

Jane iría a cualquier parte con él, eso lo sabía bien. Se había enamorado de aquel hombre, y debía dejar de resistirse a ello e intentar asimilarlo, debía aprender cómo disimularlo y cómo vivir sin él. Porque así serían las cosas. Ella no era para un hombre como él. Ella no era para nadie.

Sin embargo, durante unos cuantos días podía darle la espalda al sentido común, y estar con él, y eso era suficiente.

Él le tendió la mano y ella la tomó, y salió del coche.

CAPÍTULO 24

Bien, aquello no estaba saliendo exactamente como ella había planeado, pensó Miranda a la mañana siguiente. Estaba sentada en el piano, recién encerado y afinado, con las manos inmóviles sobre el teclado. La casa era lo suficientemente grande como para poder volver loco a Lucien, porque si ella tenía la mirada brillante y era tan complaciente, él siempre podía alejarse. La noche anterior lo había mantenido alejado de su cama simplemente preguntándole cuándo iba a volver y diciéndole que había disfrutado tanto, tanto, tanto...

No estaba segura de si él sabía cuál era la verdad. Decía que conocía el cuerpo de una mujer, que conocía su cuerpo mejor que ella, y por el asombroso control que ejercía en ella, Miranda sospechaba que tenía razón. Podría tratar de fortalecer su actitud superficial. Si él decidía que la deseaba de nuevo, podía decirle que lo encontraba aburrido. Si él persistía, ella podía seguir hablando mientras la acariciaba, incluso canturrear con su voz desafinada mientras él... mientras él...

No, tal vez eso no lo consiguiera. Era demasiado abrumador. Era terrible, devorador. Le desnudaba el alma al mismo tiempo que le desnudaba el cuerpo, y no dejaba nada. En ambas ocasiones, Miranda había conseguido recuperarse, pero le había resultado muy difícil.

Pasó los dedos por las teclas y comenzó a tocar un preludio de Bach que había memorizado el año anterior. Miranda adoraba a Bach, adoraba su precisión matemática, su alegría y su ligereza. Tocó con fuerza, con la esperanza de molestar lo más posible a Lucien, estuviera donde estuviera. Era una pieza difícil, y ella tenía tendencia a saltarse algunas notas, pero de todos modos disfrutaba tremendamente.

—Por favor, basta.

Ella soltó un gritito y posó las manos en el teclado con un gran estruendo. Se volvió hacia él con una mirada fulminante.

—Me has asustado —le reprochó—. ¿Es que siempre tienes que acercarte sigilosamente de esa manera?

—Estabas tocando tan fuerte que no habrías oído a un batallón de soldados entrar en formación. Si tienes que torturar a un compositor, ¿por qué no eliges una pieza más lúgubre, una fuga, tal vez? ¿Tu repertorio no incluye ninguna obra que no tengas que tocar a tal volumen? ¿O alguna que conozcas mejor?

Iba vestido de negro, como siempre, y el sol iluminaba su cara llena de cicatrices. En sus ojos pálidos había una mirada indescifrable, y ella esperaba que su expresión fuera igualmente inescrutable. Porque, al mirar su belleza devastada, sentía dolor en el corazón.

—Me temo que no toco notas equivocadas por falta de conocimiento, sino por falta de habilidad —dijo dulcemente, recuperando la compostura—. Supongo que tú tocas mejor.

—Toco mejor. No voy a hacerlo. Por favor, sigue tocando, pero con un poco más de suavidad, si no te importa. Tengo dolor de cabeza.

Ella tocó un acorde con todas sus fuerzas, pulsando deliberadamente una tecla equivocada, y vio cómo él se estremecía. Se levantó del banco y le preguntó:

—Bueno, dime, ¿cuándo nos vamos de visita?

—En cuanto estés lista. Supongo que estarás deseando salir de aquí y tener compañía. Vas a pasarlo muy bien.

—En realidad, lo he pasado muy bien aquí —dijo ella con desparpajo—. Me gusta tener mi propia casa, y para mí sola. Pero también estoy muy contenta de ir donde tú quieras. Estoy deseando conocer a tus amigos. Querido, haré todo lo que tú quieras que haga.

—Esperaba que dijeras eso, querida. Tengo grandes planes para ti.

Podría apuñalarlo alegremente, pensó Miranda. Si pensaba que ella iba a tener algo que ver con sus asquerosos amiguitos, ella tendría que sacarle de su error, pero no creía que él fuera a llegar tan lejos. Era un hombre que valoraba sus posesiones, y una esposa era, por desagracia, una posesión, suponiendo que él todavía quisiera casarse con ella. No lo veía prestándosela a sus amigos.

¿Lo haría para obtener la venganza que deseaba tanto?

Ella lo apuñalaría.

Sonrió dulcemente.

—¿Llegaremos a cenar? Si no es así, le pediré a la señora Humber que nos prepare una cesta.

—No hacemos comidas formales. No te preocupes por esas cosas. La señora Humber se ocupará de ello. Lo único que tienes que hacer tú es sonreír y estar guapa —dijo Lucien. Al instante, arqueó una de sus preciosas cejas—. ¿Qué ha sido eso, querida? ¿Un gruñido?

Miranda había crispado los dedos, y rápidamente los relajó.

—En absoluto, querido. Estoy deseando ir a esa fiesta

—respondió. Demonios, a él se le daba muy bien aquello. ¿Cómo era aquel verso? «Ése puede sonreír y sonreír, y ser un villano». No era Ricardo III, era Hamlet, dispuesto a vengarse.

Salvo que aquel verso era del propio Hamlet, ¿no? Miranda lo miró, preguntándose hasta qué punto era de verdad un villano.

—¿En qué estás pensando, ángel mío? Tienes fruncido ese precioso ceño.

—Estaba pensando en *Hamlet*.

—¡Mi encantadora prometida clásica! Por supuesto. «Oh, maldito villano sonriente» —dijo Lucien, y ella se quedó asombrada al constatar lo cerca que estaba de sus pensamientos.

En realidad, así habían sido las cosas durante la temporada corta y maravillosa que habían sido amigos. Habían tenido una curiosa sintonía el uno con el otro.

—Pero incluso Claudio se arrepiente —continuó Lucien—. Ya te he dicho que yo me parezco más al rey Ricardo.

Impulsivamente, ella le acarició las cicatrices del rostro.

—Caliban —dijo suavemente—. ¿No vas a contarme cómo te ocurrió esto?

Él no se movió durante un momento. Después se estremeció y se alejó de ella.

—No creo que te resultara entretenido, querida —dijo—. Hay formas más interesantes para pasar el rato.

Miranda lo observó durante un largo instante.

—Te empeñas mucho en demostrarme lo malo que eres —le dijo suavemente, sin su sonrisa de costumbre—. ¿No te cansas?

—Hazme caso, querida, no me cuesta ningún esfuerzo

—respondió Lucien fríamente—. Nos marchamos dentro de una hora. Prepárate.

Si Jane había pensado que su primer viaje hacia el norte había sido rápido, no era nada comparado con aquél. El conductor de Jacob Donnelly era muy bueno, aunque nadie podía viajar tan rápido por aquellos caminos si quería avanzar suavemente, y ella tuvo que aferrarse al agarradero para no ir botando todo el tiempo.

Hicieron el viaje en silencio. Jacob se había cambiado de ropa, y aparte de preguntarle si alguien le había llevado comida no dijo nada más. Se aposentó en el asiento contrario, estiró las piernas larguísimas y se echó a dormir.

Ojalá ella pudiera hacer lo mismo. Tenía la sensación de que se había pasado toda la vida en un carruaje, y aunque le encantaba la idea de viajar, no le habría importado descansar un poco entre trayecto y trayecto. Miró a su compañero con frustración. Estaba asustada por Miranda, que al parecer estaba rodeada de enemigos. Ella se había despedido de su mejor amiga sin darse cuenta de nada, porque estaba demasiado ocupada enamorándose del ladrón de joyas. Después de todo, Jane había visto cómo miraba el conde a Miranda, y sabía cómo era el amor, porque había visto aquellas miradas muchas veces entre sus padres. Lo reconocería sin equivocarse.

Sin embargo, sí debía de haberse equivocado, porque Rochdale iba a llevarla como ofrenda al Ejército Celestial, o como juguete. Jane se estremeció al pensarlo.

Jacob Donnelly siguió durmiendo, inmune al traqueteo del carruaje, inmune a todo. Si de verdad era capaz de dormir tan profundamente, Jane se compadecía de la mujer que se casara con él.

«Sí, claro», pensó. La pobre, tímida, patética Jane. Alargó la pierna y le dio una patada.

Él no se movió. Continuó durmiendo, y ella se preguntó qué pasaría si le diera un pellizco. Alargó la pierna para darle otra patada, pero oyó su voz.

—No me des patadas, muchacha —le dijo calmadamente.

—Eh... ¿crees que llegaremos a tiempo para disuadir a lord Rochdale de que se lleve a Miranda con sus amigos perversos?

Él abrió los ojos y la miró con una apreciación perezosa que la sorprendió. ¿Qué tenía su figura corriente y delgaducha que mereciera la pena apreciar?

—Vamos, vamos —le dijo él—. Ya verás como no todo es tan malo como parece. El Ejército Celestial sólo es un puñado de aristócratas caprichosos e idiotas con más dinero que sentido común, que tratan de entretenerse jugando a ser malvados. Son inofensivos, y aunque tal vez algunas de las cosas que hacen van contra la ley, yo siempre he pensado que si lo que hacen dos o tres personas, o más, es de común acuerdo, nadie más tiene que meterse.

—¿Dos, o más? —Jane no quería pensar en aquello—. ¿Y no hacen sacrificios de sangre, ni nada parecido?

—Lo único que sacrifican es la dignidad de algún idiota.

—¿Y tú has estado en alguna de esas reuniones?

—Oh, no son para alguien como yo. En primer lugar, a mí nunca me ha interesado demasiado. En segundo lugar, no admiten a todo el mundo, sólo a los de la alta sociedad. Tu prometido fue rechazado.

—¿Qué? —preguntó Jane, sin dar crédito a lo que acababa de oír—. ¿Mi aburrido y puritano prometido intentó formar parte de ese grupo repugnante?

—Tal vez no fuera tan aburrido como tú pensabas.

—Claro que sí lo era —dijo ella—. Una persona puede ser mala y ser aburrida a la vez.

Jacob se echó a reír.

—Es cierto. Y ser miembro del Ejército Celestial no quiere decir que hayas perdido tu alma. Alguien que tú conoces... —se detuvo bruscamente, como si se hubiera dado cuenta de que había hablado en demasía.

Pero Jane nunca había sido lenta.

—¿Quién? No importa, ya lo sé. Mi padre me ha contado que tuvo unos años muy disipados en su vida. No me sorprendería que él hubiera sido parte de ese grupo —dijo, mirando el rostro impasible de Jacob—. Te referías a mi padre, ¿verdad?

—Pregúntaselo si te atreves —le sugirió él afablemente—. Yo ya he hablado mucho.

—No conoces a mi padre. Puedo preguntarle lo que quiera —dijo ella, y se apoyó en el respaldo del asiento, jugueteando nerviosamente con los dedos—. ¿Crees que llegaremos a tiempo para evitar que vayan?

—No te preocupes, llegaremos a Ripton Waters con tiempo de sobra. Aunque yo no subestimaría a Scorpion. Es más que probable que se dé cuenta de que es un pedazo de idiota y se arrepienta antes de hacerlo.

—¿Un pedazo de idiota?

—Tú y yo sabemos que está loco por ella, algo que pensé que nunca vería. Yo estoy más que feliz de llevarte allí, para que te quedes tranquila, pero él está enamorado de ella, y sospecho que ella siente lo mismo.

—Y sin embargo, él quiere ofrecérsela al Ejército Celestial.

—Has conocido a Scorpion. ¿De verdad piensas que es de los que dejaría que otro tocara a la mujer a la que quiere? El único problema es que parece que todavía no se ha dado cuenta, y no ha querido escucharme cuando se lo he dicho. Pero pronto entrará en razón.

—Entonces, si ella no corre ningún peligro, ¿por qué has accedido a llevarme al norte en su busca? —preguntó sin mucho convencimiento.

Él sonrió lentamente.

—Tal vez sólo quisiera tener la oportunidad de estar contigo.

Ella soltó un resoplido.

—Tengo un espejo.

A él se le borró la sonrisa de los labios.

—Tal vez lo tengas, chica —respondió—, pero debes de estar ciega.

Antes de que ella se diera cuenta, se sentó a su lado y la tomó de la mano.

Miranda se acurrucó en un rincón del carruaje, bien envuelta en su capa. Iban a pasar fuera tres o cuatro noches, según Lucien, y él no le había permitido llevar a Bridget. El baúl que había mandado subir al coche era muy pequeño y misterioso. Miranda no sabía lo que había en su interior, pero claramente no era mucho.

Había hecho todo lo que había podido, había jugado bien con las cartas que le habían tocado, pero había perdido. Lucien siempre había tenido la mejor mano, y era un jugador experto. Iba a entregársela a sus amigos los degenerados, como prueba final de lo poco que ella le importaba. Si Miranda había tenido alguna esperanza de que existiera un vínculo entre ellos, la había perdido.

Él iba a caballo. Mejor. A Miranda le habría costado mucho mantener su parloteo durante todo el camino. Así, a solas, podía pensar en si había algún modo de escapar.

Lucien le había dicho que no habría ninguna violación. Tal vez hablaba sólo de sí mismo. Él se la iba a ofrecer a sus amigos, y Miranda no tenía ni idea de lo que iba a suceder si se resistía y luchaba. Tal vez sólo endulzara el juego para ellos.

Tenía que escapar. Si Lucien se distraía en algún momento, podría escapar.

Aunque sus posibilidades de éxito eran escasas. No tenía dinero, y él podría encontrarla fácilmente. Además, si alguien intentaba ayudarla, él mentiría. Diría que era su esposa, y que quería fugarse. O que era una loca. O podría matar a aquél que le ofreciera ayuda. No sabía hasta dónde podía llegar su infamia. Así pues, su familia era la única que podía socorrerla en realidad, pero ellos no sabían dónde estaba. Al final la encontrarían, pero no lo suficientemente pronto.

Miranda se subió la falda del vestido y miró el cuchillo que se había atado a la pantorrilla. Era una de las armas que se exponían en las paredes de Pawlfrey House, armas que se habían usado durante la guerra civil. La había tomado del tercer piso. Había tantas armas en las paredes que Lucien nunca se daría cuenta de que faltaba una.

Si llegaban a lo peor, ella lo apuñalaría.

No en una parte del cuerpo que lo matara. En el brazo, o en la pierna, o algo así, lo justo para sorprenderlo y hacerle daño, y poder escapar. Volvió a bajarse la falda y pensó en cuáles eran las posibilidades para defenderse del Ejército Celestial y de Lucien de Malheur. Podía luchar, podía huir y podía apuñalar al conde. Sin embargo, aunque aquello último era lo más apetecible, Miranda dudaba que tuviera el coraje necesario para hacerlo. Porque, por muy desgraciado, horrible, detestable y canalla que fuera, ella...

¿Qué? ¿No quería hacerle daño? Eso no era cierto. Quería romperle la cabeza. ¿Le tenía cariño? Imposible. Nadie podía tenerle cariño a alguien que se paseaba por ahí como si fuera un villano de Shakespeare. ¿Le tenía pena? No. Él era demasiado fuerte como para compadecerlo.

¿Lo deseaba? Tal vez tuviera que reconocerlo, pero estaba luchando contra sus debilidades. Él era muy bueno a la hora de hacer estremecerse a una mujer, de hacerla temblar y disolverse. Era sólo una habilidad, y nada más. Miranda no debía olvidarlo.

Sin embargo, tampoco podía olvidar cómo la había abrazado mientras lloraba. La expresión de su rostro cuando pensaba que ella no lo estaba mirando. Su forma de congeniar, cuando no estaban discutiendo.

Si Lucien dejara de ser un canalla arrogante, ella podría empezar a quererlo. Tal vez dejara de querer su cabeza en una bandeja de plata.

Sin embargo, Miranda era demasiado inteligente como para enamorarse de un hombre que sólo deseaba vengarse de su familia, y que la consideraba un arma para conseguir su objetivo.

Era demasiado inteligente como para amar a un hombre que no podía amarla a ella, por muy fácil que fuera caer bajo su hechizo.

¿Verdad?

CAPÍTULO 25

Había empezado a llover a media tarde, pero Lucien no se reunió con su prometida en el carruaje, a pesar del frío. No estaba muy feliz consigo mismo, lo cual no era nada nuevo. La felicidad no era algo que él tuviera muy en cuenta. Era algo efímero, y en realidad, no sabía si alguna vez la había conocido.

Su madre había muerto de parto y se había llevado a su hermano pequeño. Y su padre, que no había heredado nada más que deudas y la adicción al juego, no había podido hacer otra cosa que marcharse a lo que quedaba del patrimonio familiar, una finca en el nuevo mundo, llevándose a su hijo de cuatro años.

Se había casado en segundas nupcias, con otra emigrada, más para calentar su cama y sus finanzas que para proporcionarle una madre a su hijo desatendido.

Lucien recordaba, si no la felicidad, algo como una esperanza. Cecily era amable con él, y le dio una hermana, Genevieve, antes de que su padre muriera de cólera.

Lucien debía de haber presentido la oscuridad que Cecily llevaba por dentro, porque no le había dado su corazón de niño a la única madre que había conocido.

Porque no pasó mucho tiempo hasta que ella se volvió loca.

En realidad, Lucien estaba mucho más familiarizado con cosas como la justicia y la venganza. La felicidad era una ilusión.

Aunque había algunos momentos, como cuando había estado con Miranda Rohan, en los que tal vez había vislumbrado algo de esa felicidad.

¿Por qué demonios había pensado que casarse con ella era buena idea? Él nunca habría tolerado a una cobarde, pero Miranda era una mujer llena de fuego y determinación, y él se había quedado prendado de ella, aunque de mala gana, el mismo día en que había entrado en su carruaje, en Hyde Park. Antes, ella sólo era una herramienta para conseguir lo que él quería. Pensó que podría jugar con ella y luego descartarla, dejarla abandonada en Pawlfrey House, y no tener que pensar nunca más en ella.

La había subestimado. Ella lo atraía de una manera que él no quería analizar. Lo enfurecía, le hacía reír, lo llenaba de deseo.

Y lo debilitaba.

Aquél era el mayor peligro. La miraba y notaba que se ablandaba por dentro. Tenía que haberse dado cuenta de que ella era todo un riesgo, y haber ideado otro plan.

Sin embargo, allí estaba otra vez, presa de aquel ridículo deseo de protegerla, cuando lo que debería hacer era usarla para dañar a la gente que más la quería.

No era de extrañar que estuviera más cómodo montando a caballo bajo la lluvia. Eso le iba bien a su sombría preocupación.

Los miembros actuales del Ejército Celestial estaban reunidos en Bromfield Manor, una residencia que estaba más allá de Morecambe, y sus deleites ya habían comenzado. Él había asistido a aquellas fiestas algunas veces, observando sus estúpidas misas negras con desdén, y disfrutando del banquete de sexualidad que se ofrecía. Se dijo que no tenía nada de lo que sentirse culpable. Nadie, ni hombre ni mujer, era obligado a hacer nada que no quisiera durante los deleites. Si Miranda decía que no, la dejarían en paz. Ella era la dueña de su destino.

También era terca hasta la exasperación, y no iba a echarse atrás. Bien, pues él tampoco. Al final sería ella quien tuviera que elegir.

Llegaron a Bromfield Manor por la noche. Si Miranda sentía algún temor, lo disimuló perfectamente con su parloteo mientras los guiaban hasta su habitación. Ella sólo vaciló cuando la doncella que le habían asignado abrió el baúl y sacó su atuendo para aquella noche.

A primera vista era un traje recatado. Un vestido de estilo griego, negro, con sandalias doradas de diseño clásico. Sin embargo, un instante después quedaba claro que la tela era transparente, y que todos sus encantos quedarían a la vista del Ejército Celestial.

Lucien le había pedido a Bromley que preparara una misa negra para la boda, y él lo había hecho con su entusiasmo habitual. Aquella ceremonia incluía la consumación con cualquiera a quien ella aceptara. De ese modo sellarían sus votos para un matrimonio no monógamo. Si Miranda aceptaba aquella estupidez, su subyugación sería absoluta y los Rohan la habrían perdido para siempre. Unos cuantos días en compañía de un cazador de fortunas era una cosa, pero la participación voluntaria en una orgía era algo distinto.

—¿Y quieres que me ponga eso? —preguntó ella. Su voz sonaba un poco más aguda y más tensa que de costumbre, pero aparte de eso, no había ningún síntoma de inquietud–. Voy a resfriarme mucho.

–Tienen las habitaciones caldeadas –respondió él, sin moverse de su asiento junto al fuego–. Y tendrás una capa al principio, para no pasar frío.

Ella lo miró.

–Qué bien. Estoy encantada de experimentar cosas nuevas. Sin embargo, ¿no me habías dicho que habría una ceremonia de boda con la asistencia de tus amigos? No veo ningún vestido de boda, ni nada parecido.

Él tomó un sorbo de vino.

–No es precisamente una boda. El Ejército Celestial está compuesto por intelectuales con ansias de conocimiento. Investigan la existencia de Dios y de su contrario. Creo que nuestra boda está al servicio de éste último, suponiendo que haya tal cosa. Cuando volvamos a casa nos casaremos en una ceremonia legal.

Ella estaba inmóvil.

–Por supuesto –dijo después de un instante–. ¡Qué original! Una boda satánica. No hay muchas mujeres que puedan decir que se han casado ante Dios y ante el demonio.

Él posó la copa de vino con brusquedad sobre una mesilla.

–Durante la boda, en vez de prometer fidelidad eterna a tu marido, prometerás tener la mente abierta. Y las piernas abiertas también –añadió con deliberada crueldad.

Ella ni siquiera se estremeció, maldición.

–Fascinante –dijo–. ¿Y después debo poner en práctica lo que he jurado?

–Generalmente funciona así –respondió Lucien, aunque aquello era una ridiculez, porque el Ejército Celestial nunca había celebrado una boda.

—¿Sabías que mi padre y mi abuelo fueron miembros del Ejército Celestial? —murmuró ella, examinando el traje que debía ponerse.

—Lo sabía. Me pareció que la ironía de todo esto lo hacía incluso más atractivo.

—Pues sí. Estoy deseando que lleguen las celebraciones de esta noche. Será muy instructivo el poder comparar a otros hombres contigo. Claramente, eres superior a esa patética criatura que es Christopher St. John, pero me pregunto si no estarás malformado. No es posible que los demás hombres sean tan grandes como tú.

Por primera vez en muchos días, Lucien tuvo ganas de echarse a reír. A aquellas alturas, su adorable prometida todavía era tan inocente como para no darse cuenta de que aquello no era precisamente un insulto.

Sin embargo, eso iba a cambiar.

—Escucharé con sumo interés tus conclusiones.

Ella se acercó a la mesa, se sirvió una copa de vino y la apuró de golpe.

—¿A qué hora nos esperan?

—Cuando queramos.

—Entonces, tal vez debas marcharte para que yo pueda arreglarme.

Él se levantó lánguidamente.

—Como quieras, amor mío. Tómate las cosas con tranquilidad. Tal vez incluso te apetezca tomar un baño.

Ella arqueó una ceja.

—Supongo que necesitaré bañarme después de esta fiesta —respondió—. Pero sí, si puedes pedirme un baño, me servirá para calmarme los nervios.

—¿Los nervios, querida?

—Todas las novias se ponen nerviosas, querido —dijo ella—. Además, no quiero decepcionar a tus amigos.

Él se dio cuenta de que estaba rechinando los dientes. Dejó de hacerlo inmediatamente.

—Como quieras.

Después, hizo una reverencia y salió de la habitación.

Miranda vio cómo se marchaba con una expresión de calma. En cuanto la puerta se cerró, tuvo ganas de correr hacia ella y cerrarla con llave, pero no había ni llaves ni cerraduras en Bromley Manor. La verdad estaba bien clara, por muy desagradable que fuera. Ella no le importaba nada, ni siquiera un poco.

Miró hacia las ventanas. Podía intentar escaparse, pero estaban al borde de los pantanos, y era demasiado práctica como para elegir la muerte antes que el deshonor. Había escondido la daga antigua bajo la almohada. Se acercó a la cama y la sacó para examinarla de nuevo. ¿A cuántos hombres habría matado? ¿Sería capaz ella de apuñalar a Lucien?

Sí. Si él la entregaba a sus amigos, y después la llevaba de vuelta a aquella cama, entonces lo apuñalaría.

Se sentó en silencio mientras llevaban la bañera a su habitación y la llenaban de agua caliente. La doncella que le habían asignado era muy callada. Sin duda, estaba acostumbrada a las reuniones que celebraban lord Bromley y sus amigos. La ayudó a lavarse, a secarse y a ponerse aquel vergonzoso vestido de virgen vestal que iba a ser sacrificada. Incluso le hizo trenzas y le arregló el pelo de una manera pseudoclásica, y después se inclinó para calzarle y abrocharle las sandalias.

—¿Necesita algo más, milady? —le preguntó cuando hubo terminado. Algunas de las damas prefieren comenzar la noche con un poco de ayuda.

—¿Ayuda?

—Nos dicen que ofrezcamos láudano, o si lo prefiere, brandy para calmar los nervios, o ponche especial de la fiesta, que tiende a animar con eficacia a los invitados —dijo la doncella con seriedad.

—No, gracias. Estoy perfectamente.

La doncella abrió la boca para decir algo, pero se quedó callada, y Miranda sospechaba el motivo. Seguramente no tenía buen aspecto. Seguramente tenía aspecto de estar tan devastada y rota como se sentía.

—¿Te importaría decirle al señor conde que ya estoy lista?

Esperó hasta que la doncella salió, y entonces se acercó al espejo para verse vestida de prostituta.

Se le escapó un jadeo. Era como si estuviera desnuda. Veía la forma de sus pequeños pechos, sus pezones oscuros bajo la finísima tela. La silueta de su cuerpo, el triángulo de vello, las líneas de sus piernas. Todo quedaba revelado, y sin embargo cubierto con aquel vestido pensado para excitar sexualmente.

Cerró los ojos un instante, y después se miró la cara. Estaba muy pálida. Sonrió, pero el efecto de su sonrisa fue fantasmal.

Lucien ni siquiera iba a darse cuenta de su angustia.

La puerta se abrió tras ella, y Miranda se dio la vuelta. Había muchas velas iluminando la habitación, y él la vio con claridad. Se quedó helado por un momento, mirándola fijamente, y ella tuvo ganas de echarse a llorar, de gritarle, de rogarle que detuviera todo aquello.

Entonces, él se acercó a ella, calmado y civilizado.

—Estás magnífica, amor mío. Serás la novia perfecta. A menos que hayas cambiado de opinión.

¿Por qué le preguntaba aquello? Era él quien la había llevado allí, y quien le estaba pidiendo que hiciera todo eso. Miranda sonrió, aunque se sentía rígida.

—Haré lo que tú me pidas, querido. Si deseas esto, entonces yo deseo esto.

Él siguió mirándola fijamente.

—Pues que así sea —dijo en un tono tenso.

Tomó la capa y se la puso sobre los hombros, y se la abrochó al cuello. Sus manos fueron sorprendentemente tiernas, y le acarició la garganta mientras abrochaba el cierre de la capa. Miranda se preguntó qué haría él si ella bajara la cara y le rozara el dorso de la mano con la mejilla. Sin embargo, mantuvo la cabeza alta.

Él le ofreció el brazo.

—¿Vamos con los demás, amor mío?

Ella tomó su brazo y lo acompañó.

Los pasillos por los que la llevaba estaban a oscuras, pero él conocía el camino.

—¿Has estado más veces aquí? —le preguntó Miranda.

—Bromley celebra estas reuniones cada pocos meses. Si no tengo nada mejor que hacer, asisto a ellas.

—¿Te gusta la degeneración?

Él la miró con una sonrisa grave.

—¿No te habías dado cuenta?

Ella se hundió. Podría echarse atrás, ¿y qué sería lo peor que podía ocurrir?

Perdería. Miranda odiaba perder, pero sobre todo odiaba pensar que iba a perder ante él. Estaba haciendo la apuesta de que él no iba a seguir con aquello, y tal vez perdiera. Sabía que él la quería, aunque no lo admitiera. Estaba segura de ello. Él sería quien acabaría con todo aquello, quien la sacaría de aquel espantoso lugar.

Sin embargo, Lucien continuó avanzando, y ella caminó a su lado. Él andaba muy deprisa, sin bastón aquella noche, como si tuviera urgencia por llegar al corazón oscuro de la noche.

Miranda oyó ruido en la distancia, el suave murmullo de unas voces que fue haciéndose cada vez más intenso a medida que se aproximaban a unas puertas dobles. A cada uno de los lados había un sirviente impasible. Esperaron a que su guapísimo y terrible amante asintiera, y las puertas se abrieron.

Fueron recibidos con un rugido.

CAPÍTULO 26

Lucien la tenía agarrada por la mano, y Miranda se dio cuenta de que podría sentir el sudor frío de sus palmas, el ligero temblor. Apartó la mano y paseó la mirada por la sala.

Era un salón muy grande. En uno de los extremos había un estrado, y algo parecido a un altar, aunque dedicado a las artes oscuras. Miranda sintió alivio al ver que, en vez de una piedra expiatoria había un pequeño lecho, aunque ella nunca se había creído las historias que hablaban de sacrificios de sangre. Aunque su abuelo y su padre no eran precisamente caballeros inmaculados, sus vicios no iban por el camino del asesinato.

Siguió mirando a su alrededor. La gente llevaba todo tipo de trajes extraños. Había hábitos de monja y sotanas, y capas y máscaras que ocultaban el rostro de quien las llevaba. No era de extrañar, si los miembros del Ejército Celestial eran tan augustos como ella había oído decir.

Se aproximó un hombre de baja estatura, algo corpulento, y ella supuso que era el anfitrión de la fiesta. Él también llevaba un atuendo clásico, corona de laurel incluida, y una máscara de macho cabrío.

—Todos estamos llamados a presenciar el matrimonio

entre nuestro querido hermano Lucien el Scorpion y su elegida, y os pedimos que compartáis con nosotros el cáliz que santificará esta unión pecaminosa...

Llevaba una especie de copa de cristal, y Miranda tardó un instante en darse cuenta de que tenía forma de falo. Estuvo a punto de echarse a reír.

En la sala hacía frío, aunque varios de los presentes tuvieran sudor en la frente. O tal vez ella estuviera muy nerviosa. Lucien estaba a su lado, en silencio. En un maldito silencio.

Se llevó las manos al cuello, desabrochó la capa y la dejó caer al suelo. Sintió el respingo de Lucien, mientras los presentes prorrumpían en exclamaciones de admiración.

El hombre, que seguramente era lord Bromley, le tendió la copa obscena.

—Tomad nuestra comunión, dama oscura, y comenzaremos...

—Creo que no —respondió ella con frialdad—. Me parece muy antihigiénico, y tengo dudas sobre lo que hay dentro.

Se hizo el silencio, como si de verdad hubiera aparecido el demonio. El macho cabrío se quedó sin saber qué hacer.

—Eh... De acuerdo —dijo, y le entregó la copa a un sirviente. Después se volvió hacia ella e intentó recuperar la concentración—. Conjuramos los poderes de la oscuridad, de Belcebú y sus ángeles, para maldecir esta unión...

Miranda miró al techo con resignación.

—Oh, por favor. No creerá en serio que puede llamar al demonio, ¿verdad? Dudo que crean en el demonio, de todos modos. Esto es muy pesado. ¿No podríamos saltárnoslo?

El hombre se ofendió, pero no permitió que lo distrajera de su objetivo.

—Antes debéis ser considerada digna de nuestro Ejército

—respondió. Después se giró hacia Lucien—. Llevad a vuestra novia al lecho nupcial.

Lucien no se movió durante un instante. Después la tomó del brazo y la condujo hasta el altar. Ella lo miró de reojo. Parecía una figura de cera, sin expresión, sin emociones.

Él se detuvo ante la cama. El hombre de la máscara de macho cabrío los había seguido, y cuando Lucien la hizo volverse hacia los presentes, preguntó:

—¿Os unís a nosotros libremente, milady? ¿Es vuestro deseo ser una de nosotros?

Ella miró a Lucien.

—No exactamente —respondió—. Parece que es el deseo de mi señor, y yo deseo hacer feliz a mi señor.

Hubo un murmullo entre la multitud, pero aparentemente, les pareció una aceptación suficiente.

—Mi señor Scorpion, podéis retiraros —dijo el hombre.

Entonces, tomó la mano de Miranda de la mano del hombre a quien ella amaba como una estúpida. Lo perdió de vista cuando la muchedumbre ávida se arremolinó a su alrededor. El hombre la condujo hacia el lecho. Demonios, había cometido un error. Estaba esperando a que Lucien renegara de todo aquello y se la llevara, pero él no lo había hecho. Aquello era lo que él quería que sucediera.

Y Miranda tuvo la tentación de hacerlo, con tal de despreciar a Lucien.

Miró la cama. ¿De verdad esperaban que retozara en público? Estaba claro que sí. ¿Y Lucien lo presenciaría todo sin reaccionar? Estaba claro que sí. Ella era una idiota por haber soportado todas aquellas idioteces. Ya había llegado la hora de acabar.

El macho cabrío estaba canturreando algo acerca de la sumisión, pero ella no le estaba prestando atención. Abrió la boca para decirle que se alejara de ella, pero de repente, le pusieron una mordaza en la boca y una capucha en la cabeza, al mismo tiempo que alguien le ataba las muñecas.

Entonces, Miranda sintió pánico. Había esperado demasiado. Notó cómo la elevaban y la colocaban en la cama, y por mucho que se resistiera, cientos de manos la estaban sujetando para mantenerla inmóvil.

—No os preocupéis por sus forcejeos —dijo el hombre, mientras ella intentaba gritar contra la mordaza—. Es sólo parte de la ceremonia. Nos ha dado su palabra de que está aquí libremente, y nosotros...

—Quitadle las manos de encima.

Miranda oyó aquellas palabras, altas y claras, y cayó contra la cama sin retorcerse más. Las manos todavía la estaban sujetando, por los hombros, en las piernas.

—Ya me habéis oído —dijo Lucien en un tono letal, frío y claro—. Si alguien la toca, lo mataré.

Inmediatamente, todas las manos la soltaron. Ella intentó incorporarse. Estaba mareada y aterrorizada. Notó que Lucien se acercaba. Supo que era él por su calor, por su contacto. Él cortó las ataduras de sus muñecas y le quitó la capucha de la cabeza. Miranda pestañeó bajo la claridad de las velas, y él le quitó la mordaza y la dejó caer al suelo.

—Creo que soy más posesivo de lo que pensaba —dijo.

La tomó del brazo y la ayudó a ponerse en pie. Se quitó la capa negra y envolvió a Miranda en ella para esconderla de todos los ojos ávidos.

Ella estaba temblando. No sabía si iba a poder mantenerse en pie, pero no quería mostrar debilidad alguna ante aquellas criaturas patéticas. Él le pasó el brazo por la cintura, no como muestra de afecto, sino para sujetarla, igual que ella le había servido de apoyo a él de camino a la casa, unos días antes. Y Miranda tuvo ganas de llorar.

Sin embargo, se mantuvo impertérrita de camino hacia la puerta. La sacó del salón y la condujo hacia el vestíbulo en silencio.

Se cruzaron con miradas curiosas mientras bajaban las escaleras, pero él la tomó en brazos, y ella escondió la cara en su hombro. Él no se detuvo, no habló con nadie, y ella notó que estaba temblando mientras la llevaba hacia la puerta. No sabía si era porque estaba furioso, o por tener que soportar su peso, pero a Miranda no le importaba. Ojalá pesara diez veces más. Le estaría bien merecido.

Para asombro de Miranda, él la dejó con gentileza en el interior de un carruaje, y ella se preguntó por un momento qué coche estarían robando. Sin embargo, reconoció el de Lucien, por la suavidad y comodidad de los asientos y por la suave fragancia a sándalo, y por el propio olor de su dueño, una esencia oscura de especias que, una vez, para Miranda fue todo lo que deseaba en el mundo.

Lo sabía, pero ya era demasiado tarde. Lo había amado, y él la había traicionado. No servía de nada que, al final, él se hubiera echado atrás. Podía tener miles de razones para hacerlo.

La había arrojado a los lobos, y la había perdido.

Esperaba que la dejara hacer el viaje de vuelta a solas, pero él subió al coche con ella, e intentó abrazarla.

Miranda lo pateó para alejarlo de ella, y se acurrucó en la esquina opuesta del asiento contrario. Él no podía verle la cara. Tenía que haber sabido que no debía tocarla.

Pero Lucien no dijo nada. Un momento después, el carruaje se puso en marcha, y ella sintió que la tapaba con la lujosa manta de piel, sin decir una palabra.

Quería tirarla al suelo y pisotearla, pero tenía demasiado frío con aquel ridículo traje que él la había obligado a ponerse. Así pues se envolvió en la manta hasta las orejas, y cerró los ojos para no verlo.

Sin embargo... El carruaje había estado preparado, esperando, durante todo aquel tiempo.

Vaya, qué interesante, pensó Christopher St. John, mientras se alejaba de la multitud. La futura condesa de Rochdale había desairado al Ejército Celestial magistralmente. Y el mismo Rochdale había tenido la sangre fría de ofrecer a su esposa como si fuera una botella de oporto que pudieran compartir entre todos.

Sin embargo, había algo más interesante todavía, y era que el conde había cambiado de opinión y los había detenido a todos, y se la había llevado de allí como si fuera un noble caballero.

Él se había puesto en medio para asegurarse de que Rochdale lo viera, y por su reacción, St. John supo que lo había visto. El conde pensaría que seguía en el continente, adonde había huido después del desastre con la amante del conde, pero ya había vuelto, y por la cara del conde, estaba claro que aquella mujer no sabía que era el mismo Rochdale quien lo había contratado para deshonrarla.

Si el conde lo había mantenido en secreto hasta aquel momento, querría que siguiera siéndolo. Y estaría dispuesto a pagar una buena cantidad de dinero a cambio de la discreción de St. John.

La vida daba giros inesperados.

Averiguaría dónde se alojaba Rochdale y le haría una visita cuando su amante no estuviera presente. El chantaje siempre había sido mejor que la venganza, pero él estaba dispuesto a vengarse si Rochdale se negaba a pagarle. El conde siempre le había causado terror, pero en aquella ocasión era él quien tenía la sartén por el mango.

Mientras, iba a disfrutar. Se dio la vuelta y volvió hacia la multitud.

Jacob no habría despertado a la señorita Jane Pagett de haber podido evitarlo, pero el coche se detuvo brusca e inesperadamente. Él se desenredó cuidadosamente de su cuerpo adormecido y abrió la puerta tan silenciosamente como pudo. Saltó al suelo y habló con Simmons, el mejor cochero de Londres. Después subió al coche de nuevo, con tanto cuidado como había bajado, pero ella ya estaba despierta.

—¿Qué ha ocurrido? —le preguntó.

—Uno de los caballos ha perdido una herradura. Estamos muy cerca de la siguiente posada, pero tal vez nos retrasemos un poco.

Ella se alarmó.

—Pero, ¿y si llegamos tarde?

—Shh, nena —dijo él, con suavidad, mientras el carruaje se ponía en marcha nuevamente, en aquella ocasión a paso de tortuga—. Scorpion es muy capaz de cuidar de su mujer. No va a permitir que la toquen. Ya habrá cambiado de opinión, ya lo verás.

Ella no se calmó. Él iba a sentarse a su lado de nuevo, pero ella alzó una mano.

—No tiene por qué consolarme, señor Donnelly. No soy una niña. Lo único que ocurre es que estoy preocupada por mi amiga.

—Pues claro, nena. Y yo..

—Puede... puede llamarme señorita Pagett —dijo ella con nerviosismo, y sin mirarlo a los ojos—. Y no me importa si se enfada.

Él ladeó la cabeza para mirarla.

—No me enfado, señorita Pagett —respondió con ironía—. Sólo me siento desconcertado. ¿He hecho algo que la haya molestado?

—Por supuesto que no —respondió ella en tono ofendido.

Él sonrió en la oscuridad.

—¿Qué le ocurre? ¿Tan preocupada está por su amiga?

—Pues claro —replicó ella, y él percibió el llanto en su voz—. De lo contrario, ¿por qué iba a estar aquí, con usted, en mitad de la noche...?

Ya era suficiente. Él se sentó a su lado y la tomó entre sus brazos, aunque se esperaba una fuerte resistencia. Sin embargo, ella se echó a llorar desconsoladamente sobre su hombro, y él siguió abrazándola, susurrándole palabras sin sentido, suaves, dulces, hasta que ella se calmó.

—No tiene por qué hacer esto —dijo Jane malhumoradamente.

—¿Que no tengo que abrazar a una chica? Para mí es un esfuerzo ímprobo, pero estoy dispuesto a sacrificarme.

Oyó una risita entre lágrimas, y se animó. Comenzó a acariciarle el cuello suavemente para ayudarla a relajarse. Sería tan fácil besarla y, como había hecho aquella noche no tan lejana, besarla con todo el deseo glorioso que sentía, y que podía conducirlos a mucho más... ¿Cuántas posibilidades había de que él pudiera detenerse si ella le mostraba la más mínima aceptación?

Jacob sabía que habría algo más que aceptación. Conocía a las mujeres, y conocía a su Jane. Si existía la más mínima posibilidad de poder poseerla, entonces sería un buen marido para ella. Ya les había cedido Beggar's Ken a sus hombres de confianza, y tenía dinero más que suficiente para vivir la vida que ella quisiera.

Sin embargo, su círculo social la rechazaría, pensó, mientras seguía acariciándole distraídamente el cuello. Y él no podía pedirle algo así.

Así que nada de besos, por mucho que lo deseara. La abrazaría castamente, como el santo que no era, y...

—Quíteme las manos de encima —le espetó su amada.

Por supuesto, no lo hizo. La obligó a mirarlo y le dijo:

—Ya está bien, Janey. Dime qué te pasa.

—No me pasa nad...

Él le tapó la boca con la mano.

—No me mientas, cariño. Parece que tienes ganas de cortarme el cuello, y quiero saber por qué.

—No... no me gusta que me acaricien.

Él sonrió.

—Eso no es verdad. Has estado ronroneando como un gato cuando te acariciaba.

—No es cierto. No tiene ninguna necesidad de sentir lástima por mí. Estoy bien. No necesito que me abrace hasta que me encuentre mejor.

Él estaba empezando a entenderlo.

—No siento lástima por ti —dijo él—. Y no te estaba abrazando como a una niña.

—Por favor, no siga —replicó ella.

Su tono de voz era verdaderamente triste, y él quería terminar con aquel absurdo. Estaba a punto de abrazarla cuando el carruaje se detuvo, y Jacob se dio cuenta de que habían llegado a una posada. Estuvo a punto de bajar de un salto antes de decir todo lo que había decidido que no iba a decir. Por lo menos, hasta que fuera inevitable. Cuando se volvió para ayudar a Jane, ella ya había bajado del coche. Ambos entraron en la posada.

—¿Quieren algo de comer? —preguntó la posadera.

Jane negó con la cabeza.

—Sólo una habitación, gracias —dijo con su vocecita, sin mirar a Jacob.

—Le pediré a Simmons que le suba el baúl, señorita Pagett —dijo él formalmente.

Entonces, la vio subir las escaleras. Estaba claro que la había ofendido mortalmente. O tal vez se hubiera dado cuenta de lo tonta que había sido por fugarse con él, por fugarse con un ladrón. Una suposición era tan buena como la otra, pero él no iba a preguntárselo. Eso podría causarles muchos problemas, y además, tal vez a Jacob no le gustara la respuesta.

Se despidió del cochero y subió las escaleras, intentando no hacer ruido. Había tres puertas en el primer piso, y dos de ellas estaban abiertas. Eligió la habitación más pequeña y cerró la puerta, y después abrió la ventana para que entrara la brisa fresca. Dejó la chaqueta y el chaleco en el suelo y se lavó con agua fría antes de ponerse de nuevo la camisa. La cama se hundía por el centro, y tenía bultos, pero había dormido en sitios peores, y siempre y cuando no pensara en Jane...

La oyó. Estaba llorando. A él no le gustaban las mujeres que lloraban, pero Jane era distinta. Jacob no podía quedarse allí oyéndola llorar sin hacer nada.

Se levantó de la cama y abrió la puerta, y de repente hubo silencio, como si ella lo hubiera oído.

Jacob ni siquiera se molestó en llamar. Abrió la puerta de su habitación y entró. Ella no era más que una sombra en el centro de su cama. También había abierto la ventana, y Jacob sintió el aire primaveral en la cara. Ella se quedó inmóvil, mirándolo, y Jacob distinguió el brillo de sus lágrimas en la penumbra.

Ah, al demonio con los planes nobles. Aunque ella saliera de todo aquello con la reputación intacta, él no iba a dejarla, y lo sabía. Atravesó la habitación, tomó su cara entre las manos y la besó. A ella se le escapó un sollozo.

—Jane. He intentado ser un caballero, pero lo único que quiero es besarte. Lo deseo tanto que me tiemblan las manos, pero sabía que si te besaba iba a terminar haciéndote algo mucho peor, y...

—¿Mucho peor?

Él no pudo contener la risa.

—Bueno, intentaría que fuera glorioso, pero de todos modos es algo que no debería hacerte, y lo sabes. Yo no soy para una muchacha como tú.

—No te creo. Lo que ocurre es que no me deseas.

—Por Dios, nena —dijo él. Le tomó la mano y se la colocó sobre su erección—. ¿Sabes lo que es esto?

Ella se sobresaltó, y Jacob pensó que iba a apartar la mano como si hubiera tocado una culebra, o algo así. Pero ella no lo hizo. Sus preciosos deditos comenzaron a palpar el bulto de sus pantalones, y él jadeó.

—¡Por Dios, Janey! —dijo, apartándole la mano—. ¡No hagas eso! Es peligroso para el comportamiento de un hombre.

Ella se quedó muy quieta en la cama, como si estuviera pensando.

—Sé lo que es. Así que quieres besarme. Y quieres meterme eso dentro del cuerpo.

Demonios.

—Nena, no sabes las cosas que quiero hacerte. Quiero meterte en una cama y no dejarte salir durante días. Quiero tomarte de todas las formas posibles, con tanta fuerza que ninguno de los dos podamos andar. Te quiero en mi cama, en mi vida para siempre, y si no me crees, puedes mirarte la mano.

—¿La mano? —preguntó ella con desconcierto. Miró hacia abajo y vio el diamante enorme y resplandeciente en el dedo–. ¿Cuándo me lo has puesto?

–Ahora mismo, amor mío. Eres mía, Jane, y tú también lo sabes. Yo sólo estaba intentando ser caballeroso.

–Demuéstramelo.

–¿Que te demuestre qué?

–Demuéstrame que me deseas de verdad. Si me quieres, deshónrame. Así no tendremos elección.

Nunca le habían hecho una oferta mejor, pero Jacob titubeó.

–No sé, nenita...

Ella lo agarró por las solapas de la camisa.

–Por favor.

–Bueno, ¿cómo voy a negarme, si me lo pides con tanta amabilidad? –dijo él, y se tendió a su lado para que ella supiera en lo que se estaba metiendo. Jane no se estremeció, y él la besó lentamente, profundamente, como había hecho la noche que la conoció.

Hizo las cosas con calma, dándole tiempo para que se acostumbrara. Cuando le posó las manos en los pechos, ella fue tímida, pero él la alabó tanto y la acarició tanto que ella se volvió más valiente, y dejó que él le quitara la camisa y la dejara con los pantalones de encaje, y nada más.

Fue más difícil convencerla de que se dejara quitar aquellos pantalones, pero ella sabía que debían desaparecer, y él se los bajó mientras le estaba besando los pechos, así que ella ni siquiera se dio cuenta hasta que quedó desnuda.

Pero entonces, ella le hizo quitarse la ropa a él también, y él tuvo la certeza de que iba a asustarla mucho, pero ella lo miró largamente, pensativamente, y después le tendió los brazos, y él no pudo resistirse más.

Se lo facilitó todo lo posible. La besó, la acarició y le dio placer con las manos, con la boca, para asegurarse de que estaba húmeda y de que todo sería suave, pero sabía que más tarde o más temprano tendría que hacerle daño, y cuando lo hizo, cuando finalmente se hundió en su cuerpo, la abrazó, esperándose las lágrimas y el enfado.

—¿Eso es todo? —susurró ella.

—Vamos, nena, me consideran muy bien dotado y...

—No, quiero decir que si éste es todo el dolor.

Él miró su cara seria y preciosa. La cara que aquella muchacha tan tonta pensaba que no era bonita.

—Eso espero.

—Oh —dijo Jane, y sonrió—. Pues no ha sido para tanto. Adelante, haz eso que es mucho peor.

—¿Mucho peor?

—Es lo que me dijiste, Jacob —dijo ella, mirándolo con adoración, y usando su nombre de pila por primera vez.

Él la besó.

—Te voy a hacer lo mejor, nena.

Y lo hizo.

Miranda tenía la esperanza de quedarse dormida durante el trayecto de vuelta a Pawlfrey House, pero el cuerpo la traicionó. Pese al vino que había bebido, estaba despierta, alerta, y en un tormento de ira, confusión, alivio y esperanza. Intentó mantener la mente en blanco, concentrándose en el suave traqueteo del carruaje, en los sonidos de los pájaros nocturnos, en el olor del aire, en la presencia fuerte del hombre que iba sentado frente a ella en la oscuridad. Era como cuando lo había conocido. No podía verlo en el oscuro interior del coche, y él iba tejiendo su telaraña de intriga y venganza. No era un escorpión. Era una araña, que no picaba instantáneamente. Y ella estaba atrapada, enredada, luchando por liberarse, por no rendirse.

Estaba a punto de amanecer cuando por fin llegaron a Pawlfrey House. La casa todavía estaba fría y desierta. Lucien bajó del carruaje y le tendió la mano para ayudarla a descender, pero ella lo ignoró. La puerta principal se había abierto, y uno de los nuevos criados apareció con una expresión somnolienta, sorprendida, para ayudar a sus señores.

—La dejo aquí, milady —dijo Lucien formalmente, sin cometer el error de intentar tocarla otra vez—. Voy a montar a caballo.

Ella no se dignó a mirarlo y pasó por delante de él hacia la casa. Con suerte, él se caería y se rompería el cuello. Ella podría ser muy feliz viviendo sola en aquella casa, siempre y cuando pudiera librarse de la señora Humber.

Alguien debía de haber avisado a Bridget de su vuelta repentina, porque la doncella la estaba esperando en la habitación, completamente vestida. Vio el traje de Miranda cuando ésta se despojó de la capa de Lucien, e inmediatamente cerró la boca.

—Quítame esto —le dijo Miranda con la voz tensa, tirándose de las cintas doradas que tenía alrededor de la cintura.

Bridget comenzó a trabajar al instante, pero sus manos no eran lo suficientemente hábiles ni lo suficientemente rápidas, y Miranda, al final, perdió la calma.

—Quítamelo —dijo de nuevo, presa de la histeria, desesperada, y al tirar de las cintas apretó más y más los nudos—. No puedo soportarlo. No me importa lo que tengas que hacer, córtalo, rásgalo...

Bridget hizo exactamente eso. Cortó los cordones y el vestido cayó a sus pies. Y Miranda comenzó a llorar con unos sollozos que le sacudieron el cuerpo. Bridget la abrazó como si fuera una niña.

—Vamos, vamos, milady. No llore. Él la ha traído de vuelta, ¿no? Yo sabía que no iba a hacerlo. La señora Humber dijo que usted ni siquiera iba a volver, pero yo sabía que sí, así que me he quedado aquí esperándola, y aquí está.

Siguió abrazando a Miranda, que no podía dejar de temblar, y añadió:

—El señor no es tan malo como él dice, y a mí me parece que la quiere, le guste o no.

—No me importa —respondió Miranda mientras Bridget le metía una camisa limpia por la cabeza—. No me importa lo que a él le guste o no le guste. No me importa nada.

—Claro que no, señora —dijo Bridget en un tono tranquilizador—. Deje que le ponga el camisón para que pueda dormir un poco...

Miranda negó con la cabeza.

—Así estoy bien —dijo entre lágrimas—. Sólo quiero dormir.

—Sí, señora.

Bridget la ayudó a acostarse entre las sábanas. Todo era limpio, blanco, seguro. Las manos que la habían tocado no existían, y Lucien se había alejado. Ella sobreviviría.

Cerró los ojos y se acurrucó entre el lino blanco. Y por fin, el sueño se apoderó de ella.

CAPÍTULO 27

Lucien cabalgó rápidamente a la luz de la mañana, con tanta dureza que tanto él como el caballo quedaron extenuados. Se había vuelto loco, completamente loco. ¿Qué demonios había hecho? Tenía la venganza perfecta al alcance de la mano, y sólo tenía que haberse dado la vuelta y haberse marchado.

En vez de eso, había tomado a Miranda en brazos como si fuera un héroe romántico, y la había llevado a casa otra vez.

Y sólo tenía que volver a ver a Christopher St. John entre la multitud, observándolos, para darse cuenta de que había recorrido una gran parte del camino hacia el desastre.

Si creyera que podía conseguirlo, iría directamente hasta Londres. Incluso se puso en camino, pero de repente la verdad lo golpeó con fuerza.

Se había enamorado de ella. Él, que no creía en el amor, se había dejado seducir por aquella muchacha, había dejado que le cortara las alas y le afeitara los cuernos, y toda su vida había quedado centrada en una mujer. Maldición.

Claramente, había sido un estúpido al subestimarla. Sin

embargo, una vez diagnosticada la enfermedad, la cura era muy sencilla: iba a librarse de ella. La enviaría de vuelta a Londres, o al continente. Tal vez pudiera mandarla a su finca de Jamaica, y así olvidaría su existencia. No podía continuar así. Se casaría con ella primero, para asegurarse de que ella tuviera una vida cómoda, y después haría todo lo posible por no volver a verla. A Miranda le gustaría eso.

Se dio la vuelta y se encaminó hacia Pawlfrey House. Era muchas cosas, muchas cosas terribles, pero no era un cobarde. Cuando llegó a casa el sol brillaba en lo alto del cielo, y arrancaba destellos de la superficie del lago, como los brillantes que había robado Jacob. Si no se libraba de ella no habría nada más de eso, pensó mientras le entregaba las riendas al mozo que había salido a recibirlo. Nunca más acecharía en la oscuridad, ni frecuentaría las reuniones del Ejército Celestial, gracias a Dios. Siempre habían sido tediosas para él, aunque había disfrutado del sexo. Pero toda aquella depravación falsa estaba empezando a cansarle, y sus rituales eran una ridiculez.

En aquel momento sólo quería el sexo con Miranda, y tenía la deprimente sensación de que siempre iba a ser así. La única solución era enviarla al otro lado del océano.

Subió los escalones de dos en dos. Había decidido ir en su busca antes de poder pensarlo mejor. Para su asombro, ella había cerrado la puerta con llave.

En aquel lugar decrépito y mohoso había muchas armas antiguas, incluyendo una armadura completa al final del pasillo. Se acercó a ella, le quitó el hacha de batalla y volvió hasta la puerta de la habitación de Miranda. Con un solo hachazo, la puerta se quebró, y el pomo cayó a sus pies.

Empujó la puerta y entró, y después cerró de golpe. Sin la cerradura, la puerta rebotó en el quicio y le golpeó el trasero, así que Lucien tomó una silla y la empujó contra ella.

Después, avanzó hacia Miranda.

Miranda se despertó sobresaltada y se tapó hasta el cuello como una virgen tonta, mientras miraba a Lucien. Él estaba dentro de su habitación, con un hacha enorme en la mano, y ella se preguntó si iba a matarla. No le importaba.

Él dejó caer el hacha, intentando parecer despreocupado, y se acercó a la cama.

—La puerta estaba cerrada con llave.

—Para que tú no entraras —dijo ella.

—Bueno, pues ya ves de lo que ha servido.

—¿Qué quieres?

—Hablar.

—Bueno, pues yo no.

—Creía que era tu queridísimo y verdadero amor.

—No eres más que un monstruo degenerado y perverso, como siempre me habías dicho. Vete.

—Te salvé —comentó él.

—Dios sabrá el motivo. A propósito, creo que has perdido una de tus preciadas armas. Robé una daga de la pared y me la dejé allí.

Él sonrió.

—No. Yo la saqué de debajo de la almohada y los criados la llevaron al carruaje con antelación.

Miranda entornó los ojos.

—¿Sabías que la tenía?

—Por supuesto.

—Te habría apuñalado en cuanto hubiera podido.

Él volvió a sonreír. Mal movimiento.

—Si no te vas, voy a gritar.

—No te servirá de nada, angelito mío. Ésta es mi casa, ¿no te acuerdas? No va a venir nadie.

—No, si la señora Humber tiene algo que decir al respecto. Ella me odia.

—No digas tonterías. Essie no odia a nadie.

—No me importa la señora Humber. Sólo quiero que te marches.

—El carruaje estaba esperándonos —dijo él.

—Sin duda, te estaba esperando a ti. Creo que tenías la intención de abandonarme allí.

Él no lo negó.

—¿Y por qué piensas que cambié de opinión?

—Sólo Dios lo sabe. Debes de haber pensado en otra cosa espantosa y malvada que hacerle a mi familia, usándome a mí como instrumento, sin duda.

Él se acercó a la cama. La luz del mediodía se filtraba por las cortinas, y dibujaba sombras extrañas sobre las sábanas, y él se cernió sobre ella como el monstruo que era.

—Eso es cierto.

—Vaya. La verdad, para variar. Por favor, ilústrame.

—Bueno, había pensado que tu familia enloquecería al pensar que estabas casada conmigo, lejos de ellos, y hundida por mi indiferencia y mi mal comportamiento.

—Deseo e imploro tu indiferencia —dijo ella con desprecio.

—Déjame terminar. Entonces, se me ocurrió una venganza mejor. ¿Y si te hacía feliz, tan feliz que nunca quisieras dejarme? Ellos no podrían hacer nada. Si te trataba mal, siempre podrían pedir la intervención de la corona, pero si te amaba, no podrían hacer nada.

Miranda se quedó mirándolo boquiabierta.

—Estás loco. Eso es imposible.

—Creo que ya es demasiado tarde —dijo él. Y comenzó a quitarse la chaqueta.

Ella no se movió.

—¿Y piensas que me voy a quedar aquí quieta y a dejar que vuelvas a tocarme?

—Espero que no te quedes quieta. Es mucho mejor cuando participas —dijo. Siguió su chaleco, que cayó al suelo.

—Entonces, ¿piensas que voy a levantarme de la cama y voy a seguirte al vestidor para que no pueda mirarte? Tu locura no conoce límites.

—Sólo en lo referente a ti —dijo él.

Se sentó en una silla y comenzó a quitarse las botas. También las dejó caer al suelo. Después se levantó y se sacó la camisa por el cuello, y por primera vez, Miranda vio su cuerpo a la luz del día que entraba por las ventanas. Nada de oscuridad en aquella ocasión.

Era perfecto. Musculoso, delgado y fuerte, con los hombros anchos, los brazos poderosos y el estómago plano. Entonces, él se dio la vuelta, y ella pudo ver su espalda destrozada.

No pudo contener un gemido de espanto. Era increíble que alguien hubiera podido sobrevivir a aquella tortura. Las marcas se entrecruzaban por toda la piel, y algunas de ellas eran tan profundas que debían de haber alcanzado el hueso. Otras eran más ligeras. Incluso para su mirada inexperta, estaba claro que los latigazos se habían sucedido por un amplio espacio de tiempo, porque algunas de las cicatrices se habían expandido con el crecimiento, y otras todavía eran estrechas. Y cuando él se dio la vuelta, inclinó la cabeza hacia atrás para que ella pudiera ver bien que tenía las mismas heridas en la cara, que se le extendían por el cuero cabelludo.

—Y bien —dijo Lucien, con la voz apagada—. ¿Ricardo III o Calibán?

Miranda sabía que estaba llorando por él, por el dolor que él había soportado. Estaba llorando, cuando ella nunca lloraba.

Pero sí lloraba. Por él. Siempre. Consiguió sonreír.

—«Oh, mundo nuevo y valiente —dijo, citando a la Miranda de Shakespeare—, que acoges a tales gentes». Ven aquí, mi amor.

Y él fue.

Era por la tarde cuando dormitaban, somnolientos y saciados. Lucien había ganado otra apuesta: ella lo había acariciado con la boca, por voluntad propia, aunque había tenido que detenerla antes de que todo terminara demasiado pronto. En aquel momento, Miranda estaba en la dicha absoluta, observando distraídamente la luz vespertina.

Lucien estaba a su lado, tumbado boca abajo, y ella acarició lentamente las cicatrices de su espalda, con los dedos suaves.

—¿Te duelen?

—No mucho —dijo él, con la cara medio hundida en la almohada.

Ella se inclinó y le besó una de las marcas más profundas, y después otra, con la delicadeza de una pluma, y él gruñó de placer.

—Es una pérdida de tiempo —murmuró—. Necesito por lo menos una hora para recuperarme.

Miranda se echó a reír, y cayó de nuevo sobre el colchón, aunque sin separarse de él. Necesitaba abrazarlo.

—¿Quién te hizo esto?

Temió que él se pusiera tenso y la apartara de sí. Sin

embargo, no lo hizo. Parecía que por fin había dejado de luchar contra ella, que había dejado de luchar contra lo que sentía por ella.

—Mi madrastra —dijo Lucien después de un momento—. Estaba loca. Por eso trajeron a Genevieve a Inglaterra. Su familia no quería dejarla con su madre. Yo no era pariente suyo, así que de mí no se preocuparon —dijo con la voz tranquila, sin emociones.

—¿Y tu padre?

—Había muerto. Estábamos en Jamaica, pero no creo que me hubiera ido mejor aquí —dijo él. Volvió la cabeza y la miró—. No llores, amor mío. Pasó hace mucho tiempo —susurró, y le enjugó las lágrimas con el pulgar.

—¿Qué le pasó a ella? ¿Por qué se detuvo, al final?

—Supongo que me habría matado antes de parar, pero se ahogó una noche. Sin ayuda por mi parte, debo añadir. Yo sólo tenía doce años cuando sucedió. La habría matado si hubiera podido, pero era muy pequeño para mi edad. Nadie me daba de comer.

—Oh, Lucien...

Él se tendió sobre ella, con tanta rapidez que Miranda ni siquiera se dio cuenta de lo que hacía.

—No llores más, bruja. Me debilitas.

—Bueno, eso es lo último que querría hacer.

Lucien se echó a reír y se levantó de la cama. Recogió su ropa para vestirse, y ella se dio cuenta, por primera vez, de que las cicatrices también le cubrían las nalgas hasta los muslos.

—No es una visión muy agradable —dijo él sin darse la vuelta, sabiendo que ella lo estaba mirando.

—En realidad, sí es una visión muy agradable.

—Descarada. ¿Te das cuenta de que la puerta ha estado abierta durante todo este tiempo? No sé si volverá a cerrarse. Vas a tener que mudarte a la habitación rosa, conmigo.

A ella se le escapó una risita, y él se dio la vuelta y sonrió. Miranda tuvo el extraño presentimiento de que se estaba despidiendo de ella, pero sabía que eso era imposible. La quería. Ya no se resistía a su amor. No había nada que temer.

Volvió a acurrucarse entre las sábanas.

—¿Adónde vas?

—Tengo cosas que hacer. Me encantaría pasar todo el día contigo, pero creo que necesitas descansar. Te prometo que te despertaré a la hora de la cena.

—¿Y cómo vas a despertarme?

—Tan malvadamente como pueda.

Miranda sonrió adormilada. No había nada que temer. Lo único que ocurría era que no estaba acostumbrada a ser feliz.

—Vuelve antes —le pidió con un susurro. Y antes de que él saliera de la habitación se sumió en un sueño profundo.

Lucien dejó su habitación rosa con una sonrisa. Realmente, Miranda tenía unas agallas de mil demonios. Se preguntó si aquél era el momento en el que se había enamorado de ella. O tal vez hubiera sucedido antes de eso, cuando ella había llorado entre sus brazos y después se había dado la vuelta y había empezado a balbucear alegremente. ¿O había sido, tal y como él sospechaba, cuando ella le había dado un rodillazo a Gregory Panelle en sus partes?

Era valiente, y él había sido un idiota por intentar resistirse.

—Tiene una visita, milord —le dijo uno de los nuevos lacayos, que lo estaba esperando en la puerta de su habitación, y Lucien se quedó helado.

Aquella casa estaba demasiado aislada como para tener visitantes casuales, y él sabía exactamente de quién se trataba. Pensaba que iba a tener más tiempo, tiempo suficiente para contarle a Miranda la verdad sobre Christopher St. John. Él ya le había dicho que era un villano. ¿Qué otra cosa podía esperarse ella? Sin embargo, al recordar la cara de St. John entre la multitud, en Bromley, se sintió asqueado.

—¿Dónde está? —preguntó.

—En el salón verde, milord. Me pidió que le dijera su nombre...

—Ya sé cómo se llama. Dile que estaré con él en un momento.

Después, entró de nuevo a su habitación para tomar su pistola.

Christopher St. John había cambiado poco durante aquellos años. Seguía siendo un hombre guapo, y llevaba una ropa que parecía cara, pero hecha con telas baratas por un sastre inferior. Había conocido tiempos difíciles, lo cual satisfizo a Lucien.

Lo que no le agradaba era constatar que St. John ya no sentía pánico en su presencia. Tal vez fuera necesaria la presencia severa de Leopold para mantenerlo a raya. Él sonrió a St. John con su acostumbrada frialdad.

—No te levantes —murmuró al entrar en la sala, y se apoyó en el bastón con más fuerza de la que necesitaba—. Qué alegría verte, amigo. Aunque me temo que pensaba equivocadamente que no estabas en Inglaterra. De hecho, me parece que al final te pagué una bonita suma para que no volvieras nunca. Pero tal vez no recuerdo bien.

—El dinero se termina, Rochdale —dijo St. John—. Necesito más. Y sé que usted me lo va a dar, teniendo en cuenta que se ha quedado con esa mujer.

—¿Chantaje?

—Vamos, vamos, no seamos tan rigurosos. Digamos que es un seguro. Usted no quiere que ella se entere de que me contrató para que la secuestrara y la desvirgara, y yo estoy dispuesto a ser discreto. Sólo necesito un pequeño préstamo.

—¿Y de qué cantidad estamos hablando, querido muchacho?

St. John lo miró con suma atención. Quería dar con la suma perfecta. Si pedía poco, quedaría como un idiota, y si pedía demasiado, el conde no se lo daría.

—Permíteme que te facilite las cosas. Creo que con cinco mil libras podrías vivir cómodamente el resto de tu vida —dijo Lucien, aunque sabía que no era cierto. St. John volvería en menos de un año, pidiéndole más. Era un hombre de gustos caros—. Te sugiero que aceptes la oferta, antes de que cambie de idea y te pegue un tiro.

—Usted no haría tal cosa. ¿Cómo iba a explicárselo a su dama?

—Con dificultad, sin duda. Sin embargo, ¿no crees que podría someterla a mi voluntad?

St. John estaba inseguro. El miedo empezaba a asomarse a su mirada, y Lucien supo que había ganado. Al menos, por el momento.

St. John intentó subir la apuesta.

—Bueno, eso no lo sabemos con seguridad, ¿verdad, milord? Y pienso que...

—Yo pienso que deberías dejar de pensar, tomar el dinero y marcharte antes de que cambie de opinión.

—¿Y va a decirme que tiene cinco mil libras en casa?

–Pues sí. Para mí es calderilla, muchacho –le dijo.

Entonces le lanzó una bolsa de cuero. St. John la atrapó y se agarró a ella con fuerza.

Se levantó con la frente sudorosa.

–Es un placer hacer negocios con usted, milord –dijo con una muestra final de bravuconería.

–A mí no me lo parece –respondió Lucien suavemente.

St. John voló.

CAPÍTULO 28

Jacob se despertó con la dulce Jane entre los brazos, y gruñó. Quería quedarse en la cama con su amor, besarla y excitarla, tomarla de nuevo, con mucha delicadeza porque ya lo había hecho dos veces y sin duda ella estaría dolorida. Sin embargo, algún idiota que había en el bar del piso de abajo estaba gritando para mantener una conversación, y él no podía cortejar a su amada con tantas voces en la pequeña posada.

Ella abrió los ojos poco a poco, y Jacob sonrió.

—Vuelve a dormirte, nena —le dijo suavemente, y le besó los párpados.—. Yo iré a encargarte un té y unas tostadas.

—¿Y un baño? —murmuró ella—. ¿O es mucho pedir?

—Nada es demasiado para ti, mi niña.

Jacob salió de la habitación, y en diez minutos, la posadera había enviado una bañera de agua caliente a la señorita.

Satisfecho por haber cumplido su misión, Jacob se encaminó hacia el bar para tomar una jarra de cerveza.

Había tres jóvenes en la barra. Por su aspecto, Jacob supo al instante que eran ricos, y que eran nobles. Tenía que avisar a Jane de que no se dejara ver, por si acaso la conocían, pero había tan pocas posibilidades que se quedó en el bar por el momento.

En cuanto él entró en la sala, ellos bajaron la voz, y se pusieron a hablar entre ellos como conspiradores. Él tuvo que reprimir un resoplido de desdén. Los muy idiotas no se daban cuenta de que se les oía por todo el edificio.

—Será mejor que nos demos prisa —dijo el mayor de los tres. Debían de ser hermanos. Se parecían un poco—. Pero recordad que, si hay que matarlo, me encargaré yo, porque soy el mayor. La enemistad es hacia mí, y yo soy quien debe cumplir con esa responsabilidad.

«Mierda», pensó Jacob, mientras tomaba un trago de su jarra. Si pensaban que había que matar a alguien, ese alguien era Scorpion. Sólo tenía que conocer a alguien para convertirlo en un aspirante a asesino. La cuestión era... ¿cómo iba a distraerlos sin poner en peligro a Jane?

—Estaba loca, Benedick —dijo el más joven—. Te amenazó con una pistola, y dijo que iba a matar a tus padres. No podías casarte con una loca.

—Debería haberla cuidado, Charles. Por lo menos, haberme encargado de que no fuera un peligro para sí misma ni para los demás. Nunca me lo perdonaré.

Maldición. Parecía que Jane no era la única que estaba empeñada en rescatar a Miranda Rohan. Tal vez aquellos fueran los futuros cuñados de Lucien, y no parecía que la futura reunión familiar fuera a ser muy halagüeña.

Estaba intentando decidir lo que iba a hacer cuando Jane apareció en el bar.

—Dios Santo, Jane, ¿qué haces tú aquí?

El más joven de aquellos tres caballeros se había dirigido a Jane, a su Jane, de una manera imperiosa que a él no le había gustado nada, y además, Jane le puso la mano en el brazo. Eso tampoco le gustó, pero esperó a que llegara su momento, en vez de arrancarle el brazo al chico.

—Me imagino que hago lo mismo que tú, Brandon

—respondió ella con calma—. Voy a salvar a tu hermana. Hola, Benedick, Charles.

Los otros dos la estaban mirando con incredulidad. El mayor consiguió reaccionar.

—Pero no estarás sola, ¿verdad, Janey? —preguntó. Su voz estaba teñida de desaprobación, y la irritación de Jacob se convirtió en una rabia posesiva. ¿Quién era él para llamar Janey a su Jane? ¿Y para erigirse en su protector? Oyó un gruñido, y se dio cuenta, con asombro, de que provenía de su propia garganta. Se apartó de la barra.

Pero Jane, su Jane, le sonrió con cara de picardía.

—Estoy en muy buenas manos, de hecho. Querido Benedick, permíteme que te presente a mi prometido, el señor Jacob Donnelly. Señor Donnelly, ellos son los hermanos de Miranda, y mis amigos de infancia: Benedick, Charles y Brandon Rohan.

Se hizo el silencio. Los tres Rohan lo observaron y supieron que no era de su mundo. Finalmente, el más pequeño fue quien habló:

—¿Tu prometido, Jane? ¡Éste no es el aburrido de Bothwell!

—No, ¿verdad? —preguntó ella con calma.

—Bueno, gracias a Dios —dijo el chico—. A sus pies, señor Donnelly.

—¿King Donnelly? —preguntó el mayor, Benedick.

—El mismo —dijo Jacob. ¿Iba a tener que pelearse con los tres? Bueno, por lo menos con dos. El más joven lo miraba con simpatía.

Lord Benedick no.

—¿Y por qué, si puedo preguntar...?

—No, no puedes —dijo Jane—. Tal vez seamos como hermanos, pero mi matrimonio no es asunto tuyo.

—Pero has dicho que sólo estabais prometidos.

—No por mucho tiempo —dijo Jacob—. ¿Tiene algún problema?

Benedick debía de tener algún problema, pero Jane intervino rápidamente.

—Ya basta. No soy un hueso para que os peleéis como perros. Tenemos que rescatar a Miranda, no quedarnos aquí discutiendo. Supongo que por eso estáis aquí.

—Dios, Janey, ¿y por qué hemos venido hasta el fin del mundo si no? —preguntó el mediano—. Han pasado diez días desde que se la llevó, y no sé si la familia va a poder mantenerlo en secreto.

—No tienen por qué salir corriendo hacia Ripton Waters —intervino Jacob—. Jane y yo vamos hacia allí también. Sin embargo, no creo que sea necesario —insistió—. Ya estarán felizmente casados y seguramente no querrán que interrumpamos su luna de miel.

Benedick Rohan lo miró especulativamente.

—¿Están en Ripton Waters? ¿Y cómo se llega hasta allí?

—Oh, por el amor de Dios —dijo Jane—. Jacob tiene razón. No creo que Miranda quiera que aparezcáis los tres de repente. Podríamos enviarle un mensaje...

—Yo no me voy a marchar hasta que sepa con certeza que mi hermana está bien —dijo Benedick, sin dejar de mirar a Jacob con desconfianza.

Había un motivo por el que Jacob se había pasado su vida adulta robando a los aristócratas. Eran una verdadera pesadez.

—Puedo llevarlos hasta Ripton Waters. Soy el único que sabe dónde está la casa —dijo con una sonrisa amable—. Si me prometen que van a dejarlos tranquilos en cuanto haya comprobado que ella es feliz.

—Eso me parece improbable. Nuestra hermana siente desagrado por los hombres, y con un buen motivo. No creo que se relaje en compañía de alguien llamado Scorpion.

—¿La van a dejar tranquila si ella se lo dice? —preguntó Jacob.

Benedick miró a sus hermanos, y después asintió.

—De acuerdo —dijo, y se dirigió hacia la puerta—. ¿Y bien? ¿A qué estamos esperando?

Los ricos, pensó Jacob irónicamente. Si aquél era el precio que debía pagar por Jane, lo haría. Sin embargo, no tenía por qué gustarle.

Suspiró y la miró.

—Estaré con ustedes dentro de un momento.

Esperó a quedarse a solas con ella, y la besó.

—Tu amiga está bien, ¿sabes? Scorpion no le haría daño. No es tan malo como él piensa.

—Ojalá tengas razón.

—Lo conozco desde hace más de veinte años, amor mío. Sé lo que es capaz de hacer, y lo que no. Ahora estarán retozando alegremente, y Lucien no me va a agradecer que lleve a sus tres cuñados a molestar a su casa.

—Yo también necesito verla. No es que no te crea, pero quiero decirle adiós antes de que nos vayamos a Escocia. Quiero que la conozcas.

—Entonces iremos —dijo él, y la besó de nuevo.

Sólo esperaba no estar equivocado al confiar tanto en su amigo.

Era un precioso día, pensó Miranda distraídamente. Un día para enamorarse. No era el día adecuado para descubrir que el hombre con el que una iba a casarse era un mentiroso, una alimaña, una mofeta hedionda. No era el día adecuado para cometer un asesinato, pero siempre había que empezar por algún sitio.

Había narcisos por todas partes, y ella comenzó a recogerlos, a falta de algo mejor que hacer. Se había vestido cuando él la había dejado en la cama, y había ido a buscarlo. Él no estaba en su habitación rosa, y ella había tenido la tentación de desnudarse y esperarlo en su cama. Él la encontraría rápidamente.

Sin embargo, no tenía paciencia suficiente. Así pues, había ido a buscarlo y lo había encontrado encerrado en el salón verde, hablando en voz baja con alguien. Estaba a punto de abrir las puertas cuando reconoció la segunda voz, y se quedó helada.

Era una tonta. Sólo eran imaginaciones suyas. Puso la mano en el pomo de la puerta para abrir, pero de repente oyó la palabra «chantaje». La había pronunciado la voz que más odiaba en el mundo.

No, no era la voz de Christopher St. John. Era la voz burlona del hombre que acababa de estar en la cama con ella y le había dicho que la quería. El hombre a quien ella pensaba matar.

Miró hacia el lago. Había un viejo bote en la orilla, que los criados habían limpiado de musgo y suciedad. Tenía un par de remos sólidos. Miranda se dirigió hacia él, con los brazos llenos de narcisos. Los tiró al suelo y los pisoteó al subir al bote. Tomó uno de los remos y se dirigió hacia el muelle. El sol había secado un poco el limo, pero Miranda vio la tabla rota por la que había estado a punto de caerse. En aquella ocasión, él la había salvado. Casi habría sido mejor que no lo hubiera hecho.

Estaba en mitad de la longitud del muelle cuando comenzó a oír sus gritos, pero no se volvió hacia él. Fingió que no lo oía. Su rostro era una máscara pétrea. Desgraciado. Canalla. Y pensar que ella lo había querido. Después de todas las cosas que había hecho, de todas sus amenazas, Miranda lo había perdonado.

Pero ya no. Agarró con fuerza el remo y siguió de espaldas a él, esperando.

El viejo muelle tembló cuando Lucien subió las escaleras y comenzó a caminar hacia ella. Miranda se dio la vuelta, y supo que su rostro era frío y terrible.

Por desgracia, él no se dio cuenta. Estaba demasiado ocupado gritándola por ser tan tonta como para poner en peligro su vida una vez más. Miranda no se movió. Observó cómo él salvaba el obstáculo de la tabla rota. No llevaba bastón. Mejor. Su equilibrio sería incluso más precario. No sería muy difícil tirarlo al agua.

Esperó hasta que él estuvo muy cerca. No tanto como para poder agarrarla, pero sí para que ella pudiera usar el viejo remo.

—Quédate ahí, querido —le dijo con suavidad.

Por fin, él se dio cuenta. Alzó la vista y la miró fijamente.

—¿Qué estás haciendo aquí? —le preguntó él con calma.

—Esperarte. Me has dicho que el agua está helada.

Lucien la miró cautelosamente.

—Sí.

—Y que es muy profunda.

—Sí. Debes de haberte encontrado con St. John.

—No exactamente. Escuché a través de la puerta.

—La curiosidad mató al gato.

—La curiosidad te mató a ti.

Entonces, le golpeó con el remo, con todas sus fuerzas.

La madera se partió en dos, y él cayó a las aguas oscuras y heladas del lago, y se hundió como una piedra.

Miranda tardó dos segundos en reaccionar. Pidió ayuda a gritos, tiró lo que quedaba de remo y saltó al agua, tras él.

Estaba muy fría, tanto que entumecía, y se cerró sobre su cabeza cuando ella se sumergió para alcanzarlo. Le rodeó con los brazos, dispuesta a hundirse con él.

Pero Lucien comenzó a dar patadas y ascendió por el agua hasta que ambos salieron a la superficie. Él la agarró con fuerza mientras ella forcejeaba.

—¡Por el amor de Dios, mujer! ¿Cuándo nos hemos convertido en Romeo y Julieta?

—¡Mentiroso! —gritó ella, golpeándolo—. ¡Sucio, canalla, degenerado, montón de estiércol y de basura, te odio, te odio, te odio!

Sus movimientos estaban empujándolos hacia el fondo de nuevo, y a ella se le llenó la boca de agua, de modo que tuvo que dejar de hablar.

Desafortunadamente, incluso con una herida sangrante en la cabeza, Lucien era más fuerte que ella, y no le costó demasiado esfuerzo agarrarla adecuadamente para poder arrastrarla hacia la orilla, sin duda, con la ayuda del pataleo de Miranda. Cuando llegaron a donde el agua no cubría y podían caminar, la soltó, y se desplomó sobre un banco de piedra.

Ella lo siguió un momento después, con el vestido empapado pegado a la piel. Lo miró y comenzó a buscar otra arma. Había otro remo abandonado entre la hierba, y Miranda se dirigió hacia él, pero Lucien la atrapó por el tobillo y la hizo caer. Un momento después se había tendido sobre ella y la sujetaba mientras Miranda intentaba golpearlo, ciega de furia.

Él la dejó luchar, sin hacer otra cosa que protegerse de sus golpes, sujetándola con el peso de su cuerpo para que ella no pudiera escapar. Tuvo la sensación de que pasaban horas hasta que, por fin, Miranda quedó agotada. Le dolían los brazos y las manos. Él le permitió que lo empujara, y ella rodó y se tumbó boca abajo sobre la tierra, sollozando.

Se quedaron así durante mucho tiempo. El sol comenzó a ponerse. Finalmente, ella lo miró.

—Te sangra la cabeza —dijo con la voz ronca.

En realidad, Lucien sangraba mucho. La sangre le había manchado la camisa y seguía brotando de la herida. Tal vez lo había matado, después de todo.

—Ya lo sé.

Ella se puso lentamente en pie, y apartó de una palmada la mano que él le había tendido para ayudarla.

—Vamos a la casa —dijo cansadamente—. Será mejor que te vende la herida. No me daría ninguna satisfacción que murieras de una infección sanguínea.

Él no dijo ni una palabra, y la siguió hasta la casa. Ella pidió trapos limpios y agua caliente, vendas e hilas, y a él le ordenó que fuera al salón.

—Al verde no —le gritó, cuando Lucien se encaminaba a aquella estancia.

El salón rojo estaba al otro extremo del pasillo. Lucien se detuvo y la miró.

—¿Por qué has saltado al agua detrás de mí?

—Porque quería estar segura de que no salías a la superficie.

Él se echó a reír, y Miranda notó que el nudo de furia que tenía por dentro se le rompía. Le dio la espalda y comenzó a impartir más órdenes entre los criados, para que él no lo viera. La conocía muy bien.

La herida que tenía en la cabeza no era grave. Miranda se puso a darle toques con entusiasmo, con la esperanza de infligirle un poco más de dolor, y él lo soportó todo estoicamente, sin decir palabra, mientras ella entonaba una letanía de sus muchos defectos de carácter. Casi había terminado de curarlo cuando se oyó un escándalo en el vestíbulo de entrada, y Miranda alzó la vista con cara de pocos amigos.

—¿Qué demonios pasa? —gritó.

La puerta se abrió de par en par, y ella soltó un gruñido. Eran sus tres hermanos, con pistolas y espadas, acompañados por una asustada Jane y un hombre muy alto a quien ella no conocía. Un hombre que parecía un ladrón de joyas tendente a dar besos a medianoche, y que había puesto su brazo, en un gesto protector, sobre los hombros de su amiga.

Sus tres hermanos comenzaron a gritar.

Ella estaba acostumbrada a tratarlos.

—¡Silencio! —gritó, y Lucien, que seguramente tenía un dolor de cabeza monumental, se encogió.

—Maldita sea, Miranda —dijo Brandon quejumbrosamente.

—¡Brandon! —exclamó Benedick—. Recuerda que hay damas presentes.

—Tiene la boca de un marino, y siempre la ha tenido —murmuró Brandon—. Y es culpa tuya, porque tú le enseñaste esas palabras.

—Callaos los tres —intervino ella—. ¿Es que no veis que tengo a un hombre herido aquí?

—¿Qué le ha pasado? —preguntó su hermano Charles con curiosidad.

—Le he golpeado con un remo.

—Bien hecho —dijo Benedick.

Miranda aclaró una venda y volvió a limpiarle la herida con entusiasmo a Lucien. Él la miró de reojo, maldiciendo entre dientes, pero tuvo el sentido común de no decir nada en voz alta.

—¿Y por qué lo has hecho? —preguntó Jane.

—Seguramente se lo merecía —dijo el extraño.

—Estaba intentando matarlo.

—Oh, eso se lo merecía seguro —dijo el hombre.

—Yo puedo encargarme de eso —añadió Benedick amenazadoramente.

Ella miró a Lucien.

—Es tentador —dijo pensativamente—, pero primero dejadme que lo cure.

—Pero, ¿para qué te vas a molestar, si Benedick lo va a matar? —preguntó Brandon.

—Idiota —intervino Jane—, ¿no ves que no va a permitir que Benedick se le acerque?

—Le reto a duelo, Rochdale —dijo Benedick—. Puede elegir las armas. Sé que es un gran tirador, pero va a comprobar que...

—Oh, vete por ahí, Benedick. Te lo cederé cuando haya terminado de vendarle la cabeza —dijo Miranda, y volvió a tocar la herida de Lucien sin miramientos. Él la llamó «arpía» en voz baja.

—Ordenaré que hagan tu equipaje —dijo su hermano—. Nuestros caballos tienen que descansar. De lo contrario, te sacaría de aquí ahora mismo.

Jane le puso una mano en el brazo a su amigo.

—Vamos a dejarlos solos un momento, Benedick —dijo, intentando calmarlo—. Seguro que ella está bien.

Benedick emitió un sonido de desagrado, pero un momento después todos se habían ido.

—¿Ése es el que iba a casarse con mi hermana? —preguntó Lucien después de un momento.

—Sí.

—Está mejor muerta —declaró él con aire taciturno.

Ella estuvo a punto de reírse.

—Es un poco autoritario. Como tú —dijo. Tomó una venda limpia y terminó de lavarle la herida.

—¿Vas a marcharte con ellos?

Miranda estaba concentrada vendándole la cabeza.

—Seguramente tendrás una infección, y fiebres muy altas, y tendrás una muerte lenta y dolorosa —murmuró ella.

—Es una posibilidad. Sin embargo, creo que habiendo recibido unos cuidados médicos tan delicados puedo sobrevivir —dijo él. Entonces la tomó de la mano y la obligó a que lo mirara—. Yo...

—No te atrevas a decirlo. Ni siquiera lo intentes —le advirtió ella en un tono feroz.

—Soy todo lo que has dicho que soy. Un canalla y un malvado. Puedes irte, si quieres. No te culpo.

Ella lo miró con incredulidad y furia.

—Estúpido, obtuso, escoria grasienta. No he soportado todo esto para nada. ¿Me quieres?

Sus ojos pálidos eran como el hielo.

—Yo no quiero a nadie.

Ella puso los ojos en blanco.

—Puedes ser muy tedioso, ¿lo sabías? ¿Me quieres?

—No.

—No hagas que me enfade de verdad. ¿Me quieres?

Él la miró con cautela.

—Sí, maldita sea.

—Me alegro —dijo.

Después se inclinó hacia él y lo besó.

Un segundo después, estaba bajo Lucien en el sofá, y no parecía que la herida que él tenía en la cabeza fuera ningún problema. La estaba besando, apretándola contra los cojines, y ella sentía su dureza contra el vientre.

—¿Puedes conseguir una erección menos de una hora después de que haya intentado matarte? ¿Pero hasta dónde llega tu perversidad?

—Deja que te lo demuestre.

Títulos publicados en Top Novel

Última apuesta – LINDA LAELL MILLER
Por orden del rey – SUSAN WIGGS
Entre tú y yo – NORA ROBERTS
El abrazo de la doncella – SUSAN WIGGS
Después del fuego – DEBBIE MACOMBER
Al caer la noche – HEATHER GRAHAM
Cuando llegues a mi lado – LINDA LAELL MILLER
La balada del irlandés – SUSAN WIGGS
Sólo un juego – NORA ROBERTS
Inocencia impetuosa/Una esposa a su medida – STEPHANIE LAURENS
Pensando en ti – DEBBIE MACOMBER
Una atracción imposible – BRENDA JOYCE
Para siempre – DIANA PALMER
Un día más – SUZANNE BROCKMANN
Conflo en ti – DEBBIE MACOMBER
Más fuerte que el odio – HEATHER GRAHAM
Sombras del pasado – LINDA LAELL MILLER
Tras la máscara – ANNE STUART
En el punto de mira – DIANA PALMER
Secretos del corazón – KASEY MICHAELS
La isla de las flores/Sueños hechos realidad – NORA ROBERTS
Juegos de seducción – ANNE STUART
Cambio de estación – DEBBIE MACOMBER
La protegida del marqués – KASEY MICHAELS
Un lugar en el valle – ROBYN CARR
Los O'Hurley – NORA ROBERTS